LES SEPT FILS DE SIMENON

DU MÊME AUTEUR
CHEZ LE MÊME ÉDITEUR

La Mort se lève tôt

Heredia le privé, fauché, grand buveur, toujours dans de mauvais draps, a perdu toutes ses illusions avec Griseta, son grand amour. Il vit en compagnie de son chat Simenon, un philosophe qui ne manque jamais de le ramener à la réalité, si dure soit-elle. Et elle n'est pas de tout repos à Santiago-du-Chili, alors que les milieux du pouvoir empêchent toute enquête sur les attributions de marchés publics susceptibles de rapporter gros, aux dépens de l'écologie et de la population.

Díaz-Eterovic excelle à peindre les ambiances de sa ville et écrit avec un humour mélancolique plein de charme un texte qui va au-delà du roman noir classique.

Ramón Díaz-Eterovic est né en 1956 à Punta Arenas. Il est l'auteur de 6 romans, dont 4 avec le personnage de Heredia. Il a reçu le prix Dashiel Hammett et le prix Las Dos Orillas, qui consiste en une publication simultanée en Italie, Allemagne, Portugal, Espagne, Grèce et France.

Première partie

I

Du rouge, beaucoup de rouge. Un fragment de soleil sur le sable et les planches desséchées. Rouge comme le sang du passé tant de fois revécu pendant des nuits d'insomnie et de cigarettes. Un rouge, précis et parfois lumineux, glissant entre mes doigts et les planches des cabanons tandis qu'au fond de moi bouillait l'inquiétude, l'envie de me trouver dans mon officine proche de la gare Mapocho, avec son bureau métallique, ses deux pièces, la cuisine aux murs couverts d'ustensiles et mes livres, humides et poussiéreux, à l'image des souvenirs.

J'étais là depuis six mois. Négligé, pas rasé du lundi au vendredi, résigné à travailler dans ces cabanons que j'avais accepté de peindre en échange de quelques pesos et d'un endroit où dormir. La mer se livrait à son jeu habituel, noircie d'immondices jetés par les gens sur la côte, prenant la suite des dévastateurs de forêts, elle transformait le poisson en farine et rejetait ses déchets, ici et là, réunissant l'air et l'eau. Une mer qui m'obligeait à penser à la ville où se trouvait Griseta, la jeune fille qui m'aimait, disait-elle, mais s'en était allée afin de compléter la dose de désillusions dont elle avait besoin pour rester à mes côtés, prête à accepter que la vie, tout au moins la mienne, se joue avec des dés pipés.

J'étais dans la station balnéaire de Las Cruces, il manquait encore deux mois avant l'arrivée des premières vagues d'estivants qui transformeraient la plage, comme chaque été, en un enfer de peaux en sueur, de crèmes, de parasols et de vendeurs de palmiers et de brioches. Les cabanons se trouvaient à cinq cents mètres de la maison du poète Parra ; un après-midi d'alcool et de brise, il m'avait offert une serviette de table où il avait écrit une citation du grand chef Seattle : « *L'homme n'a pas tissé le filet de la vie, il n'en est qu'un des fils. Tout ce qu'il fera au filet, il se le fera à lui-même. Ce qui touche la terre touchera les fils de la terre.* »

Je me levais à huit heures du matin. Je faisais du café et le buvais en observant les rochers sur lesquels venaient se poser les mouettes et les cormorans. J'allais marcher sur la plage, je ramassais des galets, des brindilles sèches, des scories et, quand le soleil commençait à me brûler la peau, je nageais vingt ou trente minutes en sentant le frôlement de l'eau glisser doucement sur mon corps vers un horizon souterrain. J'aimais avancer sur l'eau en m'imposant des brasses vigoureuses pour ensuite flotter, le visage face au ciel, en sentant que j'étais infiniment libre et que l'eau m'enveloppait comme les caresses d'une amante insatisfaite. Je retournais ensuite à la plage et tout redevenait rouge : la couleur du travail et de la colère. Le va-et-vient du pinceau jusqu'à ce que les ombres de la nuit viennent faire leur inspection et que les épaules marquent l'heure de la fin du travail et celle de trouver sur la plage de Las Cadenas un petit bistrot pour y siroter du vin en me remémorant une chanson de Leo Dan que je chantais dans le foyer pour enfants où j'avais vécu jusqu'à quatorze ans.

Griseta, la jeune fille arrivée quelque temps auparavant dans mon bureau était plus qu'un souvenir. La nuit, je l'imaginais dans mes bras jusqu'au moment où, vaincu par le sommeil, je pouvais me sentir satisfait d'avoir survécu un jour de plus. Son optimisme, son rire, la fraîcheur de ses rêves m'avaient fait baisser la garde. C'était bon de s'abandonner et de croire – même si son départ avait eu lieu trop tôt – en une aube rassasiée après l'amour ; d'allumer une cigarette et de l'accompagner à l'arrêt du bus. Le reste, c'était ma tristesse connue, mes soliloques répétés, la décision de finir le travail et de retrouver mon quartier aux vieilles maisons fidèles, tout comme mon chat Simenon qui, allongé près des pots de peinture, me regardait travailler cet après-midi-là.

– Encore un bidon et c'est fini, l'entendis-je dire.

J'ai observé son pelage blanc et ses yeux verts d'où semblait couler une larme.

– Juste le temps de finir le travail, d'encaisser et de rentrer à Santiago. Tu retournes à tes toits, moi aux miens.

II

Je n'avais pas grand-chose à dire. Je m'étais expliqué avec Garrido et attendais que le propriétaire des cabanons ait fini de contrôler le travail et me paye mon dû. Je l'ai observé en cherchant dans ma veste la quatrième Derby de la dernière demi-heure. Garrido ne mesurait pas plus d'un mètre cinquante. Il était chauve, avec des yeux bridés et cette façon de marcher le corps bien droit propre aux gens trapus ou à ceux qui ont fait plusieurs séjours dans une école militaire, à trotter du matin au soir, préoccupés par l'inutile éclat de leurs bottes. Il a parcouru les cabanons, a touché deux ou trois murs pour vérifier que la peinture était sèche et, finalement, s'est arrêté près de moi, a souri de mauvaise grâce et a sorti une enveloppe de son porte-documents.

– Ça m'a l'air bien, dit-il : les cabanons et les fenêtres. Le plus embêtant ce sont les fenêtres. Elles ont beaucoup de détails, ça demande de la patience et un poignet sûr.

– Et si vous vous décidiez à me payer une bonne fois pour toutes, ai-je dit, peu désireux de m'empêtrer dans une réflexion sur le travail de peintre en bâtiment. Mes ongles couverts de peinture rouge suffiraient largement à me rappeler pendant plusieurs jours l'endroit où j'avais passé les six derniers mois.

– Votre démission ne m'amuse pas. Je comptais sur vous pour toute la saison. Je dois maintenant chercher un autre employé.

– La place est attrayante : gérant de cabanons. Il vous sera facile d'embobiner un naïf qui voudra la prendre.

Garrido a souri de mauvaise grâce, a regardé l'enveloppe dans sa main gauche et me l'a tendue.

– Deux cent mille, dit-il.

– Nous avions convenu du double.

– En démissionnant vous avez perdu une bonne partie de vos droits. C'est stipulé dans le contrat.

– Et personne à qui me plaindre, n'est-ce pas ?

– Prenez vos affaires et restons-en là, affirma-t-il d'un ton sans réplique.

En d'autres temps, je lui aurais secoué les puces mais je m'étais réfugié sur cette plage pour m'éloigner de la violence. J'en avais marre de la douleur. Marre de vouloir changer le cours des choses, de faire la lumière pour voir, en fin de compte, les éternels profiteurs garder le beurre et l'argent du beurre. J'étais fatigué et ne voulais plus me faire rouler car, même dans le domaine privé, le plus tendre et le plus doux – l'amour –, j'avais mal joué. C'est pourquoi, tout en écoutant Garrido, je pensais à ce que j'avais lu des mois plus tôt : « *Je ne veux pas changer le monde, j'essaye seulement de faire en sorte que le monde ne me change pas.* » J'ignorais l'origine de la citation et j'ai maudit ma mauvaise mémoire, mon incapacité absolue à retenir trois chiffres et un nom inconnu. Mais, sans aucun doute, lutter contre les changements imposés par ce que j'appelais le monde m'obligeait à ne pas être complaisant avec mon entourage, à protester et à chercher cette vieille révolte qui permet finalement de relier un jour à l'autre.

– N'oubliez pas le chat, a dit Garrido en montrant Simenon qui nous observait sur le seuil du cabanon où nous avions logé jusqu'à cet après-midi. L'air marin lui convenait. Son pelage immaculé brillait et son corps avait pris un poids qui ralentissait son pas.

J'ai mis l'argent dans ma poche et installé Simenon sur mon bras gauche tandis que je ramassais, de la main droite, le sac contenant mes maigres biens : trois chemises délavées, un nombre égal de caleçons et de chaussettes, deux gros pulls, un exemplaire assez mal en point de *Piano-bar de solitaires*, un carnet de notes, la brosse à dents et deux lettres de Griseta.

J'ai pris congé de Garrido qui a claqué les talons en souriant, heureux de me voir disparaître de son fief. J'ai respiré l'air salin et suivi le sentier de sable conduisant à Santiago.

Arrivé sur la route, au lieu d'aller jusqu'à l'arrêt du bus, j'ai levé la main droite pour faire du stop mais le fourgon est passé près de moi sans s'arrêter.

Une demi-heure plus tard, après une dizaine d'essais infructueux, une camionnette verte s'est arrêtée. Elle était conduite par une femme à la peau brune et aux grands yeux qui a étudié ma dégaine avant de baisser la vitre du passager.

– Je vais à Santiago, lui ai-je dit.

– Montez, mais sachez que je dois d'abord passer par Valparaíso. Il me faut prendre livraison d'une commande.

– Je ne suis pas pressé et observer les collines de Valparaíso, c'est toujours bon pour le moral.

La femme a rangé un sac qui se trouvait sur le siège et m'a fait signe de monter.

– Vous aviez un air tendre avec votre chat dans les bras, dit-elle après avoir remis en marche le véhicule, tendre et inoffensif.

J'ai répondu en souriant :

– Je le suis. Plus tendre et plus inoffensif chaque jour. Ce doit être l'âge.

– Je n'ai pas dit que vous faisiez vieux. Seulement que vous n'avez pas l'air d'un routard : vêtements noirs, crâne rasé, gros godillots et manque de propreté évident. Il y en a des tas et on ne peut pas leur faire confiance. Puis elle a ajouté : Je m'appelle Verónica Jéldrez et je travaille dans une agence spécialisée dans l'étude de l'environnement. Pollution, déchets toxiques, protection de la faune. Comme vous pouvez l'imaginer, le travail ne manque pas.

– Heredia, ai-je dit sans savoir quoi ajouter. J'étais sans domicile et n'avais pas envie de dévoiler mon passé à une inconnue.

– Le chat a un nom ?

– Simenon.

– Comme le footballeur ?

– Oui, il faisait partie d'une ligne d'avant du tonnerre avec Soriano et Onetti.

– J'ai fait une gaffe ? a-t-elle demandé avant de prendre un tournant plus vite qu'il n'était conseillé.

La femme était aimable et bavarde. Elle était mariée à un technicien des Eaux et Forêts nord-américain qu'elle avait connu quand elle faisait ses études à l'université de Waco, au Texas. Elle avait deux fils adolescents et semblait prendre plaisir à son travail. Elle venait de Cartagena et de Las Cruces, des plages où elle procédait à des examens concernant la pollution des eaux et l'émission d'excréments.

– C'est un problème économique. Personne ne veut perdre. Ils veulent tous des bénéfices rapides à partir de moyens qu'ils ne renouvellent pas ou mettent des années à renouveler. C'est partout pareil. Elevages de saumons qui polluent les eaux dans le Sud, forêts détruites, industries qui empoisonnent l'air de Santiago. A Cartagena, on pourrait améliorer l'environnement mais il faudrait pour cela limiter le nombre d'estivants, chose qui ne plaît pas aux propriétaires de restaurants et de pensions.

– Ma bataille écologique s'est terminée le jour où la seule plante de mon appartement est morte. J'en avais pris soin pendant des mois mais la pollution de Santiago a gagné la partie.

– Personne n'a de conscience écologique, a commenté Verónica et elle s'est tout de suite lancée dans une longue dissertation. Je me suis rappelé mon aversion pour les raseurs mais je n'ai rien dit. Je n'ai pas non plus osé la contrarier quand, ayant essayé d'allumer une cigarette, elle m'en a empêché de trois non successifs avant d'ajouter :

– Dans cette camionnette, on ne fume pas. Si vous ne pouvez pas tenir, vous n'avez qu'à descendre.

– Je sais contrôler mes vices, ai-je concédé avec résignation.

Je me suis souvenu d'un ami auquel je rendais régulièrement visite pour son anniversaire. Il organisait des fêtes sympathiques jusqu'à son mariage avec une biologiste qui lui avait interdit de fumer et d'offrir de l'alcool aux invités. Elle servait du jus de carotte et il fallait aller fumer dans le jardin. J'ai cessé de voir mon ami après deux anniversaires de ce genre et je n'ai jamais su s'il était toujours malheureux ou avait divorcé.

– Vous travaillez dans quoi ? m'a-t-elle demandé en me regardant du coin de l'œil. Vous êtes habillé comme un manœuvre mais quelque chose me dit que ce n'est pas votre métier.

– Ces derniers temps, j'ai été peintre en bâtiment...

– Ne me répondez pas si vous n'en avez pas envie, m'a interrompu la femme. C'était juste une question pour rendre le voyage plus court.

J'ai dit :

– Avant, j'étais détective privé – et, pendant quelques secondes, j'ai observé le visage de la femme. Ses yeux se sont ouverts plus que nécessaire, mais j'ai remarqué que sa curiosité prenait le pas sur sa peur.

– Comment en êtes-vous arrivé à exercer ce métier ?

– Hasard ou destin, je ne sais pas très bien. Il y a des années, j'ai fait des études de droit. Pas plus de deux semestres. A ma sortie de l'université, j'ai rencontré l'oncle d'une amie qui désirait savoir où se trouvait sa fille aînée. La jeune fille avait quitté la maison avec un amoureux. L'oncle m'a offert quelques pesos pour la retrouver et j'ai réussi. La jeune fille est rentrée chez elle et j'ai gardé le goût de ce travail. J'ai loué un bureau et mis une annonce dans le journal. Longtemps j'ai cru que c'était le travail idéal. Sans patron et du temps de reste pour lire et écouter de la musique.

– Vous êtes sûrement tombé sur des affaires intéressantes.

– Beaucoup de fugues, des gens qui veulent récupérer des choses, des crimes que la police ne veut pas élucider. Comme je ne suis pas ambitieux, je ne me débrouillais pas trop mal. Je payais mon loyer, je mangeais quand j'en avais envie et il en restait toujours assez pour boire un coup et acheter des livres. Mais je me suis lassé, j'ai eu peur, ou peut-être l'influence d'une femme. Un jour, il y a six mois, j'ai tout abandonné.

– Et la femme vous a quitté, a-t-elle affirmé en m'interrompant une fois de plus. Je me trompe ?

– Madame, pour ce qui est des femmes, ma vie ressemble à un salon de coiffure. Elles entrent, se font les ongles et s'en vont. Je ne m'en soucie pas ou presque.

– Presque. Ça ne sonne pas très juste.

– J'ai lu un jour qu'un bon détective ne se marie jamais.

– Bravo ! Et qu'est-ce que vous allez faire maintenant ?

– On verra bien ! me suis-je exclamé et j'ai regardé en direction de l'horizon d'arbres et de collines qui commençait à s'obscurcir. Santiago offre toujours quelque chose de nouveau. Avec un peu de chance, je peux peut-être rouvrir mon officine. Je n'ai pas de gros besoins. Un bureau, un téléphone et un fauteuil confortable pour m'asseoir et attendre les clients.

– Je vous souhaite bonne chance. Si vous pensez que je peux vous aider, cherchez mon nom dans l'annuaire, m'a dit la femme et son offre m'a paru sincère.

Nous sommes arrivés à Santiago à la tombée de la nuit. La camionnette a dépassé rapidement la ville satellite avant d'être arrêtée par un embouteillage devant L'Auberge de l'Oie. On voyait sur les trottoirs des gens rentrant chez eux et quelque chose dans l'expression fatiguée de leur visage m'a fait regretter la tranquillité de la plage ; ces heures où je m'asseyais devant la mer pour regarder le vol des mouettes tandis qu'à l'horizon le soleil se retirait lentement, gros et rouge comme un contremaître ivre.

On s'est séparés devant la Gare centrale. Je l'ai vue passer entre deux bus avant de se perdre dans les couleurs artificielles et vertigineuses de la rue baptisée Promenade des Délices par un humoriste du passé.

J'ai marché, émerveillé par les lumières des panneaux publicitaires et de la demi-douzaine de restaurants encore ouverts. La nuit était fraîche et un fumet insidieux de viande grillée, de café et de frites sortait des bistrots proches de la gare. Ne sachant que faire, je me suis arrêté devant quelques étals qui proposaient des cassettes bidouillées, des chaussettes chinoises, des t-shirts à l'effigie du Che, des coupe-ongles et une infinité de babioles à petit prix. J'ai regardé à l'intérieur d'un snack et j'ai vu une trentaine de clients, ils buvaient de la bière et mangeaient des hot dogs multicolores, bourrés de mayonnaise et de sauce américaine. J'ai décidé de retourner dans mon quartier. J'ai arrêté un taxi et demandé au chauffeur de me laisser au carrefour des rues Bandera et Allavillú. Le type, maigre et gominé, m'a observé dans le rétroviseur et a tenté pendant quelques minutes une manœuvre qui nous aurait entraînés dans un parcours superflu.

Je lui ai dit énergiquement :

– J'arrive de la plage, j'ai un sac de voyage mais je ne suis pas un provincial. Je sais où je vais et je connais le chemin le plus court pour y arriver. Prenez l'Alameda jusqu'à Amunátegui. De là, le carrefour des rues San Pablo et Bandera. Allavillú est à un pâté de maisons de la gare Mapocho.

Le chauffeur m'a adressé un sourire de doberman et a accéléré, dépassant une Daewo bleue.

– J'ai été chauffeur de taxi et j'aimais moi aussi faire suivre à mes passagers le chemin le plus long, ai-je ajouté à voix basse. Simenon s'est blotti dans mes bras et m'a jeté un regard compréhensif. Il était fatigué et avait sûrement besoin d'un coin tranquille pour s'y pelotonner, en forme de cercle parfait, symbole du bien et du mal, du début et de la fin de la vie, comme le pensaient les Egyptiens quand, en des temps reculés, ils avaient fait du chat un dieu.

Mais cette nuit je ne pouvais lui promettre la paix.

III

J'ai cru entendre protester Simenon :

– Et maintenant ? Tu ne vas pas me ressortir cette niaiserie de *home, sweet home !*

Nous étions dans la rue Bandera, devant l'immeuble où, six mois plus tôt, se trouvait encore mon appartement-officine. La plupart des fenêtres étaient éclairées mais celles correspondant à mon ancien bureau étaient sombres. Je suis allé jusqu'à l'entrée et, pendant un instant, j'ai effacé le présent et cherché la clé de l'appartement dans ma veste. Elle était dans la poche droite, endormie près d'un mouchoir blanc, de deux programmes de l'hippodrome et d'une pochette d'allumettes toutes neuves. Je me suis approché de l'entrée et avant que j'aie pu essayer d'utiliser la clé, une voix inconnue m'a ramené à la réalité.

– Vous cherchez quelque chose ? m'a demandé un homme grand et costaud comme une armoire à glace. Il portait un costume fané de gardien et une casquette qu'il maintenait difficilement sur sa tête car elle faisait deux ou trois tailles de trop.

J'ai balbutié :

– Appartement sept cent soixante-dix-sept.

– Il n'y a personne dans ce bureau et je ne veux pas d'histoires. Alors vous allez revenir sur vos pas et partir droit dans la rue si vous ne voulez pas que j'appelle les flics.

– J'habitais dans cet immeuble il y a encore quelques mois. J'en connais tous les recoins, enfin je crois.

– C'est possible. Je suis nouveau dans le métier. De toute façon, vous ne pouvez pas entrer sans carte de résident. Ce sont mes instructions et je suis payé pour les appliquer.

– Une carte de résident ?

– La nouvelle administration a mis de l'ordre dans certains domaines.

Le type n'était pas facile et j'en ai déduit que la moindre insistance pouvait éveiller sa colère.

– Mme Arrate me louait cet appartement. Elle habitait au cinquième.

– Elle a déménagé dans le quartier de La Reina, a dit le gardien en regardant derrière mon dos.

– Et maintenant ? a redemandé Simenon.

A la diagonale de l'endroit où nous nous trouvions, j'ai aperçu la porte illuminée du Touring Bar et, en face, le kiosque d'Anselmo, l'ami marchand de journaux qui, avant mon séjour à la plage, me tenait informé des événements du quartier. J'ai murmuré :

– Le kiosque est fermé.

– Monsieur Peña s'en va à huit heures, a dit le gardien.

– Monsieur ? me suis-je demandé, surpris par cette manière inhabituelle d'appeler mon ami.

– Monsieur Anselmo Peña, a confirmé l'homme.

– Lui-même, et en regardant de nouveau en direction du bar, j'ai compris que je n'avais plus beaucoup de cartes à jouer cette nuit-là. Dites-lui qu'Heredia le cherche et que je serai à l'Hôtel Central.

– Heredia ? J'ai beaucoup entendu parler de vous...

– Des ragots certainement. « Sans ragots, la vie du Chilien serait aussi insipide que celle d'une nonne. »

– Je n'y avais jamais pensé. Vous avez du talent.

– C'est de José Victorino Lastarria dans son *Manifeste du Diable*. Une citation parmi toutes celles que j'ai l'habitude de noter. Mais vous ne vous souvenez peut-être pas de Lastarria, on ne le voit plus à la télévision depuis belle lurette.

L'homme a haussé les épaules d'un air las. Je me suis dirigé vers le Touring et, en entrant dans le bar, une odeur de vin aigre m'a obligé à renifler nerveusement. L'endroit n'avait pas changé depuis ma dernière visite. Les tables avaient toujours leurs toiles cirées, les murs arboraient leurs vieilles publicités pour les vins, les bières et les rafraîchissements ; et les trois ou quatre poivrots accoudés au bar appartenaient à l'inventaire extravagant de ce troquet où l'on n'entrait qu'en cas d'ennui ou d'extrême nécessité.

Je me suis assis à une table. Simenon a appuyé ses pattes de devant sur la toile cirée jaunâtre et a flairé de mauvaise grâce un ravier de *pebre*[1] sur la table, à côté d'un coquillage vide servant de cendrier et d'un verre avec quatre serviettes presque transparentes que personne n'avait osé utiliser jusqu'alors.

– J'ai faim, a-t-il dit.

– Tu n'es pas le seul, lui ai-je répondu, on n'a rien mangé depuis ce matin.

Un garçon petit et un peu somnolent s'est approché de la table. Il avait une veste blanche trop étroite pour lui et un pantalon noir, lustré aux fesses à force d'être porté. Il a sorti de sa veste des feuilles jaunâtres qui tenaient dans la paume de sa main et s'est préparé à prendre la commande.

– Un café, deux sandwiches à la viande, un petit cognac et une demi-tasse de lait.

– Du lait ?

– Pour mon ami, ai-je ajouté en montrant Simenon.

---

1. Sauce froide composée de tomates, d'oignons et de coriandre servant à accompagner la viande. (Toutes les notes sont du traducteur.)

IV

– Ce n'était pas mal, ai-je dit à Simenon tandis que nous marchions vers l'hôtel. Mes dents avaient vaincu la résistance du sandwich à la viande et le souvenir du cognac réchauffait mon estomac. Simenon avait dévoré la viande et bu le lait avec enthousiasme au point de s'endormir au pied de la table. Deux heures du matin venaient de sonner et le bar que nous avions laissé derrière nous restait plein d'ouvriers noctambules, de prostituées tout juste sorties d'un claque, de mauvais garçons et de couples de flics venus boire de la bière aux frais de la maison.

L'hôtel était le refuge habituel des tapineuses du quartier et des représentants paumés qui avaient bu un coup de trop dans les restaurants des rues San Pablo et Bandera. La porte était toujours entrouverte, un écriteau minable accroché sur sa partie supérieure pour seule identification. Suivi de Simenon, j'ai grimpé l'escalier étroit et sombre conduisant au comptoir de la réception derrière lequel j'ai découvert une femme sur le retour à l'air peu engageant qui, certainement, travaillait là depuis qu'elle n'avait plus le courage et le physique nécessaires pour faire le trottoir. Elle lisait un exemplaire froissé de la revue Cine Amor et ne semblait pas très à son aise dans la robe noire qui boudinait ses chairs. Sur le comptoir se trouvait le registre et, près du téléphone, un petit écriteau indiquant le prix des communications. Le reste, c'était le début d'un couloir tout aussi ténébreux et le bourdonnement d'un téléviseur dans une chambre proche, reproduisant le dialogue insipide d'un quelconque film du soir.

– Je veux une chambre pour moi et mon ami, lui dis-je en installant Simenon dans mes bras.

La vieille a croassé :

– L'hôtel n'accepte pas les animaux.

– Vous avez bien regardé vos clients ?

– Le règlement de l'hôtel est clair.

– Mon chat et moi, on ne se quitte pas. C'est un mec tranquille et il a déjà fait ses besoins. Et puis ce taudis n'est pas le Hyatt.

– Je dois y réfléchir, a ajouté la grosse tout en calculant le supplément à encaisser.

– Vous ne prenez pas de risques, je vous assure, et tout compte fait, la pisse de chat c'est plus distingué que le vomi de poivrot. Je suis prêt à payer vingt pour cent au-dessus du prix normal et je doute qu'on vous fasse une proposition semblable dans les quinze prochaines années.

La femme a fait semblant de peser mes arguments avant de finir par me montrer le registre.

– Inscrivez votre nom et les autres renseignements, m'a-t-elle dit aimablement. Les flics se pointent tous les trois quarts d'heure.

– L'argent fait bouger les montagnes, ai-je commenté avant d'écrire sur le registre. Le monde est ainsi fait. Avant, les discussions étaient idéologiques, on parlait de foi et de principes, maintenant de dollars, d'indices de vente et d'apparences. La morale est mise à l'encan pour quatre sous.

– Chambre quinze. Au fond du couloir à droite. Vous devez libérer la chambre avant midi et veiller à ce que votre chat ne fasse pas de saletés.

– Le tapis, les draps de soie, l'édredon de plumes. Ne vous inquiétez pas, ma sœur : je quitterai ce couvent avant le chant du coq.

Mon moral était pareil aux murs de la chambre. Gris, déchiré et prêt à s'effondrer. De la rue montaient les voix des clients du Touring, mêlées aux dialogues des couples dans le couloir et les chambres voisines. J'entendais leurs rires puis le bruit d'une porte refermée et, plus tard, les murmures étouffés de ceux qui faisaient l'amour sur des lits qui, comme le mien, grinçaient au moindre mouvement.

J'avais sommeil mais, contrairement à Simenon ronflant au pied du lit, je ne pouvais fermer les yeux ni cesser de penser à ce qu'avait été ma vie ces derniers mois. Le nom de Griseta résonnait dans ma mémoire tandis que je réfléchissais au meilleur moyen d'affronter mon retour à Santiago. Rouvrir mon officine était une possibilité, l'autre était d'accepter l'offre d'un ami journaliste ; il dirigeait une revue consacrée aux affaires policières et me croyait capable de rédiger deux colonnes avec des histoires plus ou moins en rapport avec le milieu.

Ensuite j'ai joué à laisser libre cours à mon imagination. J'ai rêvé que j'étais sur une île et que je marchais sur les sentiers d'une montagne couverte de myrtes, de lauriers et d'arbres à fleurs rouges. Je réussissais à atteindre une clairière et, de là, je voyais une baie calme où voguaient trois petites barques. J'entendais au loin le bruit émis par les rames en entrant dans l'eau et les voix des marins qui se saluaient entre eux chaque fois que les barques se croisaient. Et, si mon regard se faisait plus aigu, je reconnaissais les taches argentées des bancs de saurels ou le brusque saut des saumons qui s'aventuraient à explorer les berges. Mes sens buvaient cette paix et toutes les fureurs de la ville étaient oubliées, insignifiantes face à une nature imposant sa magie. De l'endroit où je me trouvais, je voyais aussi des maisons aux toits de tuiles d'où sortait une fumée qui caracolait au-dessus des toits et se diluait dans la transparence de l'air bleu. Tout près, j'entendais le chant des grenouilles et l'aboiement de chiens tournant autour d'une paire de bœufs. Le paysage de l'île Tranqui à Chiloé, cette nuit-là, dans la chambre d'hôtel, m'a enveloppé lentement jusqu'au moment où le sommeil a vaincu l'imagination.

Le réveil a été brutal et inattendu. J'ai entendu frapper à la porte et, en ouvrant les yeux, je me suis trouvé devant le sourire froid de deux revolvers à dix centimètres de ma tête. Derrière eux, j'ai reconnu les regards agressifs de leurs propriétaires, un autre type leur donnait des ordres depuis la porte. Les trois hommes avaient incontestablement une allure de flics. Ceux qui me tenaient en joue étaient jeunes. Ils portaient des jeans et des blousons de cuir. Celui qui donnait les ordres était plus âgé. Il arborait une moustache taillée court et cachait ses yeux derrière des lunettes fumées.

J'ai entendu un des jeunes m'ordonner :

– A plat ventre sur le lit.

J'ai obéi de mauvaise grâce et ils m'ont immédiatement plié les bras et passé les menottes. J'ai senti le dur contact du métal et j'ai enfoui mon visage dans l'oreiller. Celui qui donnait les ordres a pris mon sac et a renversé son contenu sur le sol de la chambre.

– Rien, a-t-il dit déçu.

Ils m'ont fait mettre debout et quand je me suis trouvé en face du policier âgé, je l'ai regardé droit dans les yeux en demandant :

– Qu'est-ce qui se passe ?

– C'est nous qui posons les questions.

Il a fait signe à ses hommes qui m'ont obligé à aller vers la sortie. Dans un coin de la pièce j'ai vu Simenon. Il observait, plus curieux qu'incommodé. Je lui ai dit :

– Va au kiosque d'Anselmo.

J'ai senti une bourrade dans mon dos et j'ai avancé jusqu'à la sortie. Simenon est passé entre mes jambes et a disparu dans le couloir obscur de l'hôtel.

Dans la rue, les dernières ombres de la nuit prédominaient. L'air était frais et on entendait seulement le passage des bus dans la rue Bandera. En face de l'hôtel se trouvaient une voiture de police et une ambulance où j'ai reconnu ce qui devait être un corps couvert d'une toile. Le spectacle fut bref. L'ambulance s'est mise en marche et on m'a fait monter dans le véhicule des flics. J'ai osé demander :

– Pourquoi m'arrêtez-vous ?

– Federico Gordon. On veut savoir pourquoi tu l'as tué.

– De quoi parlez-vous ?

– Au début, ils disent tous la même chose.

– Je voudrais téléphoner.

– On n'est pas dans un feuilleton télé.

Un des jeunes policiers a fouillé dans ma veste et en a sorti un portefeuille où se trouvait ma carte d'identité, des cartes de visite et l'argent qu'on m'avait payé pour le travail à la plage.

– Il s'appelle Heredia et il a des cartes de visite de détective privé, a dit le policier qui venait de me fouiller.

– Détective privé ? a demandé le deuxième jeune policier. C'est quoi cette merde ?

– Heredia, a murmuré le chef.

– C'est ce que dit sa carte d'identité.

– Quand je suis arrivé au commissariat central, on parlait beaucoup de vous et de vos furetages dans le quartier. Ensuite, on a raconté que vous étiez mort dans une fusillade déclenchée dans le quartier Franklin, a ajouté le chef.

– Des rumeurs. Il ne faut jamais faire cas des rumeurs ou des éloges. Appelez l'inspecteur Bernales et vous aurez de meilleurs renseignements.

– Bernales le Frimeur ?

– Agustín Bernales.

– Vous ne l'avez pas vu depuis combien de temps ?

– Six mois ou plus.

– Les dents de votre ami ont poussé.

– Je n'ai pas dit que c'était mon ami.

– L'enfoiré a réussi trois ou quatre enquêtes et est monté en grade, a commenté l'inspecteur.

– Que s'est-il passé à l'hôtel ? ai-je demandé sentant que les policiers pouvaient changer de ton.

– Ce n'est pas une promenade. Taisez-vous et attendez nos ordres avant d'ouvrir la bouche.

J'ai passé les deux heures suivantes dans une cellule avec, pour seule compagnie, les trois Derby trouvées dans la poche supérieure de ma veste et une interminable série d'idées confuses sur ce qui s'était passé à l'hôtel. Le nom de Federico Gordon ne me disait rien et j'attendais l'occasion de parler pour démontrer que ma présence à l'hôtel était étrangère au destin de cet homme, mort avant son heure, comme je le supposais.

Bernales est arrivé en compagnie du chef du groupe qui m'avait arrêté à l'hôtel. Je l'ai observé longuement. Ce n'était plus le jeunot faisant ses premières armes sous la protection de Dagoberto Solís, son parrain et mon ami en d'autres temps. Il semblait solide, sûr de lui et ses cheveux gominés le faisaient paraître plus vieux. Il a sorti un paquet de Belmont et m'a offert une cigarette.

– Vous avez l'air sale et vieilli. Vous étiez sur une île ?

Sa voix était neutre comme s'il n'avait pas encore décidé de l'attitude à adopter dans la conversation. J'en ai déduit qu'il désirait se montrer énergique en présence de l'autre policier tout en voulant me faire comprendre qu'il ne m'avait pas oublié.

– J'aimerais bien ! Une île, c'est tout ce dont je rêve.

– Gaete m'a appelé, a dit Bernales en montrant le policier qui l'accompagnait. Je veux entendre votre version de l'histoire.

– Je suis rentré hier soir à Santiago. Je ne savais pas où loger et j'ai pris une chambre au Central. Avant, j'ai mangé un bout au bar, à côté de l'hôtel.

– Vous connaissiez Gordon ?

– Non.

– Vous mentez, a dit Gaete. Vous oubliez l'argent dans vos poches, vos antécédents. La chose est claire. Gordon était au bar, ils ont bavardé et Heredia a appris que le défunt avait sur lui une belle liasse de billets. Il l'a suivi jusqu'à l'hôtel, a fait semblant de louer une chambre et l'a descendu à minuit.

– Et puis il s'est tout de suite endormi comme la Belle au bois dormant, a dit Bernales.

Gaete a senti l'ironie et, inquiet, a fait quelques pas dans la cellule.

– Je me charge de l'enquête, a dit Bernales.

– C'est un homicide, pas une affaire de drogue, a répliqué Gaete.

– Gordon était peut-être un trafiquant. On pourrait aussi fouiller Heredia et trouver sur lui de la drogue, a ajouté Bernales en sortant un petit sachet de coke de sa veste.

– Si vous le dites, a concédé Gaete de mauvaise grâce. Je ne veux pas qu'on aille raconter des ragots à mon chef, je ne veux pas d'histoires.

– Alors il n'y a pas grand-chose à ajouter.

Gaete a baissé la tête, reculé de deux pas et ouvert la porte de la cellule.

– Ils veulent tous gagner des points sans attendre, a commenté Bernales. Un suspect, un semblant de mobile et au trou.

Il a tiré une bouffée de cigarette et a retenu la fumée dans sa bouche.

– Vous l'avez tué, Heredia ?

– Je vous ai déjà raconté mon histoire. Je ne sais pas qui était le nommé Gordon.

– On a trouvé dans la chambre la carte d'identité du défunt. La réceptionniste a enregistré son arrivée une heure avant la vôtre. Gordon lui a dit qu'il partait en voyage et devait être à l'aéroport à six heures du matin. Il a demandé à être réveillé à quatre heures. Quand la responsable est allée l'appeler, elle a trouvé la porte de sa chambre entrouverte. Il était dans son lit, nu. Quelqu'un l'avait tué à bout portant.

– Vous avez vérifié s'il partait en voyage ?

– On a consulté les réservations et son nom ne figure sur aucune ligne aérienne.

– Et bien, je n'ai pas d'autre idée.

– Je vais vous faire remplir une déclaration et vous pourrez partir, Heredia.

– Et après ?

– Vous êtes du quartier, alors, peut-être...

– Vous me demandez de vous aider ?

– Non, a répondu Bernales, évasif. Je pensais à prendre un petit déjeuner. Nous avons tous deux besoin de quelque chose de chaud.

V

– Que sais-tu des clients de l'hôtel ? ai-je demandé à Bernales après avoir goûté le café qu'il avait commandé à un des garçons du Victoria, le restaurant situé au pied de l'immeuble où s'était trouvé mon bureau. Bernales en était à sa deuxième tasse.

– Huit putes avec leurs clients. Elles sont arrivées avant minuit et n'ont pas quitté leur chambre. Trois types de passage, disons occasionnels. Vous, Gordon, et un troisième, enregistré sous le nom de Javier Iturra. En toute logique, aucun ne correspond au genre de clients qui fréquentent l'hôtel.

– Gordon est mort. Et pour Iturra ?

– Il a été enregistré à l'hôtel deux heures après Gordon. Il est monté dans sa chambre et en est ressorti vers trois heures du matin. La réceptionniste était à moitié endormie et l'a entendu appeler un radio taxi.

– Vous avez trouvé trace de la communication, je suppose.

– Il a appelé la compagnie de taxis Galápagos. Il est monté à l'entrée de la gare Calicanto et il est descendu à l'Hôtel Foresta, sur le versant du Cerro Santa Lucía. D'après le chauffeur, il était ébloui et lui a posé des questions sur les instituts de massage. Il semblait décidé à faire la java. Le chauffeur lui a donné quelques adresses dans la rue Mosqueto. J'ai envoyé trois de mes hommes enquêter là-bas, mais rien. Quant aux renseignements sur Iturra, nous en saurons davantage quand sa fiche arrivera.

– Et les employés de l'hôtel Central ?

– La nuit, il n'y a que la gérante et un jeune qui aide au ménage. Leurs deux versions coïncident. Les tapineuses forment le gros de la clientèle et elles savent qu'il faut veiller à la tranquillité du lieu. Il y a de moins en moins d'hôtels dans le secteur et notre commissariat est tout proche, elles le savent.

– Un sacré imbroglio.

– Comme les aimait mon parrain Dagoberto, a dit Bernales.

– Dagoberto Solís. Mon meilleur ami et le meilleur flic que j'aie jamais connu. J'irai le voir un de ces jours.

– Vous vous souvenez de lui, Heredia ? Je veux parler de la façon dont il est mort et de ceux qui l'ont tué. J'ai toujours pensé qu'à la mort de mon parrain, vous avez manqué d'initiative pour arriver au fond des choses.

– Plus personne ne nous rendra Dagoberto, ai-je dit en écoutant au fond de moi les pas lents mais sûrs de la culpabilité. Je ne veux plus de mort. Une vengeance en entraîne une autre et, finalement, on se retrouve au fond d'un puits.

– Vos conseils ne m'intéressent pas, Heredia. Quant à l'affaire de l'hôtel, oubliez-la. Ce qui arrive dans un hôtel minable n'intéresse personne.

VI

J'ai laissé Bernales seul devant sa troisième tasse de café et deux ou trois idées à résoudre à propos du crime de l'hôtel. Il avait connu un succès rapide et était déconcerté, comme ces chiens qu'on met dans une caisse pour les faire changer de maison avant de les lâcher dans une cour inconnue. Ils aboient et aboient encore jusqu'à ce que quelqu'un leur flanque un coup de pied. Ceux qui dirigent la société ont besoin de héros temporaires, ils les couvrent de lauriers et, à la première erreur, leur présentent la note. Bernales volerait encore un peu plus haut et tomberait ensuite dans le vide sans que personne ne fasse rien pour le retenir.

J'ai remarqué dans la rue l'agitation des gens qui allaient faire le marché. Le kiosque d'Anselmo était ouvert, bourré de journaux, de revues avec des photos de femmes nues, de compact disc sur des sujets allant de l'histoire grecque aux tarots. Je connaissais le marchand de journaux depuis dix ans et nous étions non seulement voisins, mais unis par une passion commune pour les courses de chevaux. Anselmo avait été jockey et il avait remporté deux classiques et trois spéciales jusqu'au jour où une chute avait immobilisé son bras gauche. Souvent, pendant des nuits de bière ou de whisky, il se rappelait ces courses et sortait de sa veste des coupures de journaux fripées et jaunâtres où on le voyait sourire, monté sur un pur-sang.

J'ai passé la tête dans la lucarne du kiosque et je l'ai surpris, la tête sur la poitrine, assoupi. Près de lui, couché sur une revue, Simenon dormait à poings fermés, indifférent au tapage et à tout ce qui n'était pas ses rêves peuplés des plus jolies petites chattes du voisinage.

J'ai crié :

– Anselmo Peña !

Le vendeur de journaux s'est réveillé en sursaut et, pendant quelques minutes, son regard a erré à l'intérieur du kiosque. Son aspect m'a surpris. Il était habillé comme un dandy des années cinquante. Tricot rayé blanc et noir, souliers et casquette de toile, pantalon gris à fines rayures blanches et blaser bleu à boutons dorés.

– Putain, *don*. Vous n'avez pas du tout changé, a-t-il dit après m'avoir donné l'accolade. Quand j'ai vu Simenon j'ai su que vous étiez de retour. Le gardien de l'immeuble m'a transmis votre message et j'ai appris à l'hôtel qu'on vous avait arrêté. Vous ne pouvez pas savoir combien je suis content de vous revoir.

– Moi aussi, je suis heureux d'être de retour, même si je suis maintenant à la rue.

Anselmo a souri carrément comme s'il venait d'entendre une bonne blague.

– Qu'est-ce qui t'amuse ?

– La chance, *don*, a-t-il dit sans rien ajouter. Il m'a fait un signe et m'a obligé à le suivre en direction de l'appartement. On a pris l'ascenseur et en descendant au septième étage, j'ai eu pour la première fois l'impression qu'il se passait quelque chose d'anormal. Anselmo a souri de nouveau, a sorti un trousseau de clés de son pantalon et a ouvert la porte de ce qui avait été mon bureau.

L'endroit était exactement comme je l'avais laissé. La table de travail métallique bourrée de papiers, avec ses deux cendriers en onyx posés dessus. Mon fauteuil de cuir et les trois chaises entourant le bureau dans l'attente de clients ou d'amis. Sur les murs, j'ai reconnu les étagères avec mes livres, la reproduction de la Vénus de Botticelli et la photo d'un Heredia maintenant lointain sur une bicyclette à grosses roues. Le seul objet nouveau était un coussin, grand et moelleux, avec le nom de Simenon brodé sur le côté.

– La chance, *don*. La chance, a répété Anselmo.

– Je croyais qu'on avait entassé tout ça dans une cave. Il manque seulement ... ai-je commencé à dire en me précipitant sur le tiroir du bureau où je gardais la bouteille qui donnait un sens à ces après-midi oisives où mon esprit s'évadait doucement par la fenêtre ouverte.

– Comme vous l'aimez, *don*, a commenté Anselmo en me voyant regarder avec étonnement la bouteille de pisco sortie du tiroir.

– Explique-moi ce qui s'est passé ici, Anselmo, ai-je dit en criant presque tandis que je cherchais refuge dans le fauteuil derrière lequel on voyait la gare Mapocho.

– Avant de partir, je vous avais demandé de me prêter du fric, vous vous en souvenez ?

– Non.

– Dix mille. Deux superbes *Gabriela*[1].

– Non.

– Vous m'aviez dit que ce n'était pas un prêt, vous vous en souvenez ?

– Non.

– J'ai tout misé dans le quinté. Un vrai coup de cul, *don*. Cinq courses d'affilée, dont trois victoires d'outsiders. J'ai gagné de quoi entretenir une danseuse.

– Et alors ?

– J'ai voulu vous écrire, *don*. Mais la propriétaire de l'appartement m'avait dit qu'elle allait le louer et envoyer vos affaires dans une salle de ventes. Sale coup, *don*. J'ai parlé avec elle et nous avons calculé la douloureuse. Je lui ai payé le loyer en retard plus un an d'avance. Je savais que vous alliez revenir et que vous auriez besoin de votre garçonnière. Et ça n'a pas raté. Comme vous savez, *don*, le renard perd ses poils mais pas son astuce.

Confus, sans savoir comment remercier le vendeur de journaux, je me suis levé et j'ai fait les cinq ou six pas qui me séparaient du coussin.

– Une autre de tes idées ?

– Pitita, ma nièce, a suivi un cours de broderie et s'est mise à vendre ses premiers travaux à ses parents. J'ai pensé que ça ferait l'affaire du vieux Simenon. Qu'on le veuille ou non, le pauvre doit avoir quinze ans, ça en fait soixante chez les humains. Un de ces jours, il peut même nous fausser compagnie.

– Que veux-tu que je te dise, Anselmo ?

---

1. Billet de cinquante mille pesos à l'effigie de la poétesse Gabriela Mistral, prix Nobel de littérature.

– Rien, ne dites rien, *don*. Entre gens d'honneur, c'est normal. Juste, par pure curiosité, fendez-vous d'un verre de cette bouteille que vous venez de sortir du bureau.

J'ai ouvert la bouteille et versé trois doigts de liqueur dans deux verres. Anselmo a pris le sien et l'a porté lentement à ses lèvres. Je l'ai observé apprécier la liqueur et retenir difficilement un brutal accès de toux. Son visage est devenu tout rouge et, sans rien dire, il a posé son verre sur un coin du bureau.

– Alors ? lui ai-je demandé.

– En cas d'urgence, ça peut servir de vernis ou d'essence de térébenthine. Je ne sais pas comment vous pouvez avaler ça. Moi, je préfère le rouge.

– C'est une affaire de temps et de goût.

– Peut-être. Je vous laisse vous installer, *don*, a-t-il ajouté en se dirigeant vers la porte.

– Attends. J'ai encore quelque chose à te demander, Anselmo.

– A votre service, *don*.

– Qu'est-ce qu'on raconte dans la rue à propos du type tué à l'hôtel ?

– Personne ne le connaissait. Un type vachement élégant, bien sapé.

– Tu connais les gens de l'hôtel ?

– Le patron est un *Turc*[1]. Il vient deux fois par mois. La réceptionniste s'appelle Dora, c'est une grosse qui a pas mal d'heures de vol. Dans sa jeunesse, elle a travaillé dans les bordels d'Hurtado de Mendoza. Elle est aidée par un garçon, le Panchote. Il est un peu niais. Apparemment, depuis son enfance, on lui a donné plus de came que de lait.

– Un autre homme a quitté l'hôtel peu après minuit, paraît-il. Tu pourrais bavarder avec lui et essayer de lui faire raconter sa version. Ça sert toujours d'écouter une bonne histoire.

---

1. Nom donné aux immigrés venus du Proche-Orient.

VII

Anselmo est parti. J'ai levé le flacon, observé son contenu transparent et l'ai replacé dans le classeur habituel. Pendant mon séjour à la plage, j'avais appris à contrôler mes voyages jusqu'à la bouteille et quelque chose me disait – l'âge ou une certaine sérénité intérieure n'y étaient peut-être pas étrangers – qu'il était possible de survivre sans elle et de la reléguer dans l'oubli jusqu'à ce que l'ennui ou le cafard me fasse changer d'avis. Je me suis assis au bureau et j'ai pris le tas de lettres arrivées pendant mon absence. C'était pour la plupart des publicités commerciales, des offres de crédits pour des ordinateurs et des voyages à Cancún. Je n'avais besoin de rien de tout ça. Une grosse enveloppe contenait la longue lettre d'une dame, elle prétendait être menacée de mort par ses voisins d'immeuble. Elle donnait une infinité de détails remontant aux années soixante et s'achevait sur une détérioration intentionnelle de l'ascenseur. Il y avait beaucoup de solitude et de folie à chaque ligne et je l'ai jetée sans remords dans la corbeille à papiers. J'ai pensé à la dernière lettre que Griseta m'avait envoyée à la plage. Elle n'y parlait pas de la fin de notre romance, elle racontait seulement qu'elle avait commencé à étudier la sociologie à l'université et travaillait en fin de semaine dans une boutique du centre commercial Plaza Oeste à Maipú. Elle habitait chez une veuve, celle-ci lui louait, plus par besoin de compagnie que d'argent, une chambre avec petit déjeuner et toilettes indépendantes.

Elle allait bien, disait-elle, malgré l'effort que représentait pour elle le fait d'étudier et de travailler en même temps. Je ne voulais pas trop penser à elle mais je n'ai pas pu l'éviter. C'était une histoire simple, pleine de ces lieux communs typiques qui unissent un couple. Elle était la jeune sœur d'un ami et était arrivée un après-midi dans mon bureau pour demander mon aide. Elle venait de Talca et elle était seule. Voir le soleil briller à travers la fenêtre et croire qu'elle était mon éternel amour avait fait le reste.

Mais c'était du passé et en cet après-midi de retour, j'étais un type seul, dans une maison vide, sans rien devant lui. Je jetais parfois un regard en arrière dans le temps et je me revoyais, engagé dans des entreprises vagues, usantes, dont personne ne se rappelait au bout de quelques mois. Seul avec cette manie de recomposer le passé, accroché à l'inexistant, comme une barque s'obstinant éternellement à remonter le courant. Peut-être avais-je compris, comme d'autres amis du passé, que ceux qui dirigent le monde n'acceptent pas de changements susceptibles de toucher leurs gros sacs d'intérêts et de misères. Voilà pourquoi il me fallait accumuler l'espoir et les idées pour alimenter le triste feu de la défaite. Ce n'était pas facile. Beaucoup de ces amis étaient morts. D'autres avaient retourné leur veste et apprenaient les pas d'une nouvelle danse qui leur tournait la tête au point de leur faire oublier ce qu'il y avait en eux de plus pur et de plus simple.

Je revenais à mon officine parce que je devais faire ce que me dictait mon cœur. Il y aurait toujours une autre petite affaire pour m'y engager, même si son résultat n'était que l'ombre éphémère de la justice. Ma vie avait toujours été comme ça et elle continuerait de l'être dans l'avenir. Je ne voulais ni ne pouvais la changer. Et le doute faisait partie du jeu. Il avait toujours existé car rien n'est sûr ici-bas excepté l'acte de vivre, jour après jour, accroché à des choses simples, authentiques, en essayant de laisser une trace propre, anonyme, dans laquelle on puisse se reconnaître. Je devais me remplir la tête de nouveaux doutes et laisser le temps m'envelopper dans la magie de pouvoir respirer, même si c'était juste pour continuer à traîner dans le quartier, ébloui par ses couleurs ou les allées et venues de ses habitants.

Malgré les histoires de la nuit précédente et l'interrogatoire des flics, je me sentais joyeux. J'étais dans mon bureau et la vue des étagères bourrées de livres me donnait une étrange sécurité. Là se trouvaient les phrases que je me rappelais pour réaffirmer mes pensées ou mes états d'âme. Parmi ces livres devait se trouver le sous-main bleu avec mes poèmes, écrits à l'université et relus en secret, depuis des années, non pas comme s'ils étaient vraiment de moi mais plutôt d'un être lointain, de ce jeune homme que je ne serai jamais plus à cause de l'âge et des douleurs. J'avais même pensé un jour les confier à une imprimerie pour qu'ils m'en fassent une petite plaquette. Mais, finalement, la pensée de l'inutile avait eu raison de moi. Beaucoup de poètes montraient leurs œuvres ici et là, certaines étaient authentiques, vitales, d'autres étalaient les sentiments à quatre sous de ceux qui écrivent après avoir bu trop de bière.

J'ai pensé à un livre de Manuel Rojas, lu en d'autres temps et, n'étant pas sûr des mots que je désirais retrouver, je l'ai cherché sur l'une des étagères. La citation était soulignée au crayon rouge : « *Donne-moi le temps de jouir du ciel, de la mer et du vent et continue de vendre tes fromages ou tes préservatifs ; donne-moi le temps de vivre et meurs en comptant ta marchandise, en persuadant les imbéciles de la bonté de ton programme de gouvernement, en lisant ton journal ou en faisant du trafic avec tes produits, toujours moins chers que leur prix d'achat ou leur prix de vente. Si, en plus du temps, tu me donnes de l'espace, ou tout au moins ne m'en prive pas, c'est encore mieux : je pourrai ainsi regarder plus loin, marcher plus avant que je pensais, sentir là-bas la présence des arbres et des rochers.* »

J'ai remis le livre à sa place, j'ai pris ma veste suspendue au dossier d'une chaise et je suis sorti du bureau. Le soleil d'automne coulait sur les trottoirs, illuminant les pas des gens, les couleurs de leurs vêtements et leur visage. J'ai allumé une cigarette et me suis arrêté au carrefour des rues Bandera et Aillavillú. J'étais dans mon quartier, au milieu de ses habitants. Sur la gauche, je pouvais voir l'enseigne de la Chapellerie Olguín, l'hôtel Bandera et les panneaux voyants du Roi du Poisson frit. A ma droite, la rue Aillavillú. Le restaurant Victoria, l'entrée d'une salle de billard, une oisellerie, les murs bariolés de La Piojera, le magasin Scutti, le Touring Bar, le restaurant Chicha et Chancho et, au coin, le Toi et Moi, un café proposant un spectacle de danseuses obèses et fatiguées. Oui, j'étais dans mon quartier, au milieu de ses habitants.

J'ai marché lentement devant l'entrée de ces commerces, j'ai parlé avec des voisins qui m'ont reconnu et je suis finalement entré à La Piojera en quête d'un demi-pichet de vin bourru et d'un sandwich au jambonneau, les spécialités de la maison. Le local avait son aspect habituel. Tables de bois occupées par les clients, tonneaux de chicha alignés dans ses longs couloirs, publicités de boissons sur ses murs de brique, quelques petits drapeaux chiliens et son grand comptoir où une vingtaine de clients avaient posé leur verre en regardant du coin de l'œil les plats remplis d'œufs durs, de cornichons, de roulés de veau et de jambonneaux. C'était un décor minable mais joyeux. Des clients rougeauds buvaient seuls, en silence, ou formaient des cercles coupés à chaque instant par des vendeurs de couteaux et de jeux de dominos.

Je me suis assis dans un coin, j'ai passé ma commande et, avant même d'être servi, j'ai vu apparaître Anselmo tenant dans ses mains un exemplaire du journal *La Segunda*. Il s'est arrêté devant le comptoir et, de là, a examiné la clientèle jusqu'à ce qu'il me découvre.

– La célébrité vous poursuit, *don*, a-t-il dit en agitant le journal en guise de salut.

– Qu'est-ce qui t'amène si précipitamment ?

– Lisez, *don*, a-t-il ajouté en me passant le canard ouvert à la page des faits divers.

« *Des inspecteurs ont effectué une rafle nocturne aux alentours de la gare Mapocho à la suite d'un assassinat à l'hôtel Central. La police a arrêté plusieurs suspects parmi lesquels se trouvait un auxiliaire patenté du nom d'Heredia.* »

– C'est quoi cette merde d'auxiliaire patenté ?

– Un avocaillon sans titre ou quelque chose du même genre. Lisez, ne vous occupez pas des détails, la suite est plus intéressante.

« Selon des renseignements non officiels, ai-je lu à voix haute, la victime s'appelle Federico Gordon Iturriaga, expert-comptable, auditeur et avocat âgé de cinquante ans. Membre jusqu'au jour de sa mort du Bureau des audits de la Cour des comptes de la République. Gordon Iturriaga était veuf et sans enfants. »

– Comme les gens sont bizarres, *don* ! Que pouvait bien faire un rond de cuir dans cet hôtel miteux ? Un vicieux, peut-être. Il y a des vieux accompagnés de jeunettes qui viennent là tremper leur biscuit, on me l'a dit plus d'une fois. Il cherchait peut-être aussi un peu de bonheur passager...

– Quoi ?

– De la coke, *don*.

– Il s'agit d'autre chose, j'en ai l'intuition. Mais je ne suis pas devin.

– Pour ça vous pouvez consulter votre nouvelle voisine. Elle s'appelle *Madame*[1] Zara et a loué l'appartement occupé auparavant par Stevens, le gringo.

– Qu'est-ce que la voisine vient faire là ?

– Astrologue, voyante et cartomancienne. Elle lit aussi dans les tarots et les cendres de cigarettes. Elle a loué l'appartement quand vous preniez le frais à Las Cruces.

– Va te faire foutre.

– Ne vous énervez pas, *don*. C'était juste pour parler, on ne sait jamais. On est parfois si troublé et si angoissé que ça fait du bien de connaître la donne.

J'allais ajouter quelque chose quand le garçon est arrivé avec ma commande. Anselmo a ouvert les yeux avec enthousiasme à la vue du sandwich au jambonneau bien garni et appétissant.

– Ça te dit, Anselmo ? lui ai-je demandé en faisant signe d'attendre au garçon.

– Ça me dit mais pas question. J'ai trop de cholestérol et le médecin m'a interdit les graisses.

J'ai payé ma commande au garçon et concentré mon intérêt sur le jambonneau.

– Quand vous aurez fini, vous devriez retourner au bureau.

– Pourquoi si vite ?

– J'ai parlé avec Panchote et le freluquet avait gardé un as dans sa manche. Ou plutôt un sac appartenant au deuxième homme.

– Et c'est maintenant que tu le dis !

1. En français dans le texte.

– Pourquoi vous mettre en colère, *don* ? Je vous ai vu si plein d'enthousiasme devant votre sandwich.

J'ai regardé avec nostalgie mon projet de repas avant de me lever et de me diriger vers ma sortie.

– Allons-y, ai-je dit à Anselmo.

Arrivé à la porte, j'ai regardé derrière moi et j'ai vu le garçon s'envoyer cul sec le verre de vin.

VIII

– Je l'ai découvert tout de suite, *don*, a dit Anselmo après m'avoir montré le sac en nylon bleu qu'il avait laissé sur le bureau. Ce pigeon de Panchote avait des baskets neuves et ça a attiré mon attention. Avec ce que gagne ce crève-la-faim, il a tout juste de quoi becqueter et faire une pirouette. J'ai remarqué que les baskets coûtaient bonbon et c'est par là que j'ai entamé la conversation. En peu de mots, *don* : la chambre occupée par Panchote est à côté de celle qu'avait louée l'étranger et quand celui-ci se préparait à partir, le jeune a entendu des bruits, il a épié à la porte et l'a vu sortir. Après, il s'est rendu compte que la chambre du client était restée ouverte et il a profité de l'occasion pour se faufiler. Il le fait toujours quand les couples quittent les chambres pour chercher quatre sous, des restes de chocolat ou des cigarettes. Mais cette fois il a trouvé le sac avec trente mille pesos, des papiers et un mouchoir. Le matin, en apprenant ce qui était arrivé, il a eu peur et en a parlé à la réceptionniste avant l'arrivée de la police. La grosse lui a conseillé de la boucler.

J'ai pris le sac et je l'ai ouvert. Il était bourré de feuilles de journal froissées pour lui donner du volume. Je les ai toutes sorties et, au fond, j'ai découvert un mouchoir marron.

– Il n'est pas neuf mais il est propre, a ajouté Anselmo. Panchote jure et rejure qu'il y avait juste les papiers et le mouchoir dans le sac.

– En plus des trente mille pesos.

– C'est ça qui lui fout les jetons. Il a déjà été en taule pour avoir volé à la tire à La Vega.

– Dis-lui de ne pas s'en faire. Le dénoncer aux flics ne profite à personne, il vaut mieux l'avoir de notre côté en cas de retour de l'inconnu.

– L'assassin revient toujours sur les lieux du crime.

– Si c'était le cas, il suffirait de s'asseoir et d'attendre avec une bouteille et deux bons livres.

– Ne m'engueulez pas, *don*. Je me contente de répéter ce que j'entends.

– On dira que le sac se trouvait sous le lit et je le donnerai à Bernales pour qu'il fasse relever les empreintes. On y trouvera seulement celles de Panchote et les tiennes, c'est le plus probable.

– Pas question, *don* ! Je ne veux pas que les poulets me mettent sur le gril dans leur cuisine. Je suis trop vieux pour ce genre d'amusement.

– Alors on se tait ! En fin de compte, on n'a pas grand-chose à se mettre sous la dent. Je ne suis plus un suspect pour les flics et, à part la curiosité...

– Voilà qui est parler, *don*. Il ne faut pas perdre de temps avec des choses qui ne rapportent rien.

– Qu'est-ce qui t'arrive ? Je te laisse seul pendant quelques mois et tu avales la pilule du postmodernisme ! A coup sûr, tu es couvert de cartes de crédit et de téléphones portables.

– Si vous voulez me mettre en boîte, je préfère m'en aller. Avec vous, il n'y a rien à faire, *don*.

– Quoi ? J'ai tapé dans le mille ?

Je l'ai vu sortir du bureau et, de ma fenêtre donnant sur la rue Aillavillú, j'ai regardé Anselmo arriver à son kiosque et accrocher quelques revues. Je suis revenu près du bureau et j'ai examiné un instant le mouchoir que j'avais laissé sur le meuble. Il était fin, brodé aux initiales du fabricant et sentait un de ces parfums alléchants en provenance de Paris.

Je suis allé dans la cuisine et après avoir mis de l'eau à bouillir, j'ai parcouru les pièces de l'appartement.

Dans la chambre à coucher, sur le côté gauche du lit, j'ai trouvé un livre de Prévert appartenant à Griseta. Je me suis souvenu que nous avions souvent fait l'amour dans cette pièce et, en fermant les yeux, j'ai cru vivre un de ces moments où seul nous importait le cercle parfait de nos caresses, où le bonheur était un rayon de soleil sur les seins nus de Griseta.

Le sifflet de la bouilloire a fait fuir mes souvenirs. J'ai couru vers la cuisine préparer le café et je suis revenu dans le bureau.

Il me faudrait attendre plusieurs jours avant l'arrivée des clients. J'imaginais leurs visages contrits, leur air de gens se retrouvant devant un médecin et attendant une réponse à leurs maux. Il y aurait les maris trompés. Les épouses avec leurs inventaires minutieux de querelles quotidiennes. Les parents qui recherchent leurs enfants et parlent à voix basse, comme pour demander pardon. Pas de quoi se faire des illusions mais j'étais prêt à accepter chacun de ces travaux pour retrouver grâce à eux le paysage de la ville ; en six mois à peine, il semblait avoir changé, du moins en apparence mais, je le savais bien, derrière les immeubles neufs ou les boutiques inaugurées récemment se cachaient les sentiments de toujours, les mêmes rêves et les mêmes questions, les mêmes tragédies quotidiennes, elles ne faisaient pas les manchettes des journaux mais je m'y engageais la plupart du temps pour satisfaire un désir précaire de justice.

Le téléphone a sonné et en décrochant le récepteur, j'ai entendu une voix de femme ; elle était grave et semblait parler dans mon dos. Elle a murmuré :

– Heredia, je sais beaucoup de choses sur vous et faire votre connaissance m'intéresserait beaucoup.

La curiosité m'a mordu les oreilles, j'essayais de reconnaître cette voix et ne trouvais rien à répondre.

– Excusez-moi. Je ne me suis pas présentée, a ajouté la voix, je suis Armenia Pérez, *Madame* Zara, votre voisine.

Un frisson a parcouru mon dos. Dans le passé, j'avais reçu des appels d'une femme qui prétendait tout savoir de moi et m'invitait à faire sa connaissance. Au début, j'avais cru à une plaisanterie mais au bout de trois mois, cela s'était transformé en cauchemar ; il avait pris fin le jour où j'avais découvert, dans un appartement sombre et sale de la rue San Diego, une névrosée qui téléphonait aux hommes que le hasard de l'annuaire mettait à sa portée.

– Je sais ce que vous pensez, Heredia. Je ne vous appelle pas pour vous faire une blague ou dans l'intention de vous nuire.

– Pardon ? ai-je balbutié, surpris.

– Je suis voyante, a insisté la femme, puis j'ai entendu son rire saccadé. Je vous attends. Vous êtes intrigué et désirez me connaître, je le sais.

Deux minutes plus tard, je frappais à la porte où une plaque annonçait Madame *Zara, voyante de renommée internationale.*

Une jeune femme portant un tablier rose m'a ouvert.

– Entrez dans le cabinet de consultation, m'a-t-elle dit en me tendant un papier.

La jeune fille a disparu dans un couloir et j'ai lu le prospectus.

« *A l'intention des habitants de Santiago et des alentours :* Madame *Zara vous aidera à résoudre vos problèmes personnels : amour, affaires, voyages, mariages, échecs, ou mal inconnu. Si vous avez un problème, venez me voir. Ceci n'est pas une publicité, les faits parlent pour moi. Ne pas me confondre avec d'autres. Rendez-moi visite en toute confiance. Herbes médicinales pour l'arthrite, le diabète, la goutte, les rhumatismes, l'impuissance sexuelle, les problèmes gynécologiques. J'offre des talismans et des fumigations magiques. Je vous débarrasse du mal. Venez me voir dès aujourd'hui. Prix modiques.* »

Des miracles à bas prix, ai-je pensé en pénétrant dans la pénombre d'un petit salon imprégné d'encens. D'épais rideaux cachaient les fenêtres et au milieu de la pièce se trouvait une table ronde avec un jeu de tarots et une coupe de pierre au fond de laquelle j'ai reconnu des cendres. Je me suis assis dans un fauteuil près de la table et alors que je m'installais, j'ai entendu ses pas. J'ai essayé de me lever mais la même voix que celle du téléphone m'a retenu :

– Ne vous dérangez pas, Heredia.

Une petite femme brune est apparue devant moi ; elle avait de grands yeux et une chevelure noire tombait sur ses épaules, couvrant une partie de sa tunique bleue. J'ai calculé qu'elle devait avoir la soixantaine bien conservée. Comme si elle devinait mes pensées, elle a souri et a mis à portée de ma main un bol contenant un breuvage verdâtre.

– Infusion de menthe. Elle sert à éloigner les ondes néfastes.

Madame Zara s'est installée sur une autre chaise et, après avoir rejeté ses cheveux en arrière, m'a examiné avec attention.

– Fort, méfiant, sentimental et depuis peu, troublé. Je me trompe ?

J'ai haussé les épaules sans savoir quoi dire.

– On remarque la force au premier coup d'œil. La méfiance à ta façon de t'asseoir. Le trouble, dans le regard.

– Et la sentimentalité ? ai-je demandé en entrant dans le jeu.

– A tes mains. Des doigts longs, habitués aux caresses.

– Quoi d'autre ?

– Quel est ton mois de naissance, Heredia ?

– Juillet. Le 21 juillet, comme Hemingway.

– Un signe compliqué. Celui d'un jeune homme qui rêve de voler mais aime aussi l'endroit où il est né et le quartier où il vit. Quelqu'un pour qui l'endroit le plus beau est celui qui reste à découvrir et qui s'engagera toujours aux côtés des perdants. Un idéaliste malchanceux.

– Je suis désavantagé, je crois. Vous semblez tout savoir de moi, et moi, par contre...

– Je suis ici depuis cinq mois. Avant, je travaillais à Iquique où je m'occupais aussi des gens qui veulent en savoir plus sur eux-mêmes. Depuis mon installation dans cet appartement, j'ai entendu parler de toi et comme nous allons être voisins pendant quelque temps, j'ai décidé de faire ta connaissance.

– Quelque temps ?

– C'est ce que disent les cendres, a dit *Madame* Zara en montrant la coupe de pierre.

J'ai goûté l'infusion et lui ai trouvé une saveur agréable. La femme a semblé plus détendue et au cours de la demi-heure suivante a fait l'inventaire de ses capacités divinatoires. J'ai décidé de la croire. Il y avait dans ses yeux un fond de vérité qui a eu raison de ma méfiance naturelle envers les charlatans. Je lui ai parlé de mon séjour à la plage et de mon désir de reprendre mes activités.

– Une mort rôde autour de toi, a-t-elle dit soudain en m'interrompant.

Je lui ai parlé du mort de l'hôtel Central et, presque sans m'en rendre compte, je l'ai mise au courant des détails, sans oublier l'étrange passager disparu au milieu de la nuit.

– Je sens des vibrations – et tout de suite après : tu as le mouchoir ?

Je l'ai sorti de ma veste et le lui ai donné. Elle a fermé les yeux et a paru chercher quelque chose dans l'obscurité de la pièce.

– Un secret et une femme. Le propriétaire de ce mouchoir cherchait à se venger d'un événement du passé, a-t-elle dit au bout de quelques minutes.

J'ai eu l'impression que *Madame* Zara traversait un rideau dont j'ignorais jusqu'alors l'existence. J'ai voulu poser une question mais la femme m'a imposé silence d'un geste de la main.

– Je ne peux rien voir de plus. Le mouchoir est certainement passé dans plusieurs mains.

– Je ne sais pas quoi dire.

– Ce sont des indices dont tu peux tenir compte.

Le regard de la femme m'a parcouru des pieds à la tête et, sans raison précise, j'ai eu peur ; je me suis levé en prétextant un rendez-vous pour mettre fin à ma visite.

– Tu t'y habitueras. Tu crois, comme beaucoup d'hommes, que seul compte ce qu'on peut vérifier. Mais l'être humain est plus complexe et son cerveau a des potentialités insoupçonnées du commun des mortels. Les rêves anticipent ces pouvoirs et quand on possède une certaine perception particulière, on peut voir l'aura des gens. Ses couleurs en disent plus long que toutes les empreintes digitales.

Je suis sorti de la consultation de *Madame* Zara avec l'impression d'être nu. Mes doutes butaient les uns contre les autres. L'histoire de l'inconnu pouvait être vraie ou relever de la charlatanerie et pourtant, de retour dans mon bureau, je n'ai pu penser à autre chose jusqu'à l'arrivée de Simenon se faisant les griffes sur le sac du passager inconnu. Il l'a laissé au milieu de la pièce et, la tête à l'intérieur, a commencé à sortir les journaux froissés.

Je l'ai observé tandis qu'il jouait avec les boulettes de papier. Il semblait à la fois amusé et préoccupé. Soudain il s'est arrêté pour regarder attentivement un papier qu'il venait de sortir du sac.

– Tu as découvert un bon pour trois souris de laboratoire ?

– Tu ferais mieux de t'y intéresser.

– Qu'est-ce que tu as trouvé ? ai-je redemandé en m'approchant de Simenon et en découvrant, entre ses pattes de devant, un reçu d'achat par carte bancaire. – Il provenait d'une Mastercard et avait été délivré par le restaurant Les Acacias. Le titulaire s'appelait Domingo Hidalgo Matus. – Si tu savais lire, tu saurais que tu viens de gagner une énorme portion de saumon grillé, ai-je dit à Simenon en le prenant dans mes bras et en caressant sa tête blanche. Il m'a regardé sans rien comprendre et a bougé une de ses pattes pour récupérer le bout de papier.

– Tu sembles bien enthousiaste, a dit Simenon.

– Je crois que l'heure est venue de demander quelques conseils.

IX

Rien n'a changé, je fais ce que je peux, comme les autres. Juste ce qu'il faut pour rester en équilibre sur la corde raide, pour que personne ne vienne me reprocher d'avoir visé trop haut. Tu vois, je suis de retour. La ville, les vieux bistrots, le quartier avec ses odeurs et ses gens me manquaient. Hier, j'ai essayé de retourner au City Bar mais les souvenirs, comme toujours inopportuns, m'ont fermé la porte. Alors j'ai eu l'idée de venir te voir. Tu n'es pas mal ici. Beaucoup aimeraient avoir autant de soleil pendant une bonne partie de la journée. Bien sûr, ils sont vivants ou du moins, ils le croient. Ils font leurs heures de travail et le samedi après-midi, vont au foot ou au supermarché. Ils s'empiffrent de sauces et de bières et ont la bonne idée de ne pas penser à la vie. Voilà ce qui nous a foutus dedans, Dagoberto. On a trop réfléchi, on a fait nôtre chacun des problèmes du monde et, pire encore, on a commis le péché de vouloir changer la société. Non, je ne regrette rien. Si c'était à refaire, je recommencerais ; mieux encore, je crois qu'il faut se donner cette possibilité et faire les choses convenablement, ne pas penser qu'on peut atteindre le bonheur à coups de trique ou en appliquant des formules mathématiques. Tu vois, je ne change pas. Tu dois sûrement te demander ce que j'ai bu la nuit dernière. Tu me posais la question chaque fois que j'évoquais ce genre de sujet. Mais c'est pas mal ici, j'insiste. La dernière fois, l'endroit ne m'avait pas semblé aussi agréable, c'est sûr. J'avais si mal. Le souvenir du guet-apens au marché, les tueurs s'acharnant sur toi. Je n'ai pas pu l'oublier. Je n'ai pas oublié non plus le temps où nous étions plus jeunes, moins de kilos et de cheveux blancs, et surtout moins de dégoût. Pas de chance, mon vieux. On a joué à contretemps et même si on a perdu, on a gardé notre dignité. Ne dis rien, ce n'est pas nécessaire. Je ne suis pas venu chercher des sermons, pourtant tes conseils m'ont manqué, je dois le reconnaître. Où j'en suis ? Un type est mort dans un hôtel et un autre est parti en courant du même endroit au milieu de la nuit. Ça paraît simple. Surtout qu'il a laissé une piste fraîche et facile à suivre. Facile, c'est façon de parler. J'ai perdu la matinée à essayer d'obtenir dans une banque des renseignements concernant l'inconnu. Il s'appelle Hidalgo. Il a laissé un reçu de paiement par carte de crédit. Je croyais que ce serait facile mais je suis passé de secrétaire en secrétaire et de refus en refus. Ce n'est pas seulement une question de temps perdu, c'est aussi la preuve qu'on n'a plus le même charme. On me vouvoie et on m'offre un siège. Je regarde délibérément les filles mais elles ne me renvoient plus la balle. Est-ce que je me fais vieux ? Apparemment, tout est confidentiel dans ces maudits endroits. J'ai raconté à chacune des secrétaires l'histoire du cousin de province qui veut retrouver la trace d'un parent. Je n'ai qu'un seul renseignement, mademoiselle, c'est le numéro de sa carte bancaire. Une fois, dix fois, trente fois. Rien. Je n'avais même pas la plaque des services de police achetée il y a des années au marché aux puces. Ça te mettait en colère, je le sais, mais elle m'a permis de me tirer d'affaire plus d'une fois. Il suffit de montrer une plaque ou un tampon pour que la plupart des gens chient dans leur froc. Tu le savais bien. Finalement, j'ai dû m'adresser à un employé de banque que j'ai connu à l'hippodrome. Un de ces frimeurs qui se croient maîtres de ce qui les entoure même si, à la fin du mois, ils touchent un salaire de misère comme la plupart des autres. J'ai fait miroiter quelques billets et il a ouvert des yeux pleins d'enthousiasme. Le sieur Hidalgo s'est révélé être le patron d'un supermarché de San Bernardo. Il a soixante-cinq ans. Il est marié et a deux grands enfants. Je ne sais rien de plus. Les renseignements se trouvaient sur une demande de prêt faite il y a quatre ans pour agrandir son magasin. Que pouvait bien faire ce type à l'hôtel Central ? Aller le voir et lui serrer la vis ? C'est ce que je vais faire cet après-midi ou demain. Le mort ? Il avait à peu près le même âge. Bizarre ? Aucun des deux ne correspond à la clientèle habituelle de l'hôtel. J'ignore s'ils se connaissaient. Le pire c'est que je me fais un monde de ce voyage à San Bernardo. Et je ne touche pas une tune. Pourquoi ? C'est peut-être pour moi une façon de reprendre le collier. Ça me fatigue tous les jours davantage de poser des questions, de me retrouver dans des endroits bizarres, de risquer ma peau pour une raison ou une autre. Je me plains par habitude, je le sais. Toi, on ne peut pas te tromper. Je vais travailler deux ou trois jours sur l'affaire et après, au panier. Pendant ce temps, un client va peut-être se pointer. Je me contente de peu. Oui, c'est pas mal ici. Un endroit tranquille, ça permet de réfléchir. Putain, on a touché un bien mauvais jeu. Pour toi, c'est encore pire. Mais qui sait ? On a toujours dit que ces filles de mauvaise vie que tu aimes tant finissent en enfer. Car tu dois être en enfer, bien sûr. Ça, je n'en doute pas, mon salaud.

X

J'ai mis six œillets rouges sur la tombe de Solís et je suis sorti du cimetière par la porte de la rue Recoleta en laissant derrière moi l'irréalité d'un dialogue que j'ai décidé de ne pas reprendre. C'était un matin frais et un halo rougeâtre dans le ciel pollué laissait présager l'arrivée de ces jours de canicule qui vous donnent envie de fuir Santiago et ses rues saturées de voitures et de gens. J'ai arrêté un taxi et demandé au chauffeur de me laisser devant le Centre d'études Andrés Bello. Arrivé à destination, j'ai attendu que la voiture s'éloigne pour me diriger vers l'Inés de Suárez. Il y avait un panneau de mise en vente à l'entrée du bar mais, à l'intérieur, il avait gardé ses tables de bois alignées dans une salle fréquentée par des clients aussi vieux que les miroirs accrochés aux murs. J'ai repoussé l'idée de déjeuner et bu un verre de vin. Juste un, et lentement. Je voulais garder mes sens en éveil pour réunir les fils reliant apparemment la mort de Gordon à un inconnu du nom d'Hidalgo. Des suppositions, de vagues idées qui semblaient faire partie du même casse-tête. J'ai observé des joueurs de dominos et j'ai pensé au hasard des numéros venant s'enchaîner, l'un après l'autre, selon une logique implacable. La clé consistait à risquer la bonne pièce, à plonger l'adversaire dans le doute et à agir avec assurance. Je ferai de même au moment d'interroger Hidalgo. Néanmoins, avant d'entreprendre le voyage à San Bernardo, je me suis dit que je jouais un jeu qui n'était pas le mien. J'ai douté un instant et laissé une vieille fatigue désenchantée s'emparer de moi au moment où le vin arrivait à sa fin et où je devais me décider à demander un autre verre ou à sortir du bar.

Griseta m'a aidé à prendre une décision et, sans hésiter, je me suis dirigé vers la Plaza Brasil, au centre d'un quartier plein de vieilles demeures malmenées par le temps dans mon souvenir et que les décrets municipaux finiraient par supprimer du paysage pour faire place à la construction d'appartements lilliputiens.

Je me suis arrêté devant l'Alcazar, l'ancien cinéma remplacé maintenant par un restaurant chinois et j'ai retrouvé la maison de Griseta, une très ancienne construction peinte en bleu, avec de hautes fenêtres, dont la partie supérieure supportait quatre anges rongés par la pluie. J'ai appuyé sur la sonnette et après deux minutes d'attente, une vieille dame, un foulard de soie sur les cheveux, est venue m'ouvrir. Il y avait une expression sereine dans ses yeux clairs comme si, parvenue à cet âge, rien ne pouvait plus la surprendre. J'ai demandé après Griseta et elle m'a dit qu'elle serait de retour vers six heures de l'après-midi. A ma montre, il était quatre heures. J'ai remercié la vieille dame et lui ai dit que je reviendrais à l'heure indiquée. La femme a acquiescé d'un signe de tête avant de refermer la porte sans poser de questions.

J'ai acheté un paquet de Derby dans un troquet en face de la Plaza Brasil et me suis ensuite installé sur un banc d'où on pouvait voir la maison. C'était un après-midi paisible. Quatre gosses montaient inlassablement dans les toboggans et les balançoires tandis qu'à l'ombre d'un arbre, un vieux en haillons s'épouillait, le torse découvert, indifférent au regard des passants.

Griseta est apparue cinq minutes avant six heures. Sa chevelure noire avait poussé jusqu'à hauteur des épaules et un jean collant soulignait le charme de ses hanches. En la voyant descendre du bus, j'ai tout de suite été à sa rencontre. Je désirais la serrer dans mes bras mais elle m'accorda simplement un baiser fugace qui me laissa à peine le temps de sentir ses lèvres sur mes joues.

– Je savais que tu viendrais sans avoir à t'appeler comme nous en avions convenu, dit-elle.

– Tu voulais me voir ?

– Parfois oui, parfois non.

– Tu n'es pas très enthousiaste.

– Est-il bien nécessaire de tout répéter ? Mes raisons, nos accords ?

– Non, ai-je répondu sans savoir quoi dire de plus.

– Faisons un tour, a ajouté Griseta.

– Un tour ?

– C'est ce que tu disais chaque fois que tu voulais parler d'une chose importante. Tu es l'homme avec lequel j'ai le plus marché dans ma vie.

– Tu parais en forme.

– Pas toi. Si cela dépendait de moi, je te couperais les cheveux et te donnerais des rations supplémentaires de nourriture. Tu as l'air maigre et vieux. Mais ne t'en fais pas, ce que je préfère en toi ce n'est pas précisément ton allure.

Ses mots âpres ne m'ont pas trompé et j'ai compris à l'éclat de ses yeux qu'elle désirait se blottir dans mes bras.

– Marchons, a-t-elle insisté.

Nous n'avons pas été bien loin : avant de faire les premiers pas dans une direction inconnue, nous avons cherché l'hôtel le plus proche et là, sans hâte, nous avons allumé le feu dont nous avions besoin pour retrouver la dimension de nos corps. J'ai embrassé son dos en suivant la ligne arbitraire de ses taches de rousseur, j'ai caressé ses fesses fermes, son ventre et ses seins lisses et je l'ai laissée monter sur moi à califourchon, s'enfonçant et m'enfonçant jusqu'à ce que la chambre d'hôtel retrouve l'obscurité d'autres nuits.

– Voilà ce qui me manquait le plus, a-t-elle dit en parcourant ma poitrine de ses doigts si doux. Certaines nuits, ton souvenir était insupportable.

– Depuis que tu es partie de la plage, je n'ai fait l'amour avec personne.

– Qui veux-tu tromper, Heredia ?

– J'étais seul, sec, fatigué.

– Et tu buvais beaucoup, n'est-ce pas ?

– Certaines nuits plus que d'autres.

– C'est ce qui me dérangeait le plus, je crois.

– J'ai toujours pensé que tu étais arrivée à comprendre.

– Cela ne veut pas dire accepter, a répondu Griseta. Sa main a ensuite quitté ma poitrine et elle a demandé : Pourquoi es-tu revenu ?

– Tu as besoin d'une réponse ?

– Ce n'est pas pour moi, Heredia. N'essaye pas de justifier ce moment. Tu me désirais et je te désirais, c'est tout. Rien n'a changé.

– Rien ?

– J'ai cru un moment qu'il pourrait y avoir quelque chose entre nous. Et puis j'ai compris que j'étais une gêne. Tu avais besoin de moi par moments et ensuite tu disparaissais dans ton obscurité. Te sortir de ton monde était une tâche pour laquelle je n'étais pas prête, je l'ai compris. Tu es lié à un passé dont je n'ai que faire et je veux vivre ma vie sans avoir à traîner les ombres des autres. C'est comme ça, Heredia. Simple, sans histoires, sans rancune.

– Ton âge et le mien ?

– C'est ton problème, ta manie de rester en marge. De ne pas faire les choses pour toi-même.

– Tu es devenue bien dure, Griseta.

– J'ai grandi, Heredia.

– Et cet après-midi ?

– Un espace, un moment, réel, désirable, mais qui a une fin.

L'ancienne agressivité de Griseta s'était transformée en assurance. Je l'ai vue quitter le lit et marcher vers la salle de bain. J'ai entendu le bruit de la douche pendant quelques minutes et puis elle a réapparu, tout habillée :

– Tu vas rester à Santiago ?

– Oui.

– Habille-toi, Heredia. Tu vas m'accompagner jusqu'au coin de la rue et là, nous nous séparerons. Demain peut-être ou dans un mois, j'aurai envie de t'appeler. Peut-être le hasard nous réunira-t-il dans une rue quelconque. Je t'aime mais ce n'est pas suffisant. Je te l'ai dit la première fois que je suis allée chez toi : je veux vivre ma propre vie.

– Et je t'en empêche ?

– Près de toi, tout est plus difficile.

– Pourquoi ?

– Je ne veux pas passer ma vie à attendre ton retour ou à voir des inconnus venir te chercher. Je ne veux pas vivre dans la peur, Heredia.

J'ai allumé une cigarette et je l'ai observée pendant qu'elle finissait de s'habiller.

– Je t'attends ou tu restes là ? a-t-elle demandé avant de prendre ses cahiers et de se diriger vers la porte de la chambre.

– *Rien ne...*

– Tes citations sont inutiles, a-t-elle ajouté en me coupant la parole.

Elle a ouvert la porte et, pendant quelques secondes, j'ai écouté s'éloigner son pas.

– *Rien ne m'oblige à dire adieu*, ai-je murmuré en répétant une phrase lue dans un livre dont je n'avais pas souvenir. J'ai pensé à un solo de Charlie Parker. Je n'avais rien autour de moi si ce n'est le parfum d'une jeune fille que je croyais aimer et avais laissée partir. J'ai écrasé ma cigarette et fermé les yeux tandis que les souvenirs entraient dans la chambre.

XI

J'ai fui l'hôtel comme un vampire craignant la lumière de l'aube et je suis resté seul au milieu de la rue où commençait la ronde habituelle de collégiens et de gens pressés. J'avais envie d'un café, de deux ou trois petits pains beurrés et d'une énorme ration d'enthousiasme pour employer les prochaines heures à aller jusqu'à San Bernardo. Et même si je savais que « le travail est une vertu qui ruine l'existence », je décidais d'oublier le petit déjeuner et de remplir ma mission avec la morosité d'un fonctionnaire un lundi matin.

Je suis monté dans un taxi collectif près de la tour Entel et j'ai pris place entre une infirmière se rendant à l'hôpital El Pino et un courtier en assurances ; comme il se chargea de le raconter, il pensait s'occuper de plusieurs commerçants dont le contrat contre les vols et l'incendie était arrivé à expiration. Le chauffeur a engagé son véhicule sur la Panaméricaine sud et pendant une demi-heure, ballotté de droite à gauche, j'ai cru me retrouver sur les montagnes russes.

En descendant sur la place San Bernardo, je me suis approché du vendeur pour lui demander s'il connaissait Domingo Hidalgo. Méfiant, l'homme m'a observé du coin de l'œil et, ayant abandonné l'idée que je puisse contrarier ses affaires, il m'a indiqué un des coins de la place :

– Supermarché Temuco, à votre service depuis trente ans, qualité et prix intéressants – il répétait certainement un slogan radiophonique. Prenez la rue Prat jusqu'à la voie du chemin de fer. De là, continuez cinquante mètres en direction de l'hôpital San José et vous trouverez le magasin. Si vous y pensez, dites à Hidalgo que Gastón Fierro passera le voir la semaine prochaine.

Je l'ai remercié et me suis éloigné, prêt à suivre ses indications. San Bernardo conservait cette tranquillité faite de très vieux arbres et de maisons de brique que j'avais connue des années plus tôt en accompagnant un ami sur le chemin de l'hôpital San José, il venait chercher le corps de sa mère, morte la nuit précédente. Mon ami marchait en silence, serrant dans ses mains une image de sainte Thérèse des Andes qu'il pensait déposer sur le cercueil de la défunte. Je me suis rappelé que j'avais essayé de comprendre sa peine mais, ayant grandi dans un orphelinat, j'ignorais ce qu'était une mère et gardais de mon père un vague souvenir, celui de sa dernière visite, le jour de mes cinq ans. Je l'avais accompagné jusqu'à la morgue et, quand il en était sorti une heure plus tard, je n'avais su que lui offrir une cigarette qu'il avait refusée avec des larmes dans les yeux. Depuis lors, je n'étais pas revenu à San Bernardo.

Le supermarché Temuco était un entrepôt où les marchandises s'entassaient au gré du hasard et de la bonne volonté des fournisseurs. Dans ses murs se mêlaient les arômes des fruits et des charcuteries suspendues au plafond comme des chauves-souris. Une jeune fille se tenait derrière la caisse et, près d'elle, un homme brun et maigrichon essayait de traîner un sac de pommes de terre.

J'ai salué la jeune fille et elle m'a observé en silence tout en fermant le tiroir-caisse.

– Je cherche M. Hidalgo.

– Le patron est parti pour Santiago il y a deux jours, répondit-elle aussitôt.

– Comme c'est étrange ! Nous avions rendez-vous aujourd'hui.

– Il a dû oublier, le patron est si occupé.

J'ai entendu l'homme dire :

– Il n'est pas à Santiago, mademoiselle Luzmira. Je l'ai vu aujourd'hui en allant chercher le courrier à la poste.

– Vous deviez être saoul, Manolo, a dit la jeune fille, le patron serait sûrement passé au magasin.

– Si ça se trouve, il n'a pas eu envie de se casser la tête et il est allé sur son bout de terrain.

– Quel bout de terrain ? ai-je demandé.

– Celui du patron, a répondu l'employée.

– Comment peut-on y aller ?

– C'est à environ trois kilomètres, a ajouté l'homme. Si vous n'avez pas votre voiture, vous n'avez qu'à prendre un taxi. Tous les chauffeurs savent où se trouve la parcelle.

– Merci.

En sortant de la boutique, j'ai réussi à entendre la jeune fille dire à l'homme :

– Vous avez des visions, Manolo. Le patron vous a dit de réduire votre consommation de vin, ne l'oubliez pas.

La parcelle d'Hidalgo se trouvait dans une vallée entourée de collines pâles et de pinèdes. Dans un coin du terrain, on voyait une maison de style colonial près d'une piscine circulaire entourée de gazon.

Au moment où je descendais du taxi, une Toyota rouge est sortie à toute vitesse. Elle était conduite par une femme blonde et, sur la banquette arrière du véhicule, j'ai réussi à entrevoir une valise. J'ai observé la voiture jusqu'à ce qu'elle se transforme en nuage de fumée et j'ai pu arriver rapidement à la maison en esquivant les sauts joyeux d'un husky venu à ma rencontre. La maison semblait abandonnée depuis peu. La porte d'entrée était entrouverte et on entendait à l'intérieur le murmure d'un poste de radio. J'ai frappé trois fois et, n'obtenant pas de réponse, je suis entré dans un salon où un énorme cheval de bois regardait à travers la baie vitrée.

J'ai prononcé à haute voix le nom d'Hidalgo avec pour seule réponse les aboiements du chien resté près de la porte. J'ai fait quelques pas vers la baie et c'est alors que je l'ai vu. C'était un homme gros et chauve, il était appuyé contre une grille en fer forgé. Il semblait absorbé dans ses pensées et j'ai supposé que, même si tout volait en éclats autour de lui, il resterait comme ça, sans bouger. Je suis sorti de la maison, j'ai marché en direction de l'inconnu et quand je me suis trouvé derrière lui, j'ai vu voleter une douzaine de petits coqs anglais de l'autre côté de la grille. L'homme était prostré, comme si une tragédie soudaine avait brisé sa vie et si la solution de ses problèmes se trouvait en un point des collines entourant la propriété. J'ai dit par deux fois :

– Monsieur Hidalgo ?

L'homme s'est retourné. Ses yeux marrons étaient profondément cernés. Sa cravate était défaite et un pan de chemise blanche sortait de son pantalon.

– Qui êtes-vous ? a-t-il demandé d'une voix lasse.

– Je vous apporte une chose qui vous appartient, ai-je ajouté en montrant le reçu de la carte de crédit enregistrée à son nom.

– Qu'est-ce que ça veut dire ? a-t-il demandé en regardant le papier.

– Vous l'aviez oublié à l'hôtel Central.

Le nom de l'hôtel l'a accablé. Il a regardé de tous côtés comme pour chercher une voie de salut puis, résigné, il a regardé sa maison et a fait signe d'aller dans sa direction.

– On a raison de dire que, d'une façon ou d'une autre, la police finit toujours par être au courant.

– Je ne suis pas policier, monsieur Hidalgo.

– Non ? Si vous venez me faire chanter, vous perdez votre temps. J'ai lu dans la presse l'affaire de l'hôtel et j'étais sur le point d'aller à la police.

– Je veux savoir ce qui s'est passé.

Je lui ai raconté les détails de mon séjour à l'hôtel et il a demandé :

– Qu'est-ce que ça vous rapportera ?

– Simple curiosité. Je veux connaître votre version ; je me fous de ce que vous ferez ensuite.

Hidalgo est entré chez lui, est allé jusqu'au living et a sorti une bouteille de whisky d'une armoire. Sans rien dire, il a pris deux verres et les a remplis à plus de la moitié.

– Je n'ai pas de glace, a-t-il dit en me passant un des verres.

Il a bu une longue rasade et s'est laissé tomber dans un fauteuil.

– Qui était Gordon ? ai-je demandé.

– Un homme rencontré il y a trente ans et que je croyais disparu jusqu'à la semaine dernière.

J'ai remarqué que les souvenirs lui faisaient mal :

– Vous pouvez être plus explicite ?

– Il y a trente ans, je vivais à Temuco. J'étais jeune, nouveau marié et j'avais hérité du magasin de mon père. Je venais souvent à Santiago acheter des marchandises et faire des démarches pour obtenir des prêts. Ma femme s'ennuyait, mes activités ne lui plaisaient pas plus que la vie à Temuco. Gordon avait été nommé dans cette ville. Il venait de prendre son poste à la Perception et nous l'avons connu à l'occasion d'une fête de famille. Il était jeune et beau garçon. Les filles à marier rêvaient de lui. Et Elda, ma femme, également. Je l'ai appris au retour d'un de mes voyages. Par hasard, comme toujours dans ces cas-là, j'ai trouvé une lettre de Gordon dans la table de nuit d'Elda. Il s'était lassé de leur relation et avait demandé sa mutation pour Iquique. Je leur ai parlé. Gordon s'est excusé et a dit qu'il allait quitter Temuco. Elle a continué à me tromper ; elle prétendait avoir des remords et, pour me le prouver, elle aurait cet enfant que je lui avais tant demandé jusqu'alors, m'a-t-elle dit. Je me suis réjoui et je l'ai crue au point de vendre mon commerce pour m'installer d'abord à Santiago puis à San Bernardo. Mais l'enfant qui est arrivé n'était pas de moi. Son père, c'était Gordon. Je l'ai su il y a six mois.

Hidalgo a fait une pause, vidé son verre de whisky et a ajouté :

– Je me demande pourquoi je vous raconte tout ça.

J'ai pensé que c'était un homme fatigué et faible. Sa rage s'était usée au fil des années et sans aucun doute, rien de ce qui l'entourait ne signifiait grand-chose pour lui.

– Le problème, ce n'est pas le gosse mais le mensonge. Si Elda m'avait dit la vérité, tout aurait été différent. Mais elle a beaucoup menti. Elle avait des problèmes, disait-elle, mais c'était également faux. Avec son esprit tordu, elle avait pensé que la meilleure façon de rester fidèle à Gordon, c'était de ne pas avoir d'autre enfant.

– Votre femme vient de partir.

– Je lui ai raconté que Gordon était mort. Elle est devenue folle, a pris quelques affaires et a assuré qu'elle ne reviendrait plus dans cette maison. Finalement, ça vaut peut-être mieux.

Je me suis levé, j'ai cherché la bouteille et lui ai servi un autre double whisky.

– Vous vouliez tuer Gordon.

– Il y a six mois, quand j'ai appris la vérité, je me suis adressé à une agence de détectives privés. Je pensais, et je ne me suis pas trompé, que Gordon travaillait toujours à la Cour des comptes. Les enquêteurs n'ont pas perdu de temps. Au bout d'une semaine, ils m'ont donné la liste de ses activités. J'ai beaucoup réfléchi à la manière de m'y prendre. Et il y a trois jours, sous prétexte d'un voyage d'affaire, je l'ai filé. Gordon était seul ce soir-là. Je l'ai suivi au restaurant et ensuite à l'hôtel.

– Vous avez frappé à sa porte, vous lui avez dit deux ou trois choses et vous l'avez tué.

Je voulais acculer Hidalgo pour trouver dans les mots qu'il allait prononcer la colère et la vérité dont j'avais besoin pour avoir la preuve qu'il ne mentait pas en se déclarant innocent.

– C'était mon intention mais ça ne s'est pas passé comme ça. La porte de sa chambre était ouverte et quand je m'y suis aventuré, je l'ai trouvé mort. Je n'ai eu qu'une idée : m'enfuir.

Le visage d'Hidalgo avait pris une couleur pourpre et dans ses mains, le verre de whisky tremblait nerveusement. Je n'avais aucune raison de ne pas le croire. J'ai bu le contenu de mon verre et je me suis approché du petit bar pour la deuxième fois. Je pensais nous en resservir une dose mais je me suis abstenu quant à moi et après lui avoir donné son verre, je me suis dirigé vers la porte. Le husky attendait toujours une caresse. Je lui ai montré son maître et l'animal est entré en sautant.

– Buvez ce whisky et quelques autres, lui ai-je dit sur le seuil, quand vous arriverez au fond, les choses seront peut-être plus claires.

Hidalgo n'a rien dit. Je suis sorti de la maison et j'ai attendu une demi-heure avant qu'un autobus déglingué et bruyant apparaisse à l'horizon. Pendant ce laps de temps, il ne s'est rien passé dans la maison. J'attendais peut-être le bruit d'un coup de feu, un cri, n'importe quoi susceptible de troubler la tranquillité des lieux. Mais il ne s'est rien passé. Hidalgo n'avait pas pris de décision depuis trente ans et maintenant il était trop tard.

XII

Je suis arrivé au bureau en fin d'après-midi. J'avais envie d'écouter du Mahler et de penser à Griseta. Mais rien de cela n'a été possible car Anselmo m'attendait en compagnie de trois vieilles dames d'aspect modeste. On aurait dit trois figures de la mythologie grecque.

Anselmo m'a présenté ces femmes vêtues de gilets de laine et de jupes délavées :

– Doña Rosa, doña Berta et doña Cristina, vos premières clientes depuis votre retour.

– Oui, ai-je dit en me demandant si elles avaient assez d'argent pour payer mes services. Elles savent où elles se trouvent, tu en es sûr ?

– On est vieilles mais pas bêtes, a commencé à dire celle qui s'appelait Berta et semblait la plus résolue du groupe. Anselmito nous a parlé de vous et avec les copines du club, on a décidé de s'adresser à vous.

Rosa a froncé les sourcils :

– Ça n'a pas l'air de lui plaire.

– Mais il est beau garçon, lui a répondu Cristina, la troisième.

– Taisez-vous, vieilles folles, leur a ordonné Berta, j'ai les os tout endoloris à force d'attendre, allons au fait une bonne fois pour toutes.

Je me suis accoudé sur le bureau :

– Je vous écoute.

– Voilà, jeune homme, a affirmé Berta, avec les copines du club, on a des problèmes chaque fois qu'on va mettre quelque chose au clou.

Pour abréger le mélo qui s'annonçait, j'ai demandé :

– Quel genre de problème ?

– On a toutes été volées. On en a parlé et apparemment, c'est toujours le même bonhomme. Comment il est ? Aucune idée. Elles sont toutes plus miro les unes que les autres, les descriptions du salopard sont donc vagues. Les unes disent qu'il est grand et brun, les autres petit et blond.

– Il vaut mieux vous adresser à la police.

– On y a été trois fois mais ils ne font pas cas de nous, a répondu Rosa. La dernière fois, un sous-fifre a inscrit la plainte dans un cahier et, sans mentir, le type savait à peine épeler son nom.

– Vous pouvez allumer votre pipe, si vous voulez, a dit soudain Cristina.

– Ma pipe ?

– Les détectives fument la pipe, non ? a-t-elle insisté.

– Certains, peut-être, je suppose...

– Ferme ton clapet, laisse tes bêtises de côté, la vieille, l'a tancée Berta, on veut qu'il coince le voleur.

– J'aimerais bien, mais...

– Pas de mais, jeune homme. Anselmo nous a dit que vous étiez efficace.

J'ai regardé le marchand de journaux qui a haussé les épaules d'un air innocent.

– On vous attend lundi prochain. Après, vous nous direz combien on vous doit, a conclu Berta en se levant et en ordonnant à ses amies d'en faire de même.

Rosa et Cristina se sont approchées de la porte et ont souri avant de sortir. Berta s'est arrêtée un instant, a regardé Simenon qui dormait à côté du bureau et a dit avant de disparaître :

– Faites courir ce chat. Il est trop gros.

– Depuis quand tu me fais de la publicité ? ai-je demandé au marchand de journaux.

– Quand j'ai vu ces mémés si désespérées, j'ai tout de suite pensé à vous.

– Des voleurs de vieilles, c'est tout ce qui manquait !

– Qu'est-ce que ça vous coûte, *don*. Vous faites un tour, vous posez des questions et c'est bon.

Des vieilles, un mort, Hidalgo et un assassin inconnu. Un joli tableau, me suis-je dit après qu'Anselmo soit parti en me laissant un exemplaire de *La Tercera* pour me consoler. J'ai feuilleté le journal mais aucune nouvelle n'a attiré mon attention. Toutes les interviews étaient consacrées à des chefs d'entreprises prospères et les pages sportives ne mentionnaient pas les dernières victoires du Magallanes. J'ai abandonné le canard et en réfléchissant au moyen de gagner un peu d'argent, j'ai pris le téléphone pour appeler Marcos Cambell, mon ami journaliste. J'ai entendu à l'autre bout de la ligne :

– Ici Cambell.

– Heredia. Je t'appelle à propos de ton offre.

– Je ne me souviens pas de quoi il s'agissait.

– Tu m'as dit que je pouvais écrire quelques articles pour ta revue.

– Tu penses à quoi ?

– La mort bizarre d'un fonctionnaire, ai-je dit avant de faire un rapide compte rendu des événements de l'hôtel.

– Ça peut servir à remplir une page ou deux. Tu m'apportes ça dans combien de temps ?

– Dans deux ou trois jours. Je dois voir comment ça se termine.

J'ai entendu Cambell dire avec indifférence :

– Quand tu voudras.

Puis il a bredouillé un au revoir et m'a laissé en ligne avec l'infini.

Il m'a semblé entendre Simenon :

– Tu ne penses pas continuer à te mêler de cette histoire ?

– Je veux voir comment ça se termine, ai-je répété, la curiosité me ronge l'estomac.

Deuxième partie

I

Quand Bernales est entré au café Santos, il était l'heure que les poètes ont coutume d'associer à un poème de García Lorca. Cinq heures de l'après-midi. Une heure qui me rappelle les goûters à base de lait tiède, de pain et de pâte de coing servis à l'orphelinat ; nous, les internes, on avait le nez collé au bord de la table et le père Jacinto lisait des épisodes de la vie de Domingo Savio ou les chapitres plus lacrymogènes de *Cœur*, le roman d'Edmundo de Amicis. Je pouvais depuis répéter chacune de ces histoires et j'associais les après-midi gris à la douceur écœurante de la pâte de coing.

Bernales a jeté un regard sur la clientèle et s'est dirigé vers moi. Il avait l'air d'un lycéen mal fringué : col de chemise ouvert et cravate rouge à rayures jaunes pendant de travers sur sa poitrine.

– Je n'ai pas beaucoup de temps, Heredia. Je n'ai pas dormi de la nuit et j'ai besoin de sommeil.

– Beaucoup de travail ?

– Pas plus que d'habitude.

Après avoir appelé un garçon et demandé un café et trois petits pains, il a ajouté :

– Je vous avais demandé d'oublier la mort de Gordon et vous ne m'avez pas écouté.

– Le hasard m'a forcé à reprendre l'affaire, ai-je répondu sans vouloir éveiller la colère du policier à qui j'avais décidé de faire confiance malgré certaines rumeurs à propos de sa mise sur la touche ces mois derniers.

– Admettons. Je vous écoute, Heredia. Allez au fait, et rapidement. Je ne me laisserai pas embobiner par votre baratin comme mon parrain. Il finissait par se trouver mêlé à des histoires qui lui causaient des problèmes avec ses supérieurs. J'ai parlé avec de vieux collègues, d'après eux, le nombre de fois où Solís a fermé les yeux sur vos activités a dépassé les limites du raisonnable.

– Nous avions la même façon de voir les choses, Dagoberto et moi. Ce n'était pas un gamin, on ne pouvait pas le tromper avec des bonbons. Il savait ce qu'il faisait et c'était un bon policier.

– Il a commis l'erreur de prendre quelques libertés. Notre milieu nous force à observer certaines règles de conduite et à ne pas faire cas des personnes qui ne sont pas du métier, il l'a oublié. Je ne suis pas prêt de commettre la même erreur.

– Pourtant tu as accepté de parler avec moi.

– Les informateurs font partie du système, dit-il dédaigneusement.

– Si tu vois notre relation sous cet angle, tu dois savoir que les informateurs ont un prix, ai-je répondu pour le pousser dans son rôle de dur à cuire.

– De l'argent, de la protection. Qu'est-ce que vous voulez Heredia ?

– Des informations.

– En échange de quoi ?

– J'ai découvert l'inconnu qui a quitté l'hôtel à minuit. Tu peux apprendre son nom en échange de renseignements sur Gordon.

Bernales a goûté son café et m'a regardé dans les yeux avec l'assurance du joueur qui a les meilleures cartes en main.

– Je pourrais vous arrêter pour dissimulation de preuves.

– Je sais garder un secret et supporter les coups. Peu de choses me font peur : une échelle sur mon chemin ou certaines pages de Stephen King. Mais je n'ai pas l'intention de discuter avec toi, Bernales. Tu ne veux pas être mon ami, je l'accepte, mais cela ne nous empêche pas d'échanger des informations.

– Gordon était un fonctionnaire de carrière aux états de services élogieux. Il n'avait pas de relation directe avec ses collègues mais leur faisait bonne impression.

– Comment a-t-il été tué ?

– Un travail de professionnel, a dit Bernales et j'ai pensé que cette information pouvait servir à confirmer l'innocence d'Hidalgo. Ils ont utilisé un revolver avec silencieux. Deux coups.

Le premier dans le ventre et le deuxième dans la bouche. Aucune trace, aucun bruit. Nous suivons l'hypothèse d'un assassinat sur commande. Ce n'est pas courant mais trois ou quatre situations du même genre se sont présentées dernièrement. La dernière était organisée par une épouse et son amant. Ils ont payé un petit tueur de quartier et celui-ci a buté le mari pendant un simulacre de bagarre de bistrot. Ça aurait pu marcher mais le tueur a fait la bringue et a raconté sa prouesse au cours d'une cuite. L'histoire est arrivée aux oreilles d'un de mes collègues, on a arrêté l'assassin et moins de trois heures après, il avait craché la version complète de son histoire. Ensuite, il nous a été facile de confondre la femme et de l'obliger à avouer.

– Qui pouvait vouloir tuer Gordon ? Un associé inconnu ?

– Qui sait ? Mes hommes ont fait l'inventaire des activités de Gordon au cours des trois dernières semaines. Travail, réunion, domicile. Jusqu'à présent, l'enquête ne nous apporte pas grand-chose. En plus de son emploi à la Cour des comptes, il donnait des cours à l'université Diego Portales. Il était célibataire et, selon nos renseignements, n'avait ni maîtresse ni rien de semblable. Plus j'en apprends sur Gordon et moins je comprends sa mort. C'est un de ces cas que j'appelle circulaires, où toutes les pistes nous ramènent à l'inconnue du point de départ.

– Quelque chose ne colle pas, Bernales. Que faisait Gordon à l'hôtel ? Pourquoi un fonctionnaire paisible, aisé, viendrait-il se fourrer dans un taudis à trois mille pesos la nuit. Il était pédé ? Il se shootait en cachette ?

– Son autopsie n'a révélé aucune consommation de drogue. Juste un peu d'alcool et des traces de diurétique administré aux hypertendus.

– Entre l'ennui et la vodka, le choix est clair.

– Vous pensez à vous ? m'a demandé Bernales en me défiant du regard.

– N'essaye pas de me donner des leçons à propos de choses que tu ignores, Bernales. Je me moque de l'opinion des gens depuis longtemps, ai-je répondu en observant un des garçons de café, vieux et voûté, qui se déplaçait difficilement entre les tables.

– Vous n'avez rien d'un type normal, Heredia.

– Où est la différence ? Lui, toi, moi ? Pour la plupart des gens, la vie se répète, jour après jour, toujours pareille, comme la pluie d'un sablier. Pour le reste, il s'agit de remplir le vide entre le premier et le dernier cri. La seule énigme, c'est de savoir quand se brisera le verre.

– Des mots ! Vous aimez trop les mots. Mais n'essayez pas de gagner du temps avec moi. A votre tour maintenant de parler de choses concrètes, Heredia. Qui est l'inconnu de l'hôtel ?

J'ai pensé à la solitude d'Hidalgo. Debout près de sa maison, observant un horizon de collines muettes. Je ne pouvais pas grand-chose pour lui si ce n'est raconter la vérité et essayer de faire accepter son innocence à Bernales. Hidalgo aurait à supporter les enquêteurs et pendant au moins une semaine, il aurait l'esprit occupé en répondant aux interrogatoires des flics. J'ai commencé à dire :

– Il s'appelle Hidalgo.

II

J'ai quitté Bernales devant la place d'Armes. Tout en marchant vers mon bureau, je remarquais les changements survenus dans le quartier ces mois derniers. Des vieilles boutiques de la rue Puente avaient disparu et, à leur place, se dressait un centre commercial où le Santiaguino moyen allait s'endetter avec une ferveur dévote. Autour de moi, les gens se hâtaient et pendant quelques instants, dans le tumulte des voitures, j'ai eu la nostalgie de la plage et du mouvement énigmatique des vagues.

Simenon m'attendait dans mon bureau ; en le sentant s'enrouler autour de mes jambes, j'ai pensé aux paroles d'un tango : « J'ai pour seule compagnie un chat qui s'amuse à détruire le lacet de mon soulier. »

– Depuis que je te connais, tu n'utilises que des mocassins, a dit Simenon, tes mocassins et tes maudites citations.

– Qui se soucie de ces détails ? « *Vers mes solitudes je vais, de mes solitudes je viens.* »

– Ce n'est pas bon signe de penser à Lope de Vega. Les choses vont si mal que ça ?

– Les jours passent et ne laissent rien à quoi s'accrocher. Ce n'est pas facile de voir approcher la cinquantaine et de regarder en arrière, comme dans le vide.

– Qu'est-ce qui t'a mis dans cet état ?

– La ville, le quartier, un homme qui a voulu changer son passé. Je ne sais pas. La liste pourrait être plus longue. Et puis ce mort, l'envie de savoir ce qu'il y a derrière. Mais personne ne me paye pour ça.

– Ce ne serait pas la première fois que tu uses tes semelles gratis.

– Il y a aussi cet article que j'ai proposé à Cambell.

– Tu vas jouer à l'homme de lettres ? Comme ces crétins qui passent leur vie à se regarder le nombril, à pester contre les critiques et à se rendre dans les librairies pour voir si leurs romans à quatre sous sont bien placés ?

– C'est un moyen de remplir la caisse, dis-je en m'éloignant de Simenon pour chercher la vieille Smith Corona oubliée dans l'appartement par une femme prénommée Fernanda. Je l'ai retrouvée dans une armoire, sous ma collection de revues Stade et d'une demi-douzaine d'exemplaires de La Lanterne de Zig-Zag parmi lesquels j'ai reconnu le roman *Le Crime du Parc de L. A. Isla* et sa couverture illustrée par Pepo.

– Tu l'as volée à Gutenberg ? a demandé Simenon en me voyant épousseter la machine à écrire. Tu n'as pas entendu parler des ordinateurs et d'Internet ?

– Si Balzac s'est débrouillé avec une plume, je devrais pouvoir m'en sortir avec cet appareil. On dit que le seul problème c'est de trouver la première phrase. Pour le reste...

– La première, la deuxième et la dernière. Putain, Heredia ! Tu n'as rien écrit depuis ta dernière lettre au père Noël. Et au cas où tu ne t'en serais pas rendu compte, il y a au moins trente ans de ça.

III

Le bureau de Cambell se trouvait au début de la rue du 10 juillet, au deuxième étage d'une grande maison aux hautes fenêtres dont le rez-de-chaussée était occupé par un magasin de pièces détachées pour automobiles. Je suis descendu du taxi qui s'était arrêté sur un côté de la cathédrale, devant l'hôtel Valdivia. De là, j'ai marché jusqu'à la rue du 10 juillet en esquivant les vendeurs d'essuie-glace et de pièces de rechange qui essayaient d'attirer l'attention des conducteurs.

J'ai pris un escalier grinçant pour arriver dans un vaste salon où se trouvaient trois billards, un juke-box et un grand bureau de bois, tout neuf, sur lequel étaient posés deux ordinateurs. J'ai reconnu Cambell derrière un des appareils et le journaliste m'a fait signe d'approcher. Il n'avait pas changé depuis notre dernière rencontre au City où nous avions l'habitude de nous retrouver les premier lundis du mois pour entretenir une amitié qui me servait à passer quelques heures d'agréable conversation et, quant à lui, à me soutirer des histoires du quartier qu'il défigurait ensuite pour les transformer en chroniques dans sa revue sous le pseudonyme de L'Inspecteur rouge. On s'était connus à la fin des années soixante-dix, une nuit où le couvre-feu de l'époque nous avait obligés à chercher refuge au snack Carrera et à partager bières et anecdotes qu'il racontait avec une inépuisable bonne humeur.

Cambell était petit, mince, et arborait des cheveux longs et peu soignés. Une barbe poivre et sel couvrait son visage brun, accentuant l'intensité de ses petits yeux noirs. Il portait une chemise noire et une cravate rouge à la mode des gangsters d'un autre temps, antérieur aux téléphones portables et aux gourous du libéralisme.

– Café ou bière ? me demanda-t-il avant que je m'asseye devant son bureau.

– Café. La bière me déprime, j'ignore si c'est à cause de ses composants ou parce qu'elle me rappelle mes quinze ans.

Cambell a souri et a pris une cafetière électrique qui crachait sa vapeur entre les deux ordinateurs.

– Le piston ne pardonne pas, dit-il en montrant les dossiers entassés en désordre sur le bureau. En plus de la revue, j'écris des prospectus pour la chaîne Poulet Ferni de Lo Miranda, la société immobilière Bergson plus cinq ou six autres petites choses, toujours en retard. Je ne me plains pas. Sans ce travail, ce serait pire. On paye toujours ses fautes : deux mariages et cinq enfants méritent un châtiment draconien. Mon père le disait bien : l'homme et l'âne sont les seuls animaux capables de trébucher deux fois sur la même pierre. Les collèges, le médecin, les vêtements. Je vis depuis dix ans pour payer des factures. Et on raconte ensuite que les femmes ne sont pas protégées. Je dois verser tous les mois une pension à mes épouses comme si j'avais tiré un quelconque bénéfice en me mariant avec elles.

– Je connais un psy pas cher, ai-je répondu, peu disposé à entrer dans les détails de la tragi-comédie de Cambell.

– Bon, si on ne peut pas se plaindre devant ses amis...

J'ai pris une cigarette et observé la pièce tout en l'allumant.

– Tu n'étais jamais venu ? Les tables de billard appartenaient au précédent locataire. Il devait venir les chercher il y a six mois mais il semble que le type se soit tiré à Buenos Aires pour fuir des magouilles financières. Elles ne sont pas mal, je fais parfois une partie et l'endroit paraît moins vide.

Je me suis levé pendant que Cambell servait le café pour examiner le contenu du juke-box. Il y avait des chansons de Cecilia, de Buddy Richard, de Carlos González, de Luz Eliana et de Danny Chilean. J'ai appuyé sur une touche de la machine et quand Cecilia a commencé à chanter *Le Tango des roses*, je suis revenu près du bureau.

Cambell a mis un bol en faïence à portée de ma main et j'ai goûté le café.

– Je ne me plains pas. La revue a réussi à tenir le coup avec des hauts et des bas depuis bientôt quatre ans. Ce n'est pas toujours facile de trouver de la matière nouvelle. Les gens sont avides d'informations retentissantes, de sensationnalisme, de choses qui rendent plus agréable la torpeur de leur vie. C'est le sujet de mon dernier éditorial.

– J'ai apporté deux articles qui peuvent t'intéresser, dis-je en tendant cinq feuillets dactylographiés à Cambell.

– Je te dis d'écrire depuis assez longtemps déjà. Tu as des histoires de reste et c'est là l'important. Les accents et les adjectifs, on les arrange en chemin.

– Je voudrais gagner quelques pesos en attendant d'avoir du travail. Ça ne sera pas facile. Dans le métier de détective privé, les agences très chics offrant à leurs clients des merveilles électroniques se sont multipliées.

– Et toi, tu préfères les bonnes vieilles méthodes, avec des bouts de fils de fer et une paire de pinces, a commenté Cambell. Puis il a goûté son café et s'est intéressé à mes feuillets : Voyons ce que tu as écrit.

Je l'ai vu lire et hocher la tête au fur et à mesure qu'il découvrait le texte.

– Telles qu'elles se présentent, je ne peux pas les utiliser, a-t-il conclu finalement. Les sujets sont intéressants mais la façon de les traiter manque de force. On peut se servir de l'histoire des vieilles pour une chronique destinée aux âmes sensibles et l'autre est très prometteuse. Tu devrais vérifier encore deux ou trois choses. D'autres antécédents du mort, des détails de sa vie familiale, de son travail.

– Ça va me prendre quelques jours et, de plus, il n'y a pas beaucoup de pistes. Il était fonctionnaire à la Cour des comptes et c'est un endroit où je doute de pouvoir vérifier quoi que ce soit à moins de connaître une personne disposée à parler. Si je me présente au guichet comme le fils d'un résident quelconque, il peut se passer une année avant que quelqu'un m'écoute.

– Je peux te donner un coup de main, Heredia. Je connais un avocat qui travaille là-bas. Il s'appelle Alberto Mujica. Il doit savoir des choses sur Gordon. Des petites choses pour relever la sauce. Donner une vie intérieure au personnage pour le rendre plus proche des lecteurs. Je vais te donner une de mes cartes de visite.

– Dit comme ça, ça semble facile.

– Chaque personne représente une histoire à raconter, conclut Cambell puis, montrant la cafetière qui continuait à cracher sa vapeur : Encore du café, Heredia ?

– Maintenant j'accepterais une bière. Je suis tellement déprimé que son effet passera inaperçu.

– Si c'est à cause des articles...

– Le journalisme me déprime seulement quand je lis les journaux. C'est mon retour en ville qui me met dans cet état. Et même pas. Il s'agit d'une fille qui ne veut plus entendre parler de moi... le besoin de trouver un travail.

– Tu deviens vieux et maniaque, Heredia. Tu as besoin de t'occuper. Consacre une demi-matinée à compléter tes articles.

– Je vais le faire, ai-je concédé de mauvaise grâce.

– Tu as aussi besoin de picoler et d'une nana.

– « *J'ai eu beaucoup de nanas dans ma vie mais jamais une femme.* »

– Tu vas vraiment mal, Heredia. Si je n'avais pas autant de boulot, je t'emmènerais faire une bringue anti-dépressive.

– Ma vie se réduit à des phrases et à des souvenirs.

IV

Neuf heures du matin sonnaient quand j'ai pris un des ascenseurs de l'immeuble sépulcral de la Cour des comptes. Je suis monté avec un type somnolent et une grande femme qui semblait préoccupée par son vernis à ongles. Je me suis observé dans le miroir de l'ascenseur. Je m'étais rasé et arborais des cheveux longs. Je portais une chemise bleue, une cravate rouge et une veste en velours côtelé noir râpée aux coudes. Rien à voir avec l'élégance du prince de Galles mais c'était ce que j'avais trouvé de mieux dans la friperie du quartier.

Je suis descendu au sixième étage pour me retrouver devant un large couloir désert. Je me suis dit qu'on pouvait y jouer au tennis ou faire de la trottinette sans gêner personne. Les murs semblaient se fermer sur mon passage. J'ai cherché le numéro du bureau d'Alberto Mujica et pendant quelques minutes, j'ai erré dans les couloirs, perdu, tenté de redescendre dans la rue.

Je suis finalement tombé sur le cabinet de l'avocat. C'était une pièce avec un bureau, une demi-douzaine de chaises et des étagères bourrées de bulletins juridiques, de journaux officiels et de textes de loi reliés. Mujica était assis près du bureau, derrière lui, une photo du président et une autre où on voyait un Mujica plus jeune recevant un trophée. Il lisait *La Tercera* et écrasait une cigarette au moment où je suis entré ; au nombre de mégots échoués dans le cendrier de bronze posé sur le bureau, ce devait être la quatrième de la matinée. C'était un homme blond, gros et un peu chauve. Il avait des lunettes à monture métallique et portait un costume gris, une chemise blanche et une cravate bleue piquée d'une épingle. Son visage était envahi de taches rosées et ses mains, posées tranquillement sur le journal, étaient couvertes de poils blancs et longs.

– Nous ne sommes pas ouverts au public, dit-il sans lever les yeux du journal. Sa voix avait un ton respectueux mais autoritaire. J'en ai déduit qu'il n'avait pas l'habitude d'être dérangé dans son bureau et, sans tenir compte de sa réaction, j'ai fait deux pas pour me retrouver devant lui.

– Je viens vous voir de la part de Marcos Cambell.

L'homme a abandonné sa lecture, ajusté ses lunettes et avant de reprendre la parole m'a examiné sous toutes les coutures. J'ai insisté :

– Marcos Cambell.

– J'ai entendu, a dit l'avocat en m'indiquant une chaise devant le bureau. Quel est votre nom ?

– Heredia.

– Quelque chose à voir avec les Heredia des magasins Les Deux Mondes ?

– Rien.

– Et avec don Ladislao Heredia, le notaire ?

– Heredia tout court, sans parents ni garanties commerciales.

L'avocat a eu l'air déçu. Il a pris une Kent qui se trouvait à portée de sa main et pendant deux ou trois secondes a concentré son attention sur l'extrémité rouge de sa cigarette.

– Comment avez-vous connu Marcos Cambell ? ai-je demandé pour arriver au sujet qui m'intéressait.

– J'étais un ami de Luciano, le père de Marcos. Il a eu un cancer et avant de mourir, m'a demandé d'aider son fils. J'ai fait quelques tentatives pour lui trouver un travail sérieux mais disons que Marcos n'est pas du genre à porter un col dur et une cravate. C'est un jeune homme turbulent et assez radical dans ses idées. J'essaye néanmoins de tenir la promesse faite à son père quand je le peux, a dit l'avocat une fois terminée la cérémonie de la cigarette. Il a ensuite dispersé la bouffée de fumée qui enveloppait son visage et m'a demandé en me regardant dans les yeux :

– Dites-moi Heredia, qu'est-ce qui vous amène ?

– J'écris une chronique sur la mort de Gordon, l'avocat. Vous savez de quoi je parle ?

– Pauvre Gordon ! On ne parle pas d'autre chose dans nos bureaux. Mais je ne vois pas l'intérêt que peut présenter sa mort. Marcos perd son flair, semble-t-il.

– Il est mort dans un hôtel minable où il était arrivé après minuit.

– A dire vrai, ça ne m'étonne pas, a dit Mujica en se carrant dans son fauteuil, visiblement plus intéressé par la conversation. Gordon avait des tendances bohèmes. Il ne buvait pas mais fréquentait des établissements nocturnes de qualité douteuse. Il aimait les femmes qu'on trouve dans ce genre de milieu. A une certaine époque, il m'a beaucoup parlé de sa romance avec une danseuse du Tap Room. Mais il n'y avait pas seulement les femmes. Une fois, il m'a montré un texte écrit dans ses moments de liberté. Une sorte d'histoire des boîtes de nuit de Santiago. Il y a dix ans. Le fait d'être célibataire m'a donné une certaine réputation que je préfère ne pas commenter. Gordon trouvait de l'intérêt à nos conversations. Je lui ai donné des noms d'endroits qui n'existent plus. Le Buenos Aires, un dancing qui se trouvait à l'angle des rues San Diego et Pedro Lagos, le Salon Olimpia, le Tabaris au carrefour de la Alameda et de la rue Estado, le Zeppelin. Des échos d'une bohème disparue que j'ai pu connaître quand je suis arrivé de Talca, dans les années cinquante.

– Vous connaissiez donc bien Gordon. Vous étiez amis.

– Nous ne nous étendions pas dans nos conversations. De temps en temps, on prenait un café au Haïti, comme lors de notre dernière rencontre.

– De quoi avez-vous parlé ce jour-là ?

– On a commenté certaines nouvelles professionnelles et il m'a demandé des renseignements pour savoir où acheter des exemplaires de l'ancienne revue *Ecran*.

J'ai pensé à haute voix :

– La mort d'un bohème solitaire.

– Ça rappelle ces gros titres jaunes employés par Cambell dans sa revue. Bien sûr, cette fois il a mal choisi son sujet.

– Comment était Gordon dans le travail ?

– Il était considéré comme un bon professionnel. Il aimait aller au fond des choses. Il réunissait beaucoup d'informations, étudiait les lois, rédigeait bien ses rapports. C'est pourquoi les jeunes se moquaient de lui, je le sais. Ils l'appelaient Don Profundo parce qu'il disait toujours qu'on devait étudier les choses à fond. C'était une sorte de tic qu'il ressortait souvent. Quand on lui confiait un travail quelconque, la première chose qu'il disait c'était : « cela demande une analyse en profondeur. »

– De quel genre de contrôle fiscal était-il chargé ?

– Gestion municipale, adjudications administratives, dépenses ministérielles, malversations de fonds. La routine ici.

– Un travail susceptible d'être acheté...

– Vous pensez à des pots-de-vin ?

– Edulcorer des rapports, minimiser des fautes.

– Gordon n'était pas du genre à accepter les chantages.

– Son goût pour la nuit devait entraîner des dépenses.

– Certes, dit Mujica en pesant le poids que pouvaient prendre ses mots. Mais si vous ou Cambell voulez découvrir un point obscur dans la vie de Gordon, vous vous trompez. Il était correct. Et même si je savais quelque chose susceptible de nuire à son image, je n'en parlerais pas.

Mujica a pris ses lunettes et les a nettoyées avec un mouchoir sorti de sa veste. J'ai pensé que mon temps tirait à sa fin et que l'heure était venue de ramasser le filet maladroitement tendu par mes soins autour de l'avocat.

– Sur quoi travaillait Gordon avant de mourir ?

Mujica a hésité un instant puis il a sorti des feuilles dactylographiées d'un des tiroirs de son bureau.

– C'est le rapport mensuel des travaux réalisés par chacun des inspecteurs du fisc, a-t-il dit avant de se plonger dans la lecture du document.

J'ai allumé une cigarette et observé la pièce avec une attention accrue. Une lumière jaunâtre entrait par la fenêtre et semblait donner à l'air une consistance épaisse. Je me suis imaginé entrant tous les jours dans ce bureau et un frisson m'a parcouru le dos.

– J'ai trouvé, a dit Mujica. Il avait trois dossiers en cours. La municipalité de Ñuñoa, le comité d'entreprise de la trésorerie et l'adjudication du gazoduc international ; d'après les dates fixées, il a dû envoyer les rapports respectifs.

– Vous pouvez y avoir accès.

Mujica, maintenant peu disposé à poursuivre la conversation, s'est empressé de répondre :

– Non. Peut-être sa secrétaire ou son supérieur direct. Demandez à l'étage inférieur.

Je me suis levé et me suis approché de son bureau.

– Merci de m'avoir consacré un peu de votre temps, ai-je dit en tendant une main que l'avocat ne s'est pas donné la peine de serrer.

– Dites à Cambell qu'il s'est trompé de personne. Dites-lui aussi de ne pas aller trop loin. Mon temps et ma patience ont des limites.

J'ai marché vers la sortie et, tout près de la porte, j'ai aperçu une corbeille à papiers où quelqu'un avait jeté une vingtaine de tickets de paris hippiques. J'en ai ramassé deux au hasard et j'ai jeté un coup d'œil sur Mujica. Il a évité mon regard et a feint de reprendre la lecture de son journal.

– Savez-vous quelles boîtes de nuit fréquentait Gordon ?

– Dernièrement, il se rendait au Lucifer.

En lisant les chiffres inscrits sur les tickets du club hippique, j'ai constaté qu'il s'agissait de paris élevés. J'ai senti dans mon dos le regard de Mujica et j'ai remis les tickets dans la corbeille.

– Chaque individu est un sujet d'histoire à raconter, dis-je en ouvrant la porte du bureau qui protégerait l'ennui de Mujica jusqu'au jour où il se déciderait à prendre sa retraite.

V

Le couloir était toujours désert et on entendait au loin un bruit de machines à écrire. Un cliquetis soutenu dont l'intensité croissait ou décroissait au gré d'une baguette anonyme dirigeant les mouvements des dactylos qui produisaient chaque jour les tonnes de copies justifiant leur salaire.

Les renseignements de Mujica avaient augmenté la confusion où me tenait mon ignorance et, pour une raison impossible à préciser, me faisaient penser à un jeu de masques. J'imaginais Gordon derrière un bureau pareil à celui de Mujica, étudiant jour après jour ses textes de loi pour trouver une faille dans les antécédents des entreprises ou des services publics sur lesquels il enquêtait. Sérieux, très concentré, il devait arpenter les couloirs, laissant à peine une trace sur son passage et l'écho feutré des saluts échangés avec ses collègues croisés en chemin. Absorbé dans ses pensées, il devait rédiger ses rapports en veillant au placement exact de ses virgules, à la précision des dates légales, à l'enchaînement harmonieux des phrases. Ensuite, loin de son bureau et de ses papiers, il devait entrer dans un cabaret et retrouver un sourire émoussé par des heures de bureau, accepter la compagnie d'une femme pour l'écouter se plaindre de son travail ou du coût de la vie. Mais cela se passait-il réellement ainsi ? Gordon jouait-il à changer de masques ou une autre raison l'avait-elle poussé à venir à l'hôtel Central ? Venait-il acheter de la drogue ou cherchait-il un abri pour y recevoir sa maîtresse ? Si j'écartais ces deux possibilités, la peur restait la seule alternative. La peur de quelque chose ou de quelqu'un l'avait obligé à sortir de la routine et à chercher refuge dans un quartier qu'il savait dangereux mais pouvait aussi tromper l'adversaire. Cependant, qui pouvait bien lui vouloir du mal et pourquoi ? Des soupçons, tout juste des soupçons ou la brève étincelle d'une histoire que je me racontais à moi-même tandis que je marchais dans un couloir sombre en cherchant des explications à la mort d'un inconnu.

J'ai décidé de voir le bureau de Gordon et j'ai descendu un escalier carrelé de jaune pour arriver dans un autre couloir, calme et silencieux comme celui que je venais de quitter. Je me suis arrêté un instant avant de me diriger vers la porte d'un bureau derrière laquelle le crépitement d'une machine à écrire se faisait entendre. J'ai frappé et suis entré dans une pièce au sol recouvert de moquette où se trouvaient trois bureaux derrière lesquels un nombre égal de secrétaires étaient assises. Les femmes m'ont toutes regardé en même temps et j'ai senti une gêne semblable à celle qu'on éprouve en pénétrant par inadvertance dans des toilettes réservées aux dames.

J'ai entendu la secrétaire la plus proche demander :

– Que pouvons-nous faire pour vous ?

C'était une grosse femme aux cheveux teints mais sa voix, douce, quasi séductrice, n'avait aucun rapport avec le volume de son corps ni le côté formel de la situation. J'ai pensé aux voix des personnages des feuilletons radiophoniques de mon enfance, que j'écoutais seul ou avec les camarades de l'orphelinat. J'étais alors amoureux de ces voix, elles laissaient supposer des femmes belles et fragiles, prêtes à s'évanouir pour un baiser ou un regard du galant de service.

– Je cherche la secrétaire de maître Gordon, dis-je avec un filet de voix.

– Julita Bustos, dit la femme, elle travaille dans le bureau d'à côté mais vous ne la trouverez pas aujourd'hui. Elle a demandé un jour de congé et sera là demain. C'est personnel ou administratif ?

La voix de la femme vous caressait. J'ai imaginé cette voix dans un téléphone rose, décrivant des caresses au point de provoquer une incontrôlable érection.

– Personnel.

– Revenez demain à neuf heures.

J'ai répété : « A neuf heures », en souriant comme le patient d'un asile d'aliénés.

J'ai regardé la femme une dernière fois avant de sortir du bureau avec une impression de découragement qui, avant de reprendre l'ascenseur, a réveillé en moi le besoin d'une bière aussi froide et éternelle que la nostalgie. Je suis sorti de l'immeuble, j'ai longé un côté du palais de la Moneda et continué par la rue New-York jusqu'à l'entrée du bar La Unión Chica. A l'intérieur, j'ai cherché l'appui du comptoir en essayant, sans succès, de reconnaître certains clients. J'ai entendu le garçon, jeune, brun, aux traits mapuches me demander :

– Qu'est-ce qu'on vous sert ?

– Une bière. Glacée, bien glacée. Et quand il a apporté ma commande, je lui ai demandé après Juanito, le barman maigre aux cheveux blancs qui servait en d'autres temps.

– Il a pris sa retraite il y a trois ans, a dit le garçon en haussant les épaules comme s'il doutait de ses propres paroles.

– Un brave type. Il connaissait le nom et les besoins éthyliques de chacun de ses clients.

– Je suis nouveau dans ce bar et j'ai juste entendu parler de lui, a répondu le jeune homme, déconcerté par la conversation.

– Il paraît qu'il faisait une entaille sur le comptoir chaque fois qu'un de ses clients mourait.

Le garçon a pâli et a jeté un rapide coup d'œil sur le bord du long comptoir occupant un des côtés du bar.

J'ai observé une fois de plus la demi-douzaine de tables disposées devant le comptoir :

– Il n'y a pas non plus les poètes que je venais voir en d'autres temps : Iván et Jorge Teillier, Roberto Araya Gallegos, « Chico Molina », Rolando Cárdenas, Germán Arestizábal, le « Singe » Olivares, Juan Cameron, Ramón Carmona et Guzmán Paredes, un philosophe capable de reconnaître les joueurs de l'équipe de l'Union espagnole des trente dernières années. Quelques fois, Coloane faisait son apparition, et aussi des gens plus jeunes. Un certain Díaz, Alvaro Ruiz et un poète rondouillard avec un nom grec, Archímedes ou Agamenón. Des gens paisibles qui essayaient de survivre dans une ville triste, quand, au dehors, les charognards aiguisaient leur bec. Ils parlaient de poésie, de football ou de politique et laissaient parfois des inconnus comme moi s'asseoir à leur table. Mais je vois que vous avez maintenant mis des glaces sur les murs et les poètes, tout comme les auteurs de romans policiers, sont comme les vampires. Ils fuient les miroirs et s'intéressent seulement aux cous minces et blancs des vierges.

Le garçon a bâillé et a vu avec satisfaction s'appuyer au comptoir un autre client qui le délivrerait de mes radotages. J'ai goûté la bière et la gorgée glacée a endormi mes souvenirs. J'ai pensé une dernière fois à la voix de la secrétaire et me suis dit que je retournerais dans son bureau le lendemain quand bien même ce ne serait que pour l'entendre me dire bonjour.

VI

Rien ne me plaît davantage que marcher sans but dans la ville. J'aime regarder les gens et m'arrêter devant les vitrines des boutiques ou des librairies. Quand je suis fatigué, je cherche un petit bar pour y boire du vin tandis que le cendrier se remplit de mégots et qu'autour de moi des groupes d'ouvriers ou de retraités lisent leur journal ou boivent une bière.

Un soleil printanier illuminait les trottoirs et les promesses trompeuses des vitrines. Le murmure des clients sortait des cafés et, sur la promenade Ahumada, les vendeurs de tiercé et de loto criaient leur marchandise sans grand enthousiasme.

– Je suis allé vous voir vers neuf heures et vous n'étiez pas là, m'a dit Anselmo quand je me suis arrêté devant son kiosque. Il portait une salopette en jean, un pull bleu et un panama qui lui descendait au-dessous des oreilles.

Sans vouloir attiser sa curiosité, j'ai répondu :

– Je suis sorti faire quelques démarches.

– Vous devez être attendu.

– Par qui ? Où ?

– Les mémés. Vous avez promis d'aller au mont-de-piété, vous vous en souvenez ?

– Je l'ai promis ?

– Je l'ai fait à votre place, *don* Heredia.

– Et depuis quand disposes-tu de mon temps ?

– Ne vous mettez pas en colère, *don*. J'étais sûr que vous iriez là-bas, c'est pourquoi j'ai pris cet engagement, a dit Anselmo en me regardant prendre dans son kiosque un paquet de Derby. De plus, j'ai fait un achat en votre nom. Comme vous avez vendu la Lada quand vous êtes parti à la plage avec votre poulette, j'ai décidé qu'il était temps pour vous d'avoir de nouveau une voiture. Un ami dans une mauvaise passe m'a vendu une Chevy Nova de 1967.

– Tu prétends me faire ouvrir un musée ?

– Elle est comme neuve. Grande, bonne carrosserie et peu utilisée.

– Faire rouler cette voiture doit coûter plus cher que de nourrir un âne avec des friandises.

– Ne soyez pas casse-bonbons, *don*. Ce n'est pas la mer à boire. Je vais aller avec vous chercher la voiture et après, on s'occupe des mémés.

J'ai renoncé à discuter avec Anselmo. Je me suis simplement laissé conduire jusqu'à un hangar de la rue Miguel-León-Pardo d'où je suis ressorti au volant d'une Chevy Nova verte, un peu vieillotte mais qui au moment d'accélérer a répondu avec enthousiasme.

– Alors, comment ça marche, *don* ? a demandé Anselmo avec un sourire jusqu'aux oreilles.

– Jusqu'ici, ça va.

– Prépare-toi Catalina, nous allons galoper, a crié Anselmo avec une joie de collégien en vacances.

J'ai laissé la Chevy aux bons soins d'un petit vieux à l'aspect misérable et nous nous sommes dirigés vers l'endroit dont les vieilles dames avaient parlé. Le trottoir était occupé par des vendeurs proposant des bouquets d'herbes, des culottes, des chaussettes de laine et de la vaisselle en plastique entre autres babioles. Près de l'entrée, une infirmière prenait la tension d'un vieillard flottant dans un veston aussi chiffonné que son visage. Dans le local, une cinquantaine de vieux suivait un rythme sinueux et lent sur quatre files. Ils paraissaient sortir d'un film néo-réaliste italien ; résignés et silencieux comme des moutons qui sentent la pluie tomber sur eux et ne savent où trouver refuge. Je m'apprêtais à revenir sur mes pas et à sortir chercher la voiture quand j'ai entendu Rosa appeler Anselmo.

– Anselmito, mon petit, enfin ! Je croyais que vous et votre ami alliez nous faire faux bond, dit-elle en s'accrochant aux bras du vendeur de journaux.

– Vous avez de ces idées, doña Rosa. On était en reconnaissance dans le secteur pour bien savoir où on met les pieds.

La femme a souri puis est restée là à nous regarder comme si nous allions réaliser à cet instant un tour de magie capable de l'étonner, elle et tous les autres.

J'ai dit à Anselmo en indiquant un banc de bois adossé à l'un des murs du local :

– Asseyons-nous, on voit au premier coup d'œil qu'on n'est pas du coin.

– Je vais me placer près de l'entrée au cas où le malfaiteur arriverait, a ajouté la femme. Il me faudra le faire toute seule car mes amies se sont réveillées avec un rhume.

Je l'ai regardée s'éloigner, puis j'ai allumé une cigarette tandis que les files de vieillards continuaient à serpenter jusqu'au comptoir où les employés évaluaient les objets avec une froideur de fossoyeurs.

– Une petite heure et on s'en va, *don*.

– Une heure. Et, après avoir touché le côté de ma ceinture, j'ai ajouté : je n'ai pas pris mon revolver. Si le filou se pointe, il me faudra l'affronter avec mon stylo Bic.

– Ne plaisantez pas avec ça.

Au cours des heures suivantes, j'ai fumé six cigarettes.

J'allumais la deuxième quand Anselmo s'est levé et a parcouru l'entrepôt, mêlé aux gens qui attendaient leur tour. A la troisième, un vieillard petit et transparent de maigreur, s'est assis près de moi, une ordonnance dans les mains. Ses yeux gris avaient une couleur aqueuse, comme s'il venait de pleurer. Il m'a regardé du coin de l'œil, en secouant la tête avec une rage sourde. J'en ai déduit qu'il se sentait seul et avait besoin de parler à quelqu'un pour ne pas se mettre à crier ou partir en courant.

– Les additions ne tombent pas juste ?

– Je touche quarante mille pesos par mois. J'en dépense dix mille pour la chambre que j'occupe avec ma vieille et il m'en reste trente mille pour les autres dépenses du mois. J'achète la nourriture à crédit à l'épicerie du quartier. Pas grand-chose, croyez-moi. Du pain, du thé, du riz, un litre d'huile pour mettre sur le pain. Quelquefois un petit kilo de pommes et c'est tout. Pour finir, ma femme est malade, dit-il en me montrant l'ordonnance. Le médicament coûte six mille pesos. Qu'est-ce que je dois faire ? Dépenser moins à l'épicerie, laisser la vieille sans médicament ? C'est une vie, ça ? Depuis l'âge de quinze ans, je me suis cassé le dos dans une imprimerie. J'ai tout fait. Linotypiste, encreur, pressier. Et puis l'âge est venu et je me suis retrouvé à la rue avec ce que j'avais sur le dos ou presque. Vous trouvez ça juste, monsieur ?

– Que comptez-vous faire ?

– Me débrouiller tant que je tiendrai le coup. J'ai la peau dure. D'autres renoncent avant. Il y avait un vieux, je le rencontrais le jour où on nous paye les pensions. On vient de me raconter que lui et sa femme se sont suicidés en ouvrant le gaz de la cuisinière.

– Je parlais de vos comptes et du médicament dont vous avez besoin.

– Je vais parler à l'épicier, l'homme aura peut-être pitié, dit le vieux, et il resta à regarder le sol avec un chagrin infini. J'ai répété :

– Peut-être.

– Si seulement je pouvais travailler. Mais les vieux, plus personne n'en veut aujourd'hui. On parle beaucoup d'eux, on fait de grands discours, de jolies phrases mais après le baratin, il ne se passe rien, a ajouté le vieux en mettant des lunettes toutes cassées pour relire l'ordonnance une fois de plus.

– Vous avez des enfants ?

– Deux, mais ils sont partis dans le Nord chercher fortune dans les mines. Au début, ils écrivaient. Plus maintenant, même pas pour Noël.

Je lui ai offert une cigarette et le vieux l'a prise délicatement, en humant l'arôme du tabac comme s'il s'agissait d'un havane. Puis il l'a rangée dans la poche supérieure de sa veste.

– Merci. Je vais la garder pour cette nuit.

J'ai regardé Anselmo qui, accompagné de Rosa, regardait avec insistance en direction de l'entrée. J'ai dit au vieux en lui tendant un billet de dix mille pesos :

– Tenez, achetez le médicament dont vous avez besoin et aussi quelque chose pour votre femme.

Le vieux est resté à me regarder sans savoir quoi dire. Il a risqué un sourire qui n'a pas réussi à éclairer son visage et sans attendre davantage, je me suis dirigé vers l'endroit où se trouvait Anselmo.

– On s'en va.

La vieille Rosa m'a regardé avec surprise. Anselmo a consulté sa montre.

– Vous avez dit que vous alliez vous charger du voleur, a protesté la vieille.

– Je reviendrai. Le poisson semble parti ailleurs aujourd'hui.

– Vous n'allez pas nous oublier, c'est sûr ? a ajouté la vieille avec mauvaise humeur.

J'ai regardé les vieillards et cherché mon pépé : il contemplait toujours le billet, sans se décider à le mettre dans sa poche.

– On s'en va.

VII

– On aurait dit que vous aviez vu le diable, a commenté Anselmo tandis que la Chevy avançait dans la rue San-Diego.

– Cinq minutes de plus là-dedans et je me serais mis à donner des coups de pied dans les murs.

– Vous ne pensez pas laisser tomber les mémés ? Je leur ai tellement parlé de vous qu'elles vous ont placé au niveau du père Noël.

– On reviendra un de ces après-midi, peut-être alors la chance nous sourira-t-elle. Mais pour aujourd'hui, ça suffit. Je veux penser à autre chose. Manger un plat chaud, boire un verre de vin et puis faire une sieste. J'ai de plus en plus de mal à respirer au milieu des gens.

– Vous êtes revenu de la plage bien mal en point, *don*. On dirait que vous avez laissé vos désirs sur le sable. Pour moi, c'est la faute de la poulette. Quand vous étiez ensemble, vous faisiez plaisir à voir. Le bonhomme était content, heureux, de bonne humeur. Je crois que vous devriez essayer encore. La prendre par une aile, lui donner quelques tapes sur le croupion et ouste, on rentre à la maison.

– On ne peut obliger personne à aimer, Anselmo. L'amour est la seule chose encore libre, Anselmo.

– Elle semblait contente, elle aussi.

– Elle commence à peine son chemin et moi, je suis sur le retour, voilà le problème.

– C'est bien compliqué ce que vous dites.

– Il faut laisser chacun vivre sa vie.

– Alors l'amour et l'eau fraîche...

– Ça marche si tu as de la chance et si tu sais prendre soin de ce qui t'est donné.

– Pour ma part, je ne suis plus sur la liste de distribution. Depuis longtemps, il n'y a rien à l'horizon. Même les putes de San Martin sont parties et celles qui font encore le trottoir ne sont pas ragoûtantes. Même quand on meurt de faim, *don*.

– Et la petite évangéliste avec laquelle tu sortais ?

– Elle s'est engagée dans l'Armée du Salut et elle est partie en mission dans le Sud. Complètement cinglée. Elle ne se déshabillait pas d'un fil et par-dessus le marché, elle voulait que j'apprenne à jouer de la grosse caisse pour l'accompagner dans ses prédications.

– La vie te traite bien mal, Anselmo.

– Je ne vous le fais pas dire. Mais elle ne vous traite pas mieux.

– Je ne te le fais pas dire, ai-je répété en me garant devant le kiosque du marchand de journaux.

En entrant dans l'appartement, j'ai senti le silence morne qui se propageait à travers les pièces exactement comme la lumière indécise pénétrant à travers les rideaux. Simenon n'est pas venu m'accueillir. Je me suis dit qu'il devait être en promenade ou allongé sur une corniche à observer les mouvements du quartier. En m'étendant sur le lit, le souvenir de Griseta m'a rejoint. Elle était arrivée dans l'appartement alors qu'elle cherchait un coin où loger le temps de trouver du travail et la tiédeur de ses vingt ans avait envahi le moindre recoin du logis pour finir une nuit par se glisser dans mes bras. Ensuite, il y avait eu la douleur de certaines morts, une énigme et le voyage à la plage à la recherche d'impossibles oublis.

J'ai fermé les yeux et elle m'a embrassé. Ses mains ont parcouru mon visage et j'ai cherché son cou, la ligne tenue qui descendait entre ses seins pour déboucher sur l'humidité silencieuse de ses jambes entourant ma taille. Et puis ce fut l'empreinte indélébile. L'art de donner, venu du fond des âges, aveugle, magique, comme les mouvements agiles d'un chat ; la fougue de l'étreinte anticipant le cri et l'ardeur. Rien de plus, car une douleur inconnue m'a fait ouvrir les yeux : la solitude était à mes côtés, enlacée à la première ombre du crépuscule.

Le téléphone sonnait dans le bureau et m'a obligé à me lever. J'ai pris le combiné et j'ai reconnu la voix de Bernales répétant trois fois mon nom. Il semblait troublé ou poussé par une chose qu'il ne pouvait lui-même définir.

– Je craignais que vous ne soyez absent.

– Qu'est-ce qui peut être aussi important ?

– Il y a une demi-heure, j'ai reçu un ordre de mon chef et je me suis senti vulnérable. J'ai pensé que je devais parler de mes appréhensions à quelqu'un et le seul nom qui m'est venu à l'esprit a été le vôtre, Heredia.

– Je t'écoute.

– Hier, des journalistes m'ont posé des questions sur la mort de Gordon. J'ai dit ce que je savais et rien de plus. Aujourd'hui, à la première heure, le chef m'a appelé pour me reprocher ce qu'il considère comme mes débordements réitérés avec la presse. Puis il m'a dit que le dossier Gordon était classé. Hidalgo, que j'avais arrêté pour l'interroger, a été libéré. Je ne sais que penser, Heredia. L'affaire Gordon méritait qu'on s'y attarde davantage, je crois.

– Nous sommes enfin d'accord sur quelque chose, Bernales.

– Si je désobéis je me passe la corde au cou, voilà le problème, et puis je ne sais pas non plus dans quelle direction continuer. L'histoire d'Hidalgo est convaincante...

– Je pensais parler à la secrétaire de Gordon. Si on le fait ensemble, ce sera plus efficace.

– Vous croyez que ça servira à quelque chose ?

– Dans la rue Valentín-Letelier, il y a un restaurant qui s'appelle La Gaviota. Je t'attends là-bas demain à onze heures.

– Vous croyez que ça servira à quelque chose ? a-t-il répété.

– J'ai mis ma boule de cristal au clou.

J'ai entendu la communication se couper à l'autre bout de la ligne et j'ai dit à Simenon qui avait grimpé sur le bureau :

– Les jeunes n'ont plus d'éducation.

– Ne commence pas avec tes souvenirs, a répondu le chat. Depuis cinq ans, tu ne parles plus que du passé. Ta nostalgie me pourrit la vie, autant ou plus que cette nourriture en boîte que tu m'achètes. Cent pour cent farine de poisson, beaucoup de vitamines et sans cholestérol. Au diable les régimes équilibrés. Je rêve d'un bifteck épais de trois centimètres, un gros péché plein de toxines.

– Tu as choisi le mauvais moment pour faire ta requête. La caisse se rapproche du zéro à toute vitesse, dis-je en sortant la bouteille de pisco du bureau.

– Le petit coup de six heures de l'après-midi, a commenté Simenon.

– J'ai besoin d'un stimulant pour rendre une visite.

– Encore la jeune fille, n'est-ce pas ?

J'ai bu une longue gorgée sans répondre à Simenon. Il a demandé :

– Mieux que ça ?

– Mieux que ça, ai-je affirmé en me disposant à quitter le bureau.

Griseta était chez elle mais son accueil a été aussi agréable qu'une douche glacée en plein hiver. Je lui ai parlé de souvenirs, de la chance que nous devions nous donner et elle m'a dit en quelques mots qu'elle allait travailler cette nuit avec des camarades de l'université. Je lui ai proposé ensuite de l'accompagner et elle a repoussé ma demande. Je me suis retrouvé comme un collégien incapable de comprendre la leçon et je suis resté silencieux une ou deux minutes en espérant que Griseta changerait d'avis.

– Ne rends pas les choses plus difficiles, m'a-t-elle dit.

Je l'ai regardée sans découvrir dans ses yeux l'éclat de la petite lumière des jours anciens. J'ai allumé une cigarette, reculé de quelques pas et me suis éloigné tandis que Griseta fermait la porte. Alors j'ai compris que, comme tant d'autres nuits, je devais marcher sans but précis, guettant parmi les ombres un sourire ami pour me faire oublier le temps et la solitude de mon bureau. Une rencontre dans un bar et un brin de conversation anodine. En cette quatrième nuit en ville, je me retrouvais semblable à moi-même et je n'étais pas sûr que cela me plaise. J'ai jeté un dernier regard sur la maison et j'ai traversé en direction de la plaza Brasil. Je suis resté là jusqu'au moment où, une demi-heure plus tard, une auto conduite par une jeune fille vêtue d'un pull bleu s'est arrêtée devant la maison. Elle a klaxonné et, presque aussitôt, j'ai vu sortir Griseta avec une demi-douzaine de cahiers sous le bras.

D'un coin de la place, j'ai cru entendre les commentaires de quelqu'un qui se moquait de moi. Mais c'était seulement mon imagination. J'ai pensé comme Rimbaud à une saison en enfer et je me suis rappelé le nom du restaurant où se rendait Gordon.

VIII

J'ai observé l'entrée du Lucifer en fumant une Derby. La clientèle semblait rare cette nuit-là. Le portier, un grand gaillard vêtu d'un manteau rouge à boutons dorés, bavardait avec un gardien de parking. Sur le côté droit de la porte, j'ai reconnu l'affiche annonçant le tour de chant de Ramón Aguilera, Lucho Barrios et Cecilia. La rue était presque déserte. Trois hommes sont passés sous les lumières de l'entrée de deux cabarets sur le déclin qui attiraient les derniers bohèmes de la rue San-Diego.

Je suis passé devant le portier et j'ai grimpé un escalier mal éclairé pour arriver dans une salle occupée par plusieurs tables, une scène et un bar derrière lequel un barman plein d'ennui essuyait un verre en bâillant. J'ai demandé :

– Stolichnaya et tonique.

Le barman, un type petit et maigre, m'a écouté sans enthousiasme et a mis trente secondes pour déposer la boisson sur le bar.

– Pas beaucoup de monde.

– Les artistes connus passent les jeudis, vendredis et samedis. Le mercredi est consacré à la musique tropicale et le mardi aux histoires cochonnes.

J'ai regardé la salle quand l'artiste sur scène s'est lancé dans une imitation de Sandro. Il n'était pas bon mais ça n'avait aucune importance pour les rares clients des lieux. Ils pensaient plutôt à manger et à discuter.

– J'ai rendez-vous avec un ami. Il s'appelle Gordon et vient ici tous les soirs.

– Je n'ai pas la mémoire des noms, a dit le barman.

– Vous avez la main, dis-je après avoir goûté à mon verre. Le commentaire a fait plaisir au type et il a souri avec satisfaction. Puis il a ajouté en laissant sur le comptoir une publicité pour un établissement de massage du coin :

– Si vous cherchez des émotions, notez cette adresse.

– Je la noterai quand mon ami arrivera, dis-je en feignant d'observer une fois de plus le local.

Deux garçons se sont approchés du bar. L'un, grand et brun, a demandé trois pisco-Cola ; l'autre, petit et gros, un whisky-soda. J'ai fait un signe au barman et il leur a demandé s'ils connaissaient un client du nom de Gordon. Le grand a fait non de la tête et l'autre m'a regardé du coin de l'œil avant de s'approcher de moi :

– Il n'est pas arrivé, il se met toujours à la même table, près de la scène.

J'ai remercié et posé mille pesos sur son plateau :

– Vous vous rappelez la dernière fois qu'il est venu ?

L'homme a pris le billet et m'a regardé avec méfiance. J'ai ajouté :

– Je ne suis pas flic.

– Les flics ne lâchent pas de billets. Mais vous avez une idée derrière la tête, c'est sûr.

– Sa femme se pose des questions sur ses virées nocturnes.

– Elle gaspille son argent pour rien. Cet homme est plus sérieux qu'une image de saint Antoine. Deux ou trois verres par nuit, parfois il mange un bout. Je ne l'ai jamais vu avec des femmes mais il va peut-être ensuite dans les top-less du coin de la rue.

– Il était toujours seul ?

– Il y a trois ou quatre nuits, il est arrivé en compagnie de deux hommes. Ils discutaient, je crois. Quand je me suis approché pour prendre la commande, un des inconnus lui parlait d'une dette à payer.

– Vous connaissiez ces hommes ?

– Je ne les avais jamais vus. Ce n'était pas le genre de clients habituels. Jeunes et bien sapés. L'un d'eux portait une cravate arborant Marilyn Monroe.

– Vous pourriez les reconnaître le cas échéant ?

– Qui sait. J'ai le coup d'œil mais...

– Quoi d'autre ?
– Ils ont pris deux verres chacun. Après ça, les deux inconnus sont partis et le monsieur est resté un peu plus longtemps que d'habitude.
– Quel air avait-il ?
– Sérieux et triste. Il a demandé un paquet de cigarettes et ça m'a étonné car je ne l'avais jamais vu fumer.
– Il semblait préoccupé ?
– C'est possible mais comment le savoir ? On parlait juste le nécessaire. A un moment donné, je suis allé aux toilettes et quand je suis revenu, il était parti.
– Comment tu t'appelles ?
– Pas de nom. Je ne suis pas assez bête pour me fourrer dans des histoires.
– Je voulais savoir qui demander si je reviens.
– Les serveurs ne sont pas nombreux, on ne peut pas se tromper.
– Très bien. Et j'ai ajouté en sortant une de mes cartes de visite : voici mon nom et mon téléphone. Si Gordon ou un de ses amis se pointe, appelle-moi.
– Comme dans les films, a dit le garçon moqueur.
– Oui, ceux où le jeunot ne gagne jamais.
Le garçon a souri en s'approchant du comptoir. Il a pris les verres qu'il avait demandés au barman et s'est dirigé vers une des tables. On annonçait sur la scène le numéro de Rosa Angela, la tigresse du Brésil. Une mulâtresse a fait son apparition ; elle avait les jambes fortes et un gros cul qui souhaitait se débarrasser rapidement du bout de tissu satiné qui le contenait. C'était un fauve attirant et, pour la première fois depuis mon arrivée, les clients se sont intéressés à ce qui se passait sur scène.
– Elle a tout ce qu'il faut et en quantité, a commenté le barman.
– Je les préfère plus minces. Moins de chair et plus de nerf.
– La Rosa Angela est très bien.
– Question de goûts.
– Regardez-la bien !
J'ai bu mon verre et en ai redemandé un autre. Le barman l'a préparé les yeux fixés sur la scène sans regarder ce qu'il faisait.

Quand j'ai bu, je me suis rendu compte du résultat d'une telle distraction. Il avait eu la main lourde pour la vodka et j'ai supposé qu'il me serait difficile d'arriver au fond du verre sans être saoul.

A la troisième gorgée, j'ai vu revenir le garçon. Il a posé le plateau sur le bar et s'est approché au point de toucher quasiment une de mes joues pour demander :

– Il vous reste un autre petit billet ?

– Ça dépend de ce que je vais entendre.

– Je viens de me rappeler quelque chose.

J'ai mis mille pesos sur le plateau et j'ai vu briller dans la semi-pénombre les dents blanches de l'homme.

– Le lendemain de ce que je vous ai raconté, un type est venu demander Gordon. Il l'a attendu à la table habituelle, a pris deux whisky et puis, il est parti.

– Comment était-il ?

– Brun, mince. Il avait des lunettes sans monture et l'air très nerveux. J'ai eu l'impression de l'avoir déjà vu chez nous.

– Quoi d'autre ?

Le garçon a dit non de la tête et a repris son plateau. La description de l'inconnu ne correspondait à personne de ma connaissance ni à quelqu'un en relation avec l'affaire Gordon. Je me suis dit que je n'avais rien obtenu. Juste un mal de tête qui commençait à prendre corps et deux ou trois pièces d'un puzzle dont j'étais loin d'imaginer l'ensemble.

J'ai laissé ma vodka de côté et mis un pourboire sous les yeux du barman.

– Ça ne vous a pas plu, mon vieux.

– Il monte à la tête.

– Je peux ajouter un peu de tonique.

– Merci. Demain, je dois me lever tôt.

Et je me suis dirigé vers la porte.

Dehors tout était toujours aussi calme. Au coin de la rue, j'ai reconnu deux jeunes à l'affût d'une victime ; un poivrot marchait vers l'avenue Matta en chantant *Le Roi*, une femme en haillons faisait un paquet de chiffons et de cartons et, devant le cabaret Orion, une tapineuse m'a invité à découvrir les bontés de son esprit. Tout était tranquille et exactement comme d'habitude, ai-je pensé en allumant une cigarette. J'avais sommeil et envie d'être dans mon lit. J'ai remonté le col de ma veste, ajusté le revolver à ma ceinture et marché en imitant la démarche de Gary Cooper dans *Le Train sifflera trois fois.*

IX

– Il me semble utile d'enquêter à la Cour des comptes dans la mesure où cela permettrait de mettre en relation les renseignements de Mujica avec d'autres antécédents. La mort de Gordon peut déboucher sur quelque chose d'important. Ne me demande pas pourquoi, c'est seulement une question de flair journalistique. En tout cas, tu dois travailler davantage, a dit Cambell après avoir entendu le récit de mes démarches de la veille.

Il était huit heures du matin. Le journaliste s'apprêtait à prendre son petit déjeuner : un demi-litre de café, deux pommes, des céréales avec du yaourt et trois tranches de pain complet avec fromage et jambon.

– L'enquête journalistique a ses difficultés. Moi, je me fie à mon flair et puis j'essaye d'obtenir une source fiable. Tu le sais, il y a toujours quelqu'un qui a envie de raconter des ragots. Le reste, ce sont les indices trouvés dans les journaux, les revues, à la télévision. Mettre en relation des idées éparses, lire entre les lignes. Une bonne chronique consiste en grande partie à chercher une aiguille dans une meule de foin. Et ne prends pas cet air effrayé. Si tu veux faire du bon journalisme, tu dois être prêt à bosser dur.

– Ce qui m'effraye, c'est ton petit déjeuner.

– Beaucoup de calories au début de la journée pour travailler avec le maximum d'énergie. Mon seul moment de tranquillité, c'est entre huit et neuf heures du matin, après c'est la course jusqu'à minuit.

– Mon petit déjeuner est plus simple. Du café, une cigarette et parfois, parfois seulement, deux doigts d'alcool.

Cambell a mordu dans une pomme et a bu tout de suite après une gorgée de café.

– Pour revenir à notre sujet, les enquêtes de la Cour des comptes portent sur des fautes courantes. Un comptable qui a oublié de joindre trois reçus, des dépenses non prévues au chapitre, le chef de service qui se rince le gosier aux frais du Trésor, ce genre de chose. Des petites merdes qui ne vont pas chercher loin.

– Je vais interroger la secrétaire de Gordon.

– Si ça peut te faire plaisir, Heredia.

– Ça ne me fait pas plaisir mais j'ai embarqué Bernales dans l'affaire.

– Voilà un sujet intéressant. Pourquoi ont-ils classé le dossier ? Problème d'image ? Ils veulent pourrir la vie de ce flic ? Tu ferais bien de lui soutirer plus d'informations.

– L'histoire de Bernales semble être une lutte à l'intérieur du bureau des enquêtes. C'est un type jeune, susceptible de balayer les vieux.

– Des flics nostalgiques de Pinochet contre des flics démocrates. Le sujet n'est pas mauvais, Heredia. Tu pourrais creuser la chose.

– Des magouilles politiques ! Je tombe toujours là-dessus.

– J'ai fait mon enquête. Gordon était un militant du parti démocrate chrétien. Après 1973, il a collaboré avec les militaires et avant la présidence d'Aylwin, il a battu sa coulpe avant de rentrer au bercail. Ce n'est pas le seul, mais lui n'a pas tiré de bénéfices de sa reconversion, il a gardé le même poste à la Cour des comptes, a ajouté Cambell avant de goûter à la première cuillerée de yaourt.

– Et ses amis du Lucifer ?

– Oublie-les. C'est un sac de nœuds.

– Tu fous en l'air toutes mes idées.

– Rappelle-toi la formule de ton ami Solís : C.S. Chance et sueur. On résout les cas en travaillant ou sur un coup de chance. Je le lui ai entendu dire une nuit où on a bu quelques verres dans ton bureau. C'est la dernière fois que je l'ai vu, je crois, a dit Cambell, et il a ajouté en regardant sa montre :

– Il va être neuf heures. La lutte pour la vie commence.

– Comme tout bon journaliste, tu ne craches pas sur les phrases toutes faites.

– Il n'y a pas beaucoup d'adjectifs et les nouvelles sont toujours les mêmes. Insiste un peu sur le cas Gordon et si tu ne trouves rien, invente.

– Je vais reconsidérer mon ancien travail de chauffeur de taxi, dis-je en me dirigeant vers la sortie. Je savais alors que la meilleure façon d'aller d'un point à un autre, c'était de tourner en rond.

Cambell a crié en me lançant une de ses pommes :

– Prends ça pour la route. Si tu ne la manges pas, tape-toi la tête avec. Franklin a commencé comme ça.

J'ai rectifié après avoir attrapé la pomme :

– Newton.

– Franklin, Newton, Einstein, qui croit encore à cette histoire de pomme ?

Pas moi, me suis-je dit en montant dans la voiture et en donnant le premier coup de dents à la pomme. Et puis j'ai pensé au cercle. Chaque enquête est une ligne et quelqu'un, pour une raison inconnue, en changeait la direction ; il fallait revenir à sa trajectoire première pour rétablir le précaire sentiment de justice que je transportais dans mes poches avec un mouchoir, les clefs de l'appartement et une demi-douzaine de trombones – je les tordais entre mes doigts chaque fois que je réfléchissais à un problème compliqué ou apparemment sans issue.

Bernales attendait à La Gaviota. Il avait commandé un café et près de sa tasse se trouvait un journal où il avait fait des annotations au crayon bleu.

Je lui ai demandé en guise de salut :

– Les nouvelles sont bonnes ?

Bernales a esquissé un sourire :

– J'étais bon en géographie politique. Maintenant, avec la chute de l'Empire soviétique et la guerre des Balkans, ma capacité à retenir les noms est aux oubliettes.

– Tout était plus clair alors, comme dans les films de cow-boys qui passaient en matinée. Maintenant, on ne comprend plus rien. Les bons sont devenus méchants et comme les méchants n'ont plus besoin d'être aussi méchants, ils nous semblent bons. On dirait un discours de Cantinflas[1] mais ça ne me fait pas rire.

Bernales a fermé le journal et allumé une cigarette.

– Tu as l'air nerveux, lui dis-je.

– Aujourd'hui, c'est la troisième fois en quinze jours que je reçois un appel anonyme.

– Pourquoi ?

– Le mois dernier, j'ai réussi deux bons coups contre les narcotrafiquants et dans le service, certains n'ont pas les mains propres. Et ce n'est pas tout. Je n'ai pas encore de preuves mais j'enquête sur une chaîne de motels dont le propriétaire est un chef d'entreprise qu'on voit régulièrement dans les journaux en train de faire des dons à des œuvres caritatives.

– Des motels ?

– Toutes les chambres sont censées être louées et chaque nuit, au moins un million de pesos se trouve ainsi lavé. Si tu multiplies ça par trente nuits et quinze motels, c'est une affaire juteuse. Et quand ce n'est pas les motels, c'est la construction immobilière. Ils essayent de me mettre sur la touche, Heredia. Des menaces et des pressions jusqu'à ce que j'abandonne.

Bernales a bu son café avant d'ajouter :

– Voilà pourquoi je dois explorer toutes les histoires troubles que je trouve sur ma route.

– Comme la mort de Gordon.

– Pourquoi pas ?

J'ai haussé les épaules et regardé vers la rue. Un chien fouillait dans une poubelle et sa queue remuait avec impatience. J'ai murmuré :

– On se ressemble, lui et moi.

– Qu'est-ce que vous dites, Heredia ?

– C'est l'heure d'aller bavarder avec la secrétaire de Gordon.

Julia Bustos était une femme menue, aux yeux bleus et vifs. Elle devait approcher la cinquantaine mais son visage avait gardé une curieuse fraîcheur juvénile, accentuée par le rouge délicat de ses lèvres et par un sourire qui jaillissait, rapide et spontané. Bernales lui a montré sa plaque, la femme nous a fait entrer sans

1. Célèbre comique mexicain.

objections dans le bureau de Gordon. L'endroit m'a rappelé le cabinet de Mujica. Un grand secrétaire, des livres de droit sur des étagères, une collection du Journal officiel posé sur le bureau près d'une carafe de cristal et de deux verres taillés. Bernales s'est installé dans un fauteuil. La secrétaire et moi sommes restés debout, auprès du bureau. Sur l'un des murs, il y avait sept diplômes et un insigne de bronze du club de l'université catholique.

– Rien n'a été touché, a dit la femme, ils attendent l'arrivée d'un frère de don Federico qui vit à Valdivia.

Bernales regardait la pièce sans savoir comment entamer l'interrogatoire. Ses yeux allaient du bureau aux murs et des murs à la secrétaire qui semblait disposée à répondre à toutes les questions posées.

J'ai demandé :

– Depuis quand travaillez-vous avec monsieur Gordon ?

– Quinze ans. Je suis restée deux ans au service des impôts directs et puis on m'a nommée chez lui. C'était un chef compréhensif et facile à vivre.

– Pouviez-vous remarquer dans quel état d'esprit il se trouvait ?

– Après tant d'années, a commencé à dire la femme – et elle s'est arrêtée au milieu de la phrase pour essuyer une larme sur sa joue gauche –, le matin, il me suffisait de le regarder pour savoir s'il était content ou de mauvaise humeur.

– Comment vous paraissait-il ces dernières semaines ? a demandé Bernales.

– Soucieux. Il devait terminer une série de rapports en cours.

– Tenait-il un registre de ses activités ?

– Il les notait ici, dit-elle en indiquant un agenda sur le bureau.

– Je veux voir ce qu'il a écrit au cours des deux dernières semaines.

La femme a pris l'agenda et l'a ouvert à une page marquée par un signet. Ensuite elle me l'a remis et s'est tenue prête à dissiper mes doutes éventuels.

– Dupré. Ce nom est écrit huit fois, dis-je après avoir lu le contenu de l'agenda.

– Melle Dupré, la supérieure hiérarchique de don Federico. Ils se voyaient tous les jours pour parler travail.

J'ai continué ma lecture :

– Fernando Abarca.

– Un ami personnel.

– Urbano Otero. Il apparaît cinq fois en deux semaines.

– C'est un avocat du bureau d'études Benex.

– Rodrigo Maspérez et Claudio Plaza, deux fois.

– Ce sont aussi des avocats de la même entreprise. Ils se voyaient à propos d'un rapport que rédigeait monsieur Gordon.

Le reste des notes correspondait à des rendez-vous chez son médecin ou son tailleur et à des réunions du Lyon's Club. J'ai noté les noms que je venais de lire sur une feuille de papier trouvée sur le bureau.

– Don Federico était un homme sans histoires. Je me demande comment il a pu finir comme ça, a dit la secrétaire.

– Les plus discrets sont les plus dangereux.

La femme a regardé Bernales sans aménité. Le policier a souri avant d'ajouter :

– Savez-vous si votre chef avait des petits secrets ? Une maîtresse, des goûts bizarres ?

– Dieu du Ciel, comment pouvez-vous penser à des choses pareilles !

– Du calme, madame, dis-je d'un ton conciliant. Nous sommes obligés de vous poser ces questions. La mort de votre chef sort de l'ordinaire et nous devons considérer tous les antécédents susceptibles de nous aider à découvrir l'assassin.

La secrétaire a compris mes raisons et, après avoir jeté un regard autour d'elle, s'est laissée tomber dans un fauteuil. J'ai ajouté :

– Sur quoi travaillait-il ? Cela nous intéresse.

– Il faisait tant de choses, monsieur.

– Il rédigeait trois rapports, nous le savons. Serait-il possible de connaître leur contenu ?

– Les copies doivent se trouver dans cette chemise, a dit la secrétaire en indiquant le sous-main de cuir posé sur le bureau. Il a terminé les trois rapports la veille de sa mort.

Bernales a ouvert le sous-main, a cherché à l'intérieur puis a lu à voix haute : comité d'entreprise de la trésorerie générale et municipalité de Ñuñoa. Puis il a ajouté après avoir vérifié le contenu du sous-main :

– Il y a seulement deux rapports.

– Je suis certaine de les avoir mis tous les trois ensemble. Je m'en souviens très bien, j'en ai même parlé à une autre secrétaire. Monsieur Gordon était un cas particulier. Le seul dans toute la division à travailler sur plusieurs sujets à la fois. Les autres en choisissent un et le tournent dans tous les sens pendant des mois.

– Alors quelqu'un a retiré un des rapports, dis-je.

– Impossible, je m'en serais rendue compte.

– Vérifiez le contenu du sous-main, lui a ordonné Bernales.

La femme a obéi et presque aussitôt a hoché la tête en signe d'incompréhension.

– Je peux jurer qu'ils étaient là. Dans le registre du courrier, on peut trouver la preuve de l'expédition.

Nous avons suivi la femme jusqu'à sa table de travail située dans un bureau contigu à celui de Gordon et l'avons vue consulter un gros cahier où elle enregistrait les documents expédiés du bureau.

– C'est là, dit-elle en montrant une inscription. Il dit clairement : Dossier bureau d'études Benex, projet Gaschil. Les deux autres se trouvent plus bas.

– Pourquoi n'y a-t-il pas de double ? a demandé Bernales.

– Ce n'était pas son habitude mais peut-être monsieur Gordon l'a-t-il emporté. En tout cas je peux en tirer un autre, a dit la secrétaire en s'asseyant devant un ordinateur.

Bernales a allumé une cigarette puis est retourné dans le bureau de Gordon pour se mettre à fouiller les tiroirs du secrétaire. Je l'ai regardé travailler jusqu'à ce que j'entende Julia Bustos pousser un hurlement de chatte battue. Son teint pâle contrastait avec l'éclat de l'écran et ses mains crispées sur son visage reflétaient toute sa surprise. Je l'ai entendue murmurer :

– Ce n'est pas possible.

– Qu'est-ce qui n'est pas possible, madame ?

– Le rapport a été effacé.

– Vous êtes sûre ?

– Je l'ai tapé moi-même.

J'ai entendu Bernales demander :

– Qui d'autre utilise cet ordinateur ?

– Il est réservé à mon usage personnel mais dans la pratique, n'importe qui peut y avoir accès, a répondu la femme d'un air abattu.

Je lui ai demandé :

– Vous avez dit avoir envoyé le rapport dans un autre bureau. Il devrait y être enregistré, n'est-ce pas ?

– Je vais voir, a dit la secrétaire en décrochant le téléphone.

Je suis allé dans le bureau de Gordon pour prendre les doubles des rapports trouvés dans le sous-main. Je les ai pliés en quatre avant de les ranger dans ma veste. Quand je suis revenu près de la secrétaire, elle semblait victime d'une soudaine dépression. Ses yeux fixaient un infini de murs gris et sa bouche refusait de laisser sortir la moindre parole. Je lui ai tendu un verre d'eau qui se trouvait près de l'ordinateur et la femme l'a bu avidement.

– Au secrétariat de la division, il n'y a aucune trace du document. Ils ont seulement reçu les deux que nous avons trouvés.

– Les trois rapports n'étaient-ils pas ensemble ?

– La secrétaire n'en sait rien. Elle n'était pas là, semble-t-il, quand ils les ont apportés, ils ont dû être réceptionnés par son chef, Melle Dupré. Ça paraît bizarre mais ça peut arriver quand les secrétaires sont occupées ailleurs. Cependant, la secrétaire dit que l'écriture de la personne ayant enregistré les autres rapports n'est pas celle de son chef. Ça pourrait être celle de la personne qui l'a apporté.

– Qui fait les expéditions ? a demandé Bernales.

– Moralito, le coursier.

– Il doit bien avoir un prénom chrétien – je détestais les diminutifs donnés généralement aux employés. C'était toujours Juanitos, Gonzalitos ou Luchitos, et ils finissaient par être amoindris et réduits à la distorsion de leurs prénoms.

– Gabriel Morales Avendaño. Il travaille chez nous depuis plus de dix ans.

– Où pouvons-nous le trouver ?

– Il a demandé un congé. Sa sœur était malade, elle habite Curicó, je crois.

Bernales m'a fait comprendre d'un signe que nous n'avions plus grand-chose à faire dans ce bureau :

– Nous reviendrons discuter avec lui. Ne parlez à personne du rapport manquant. Nous sommes en présence d'un vol, semble-t-il, et nous devons faire une enquête.

La secrétaire a acquiescé craintivement.

– Je vous laisse mes coordonnées, lui ai-je dit en posant une de mes cartes de visite sur le bureau.

– Le rapport a été envoyé et il était sur l'ordinateur, je le jure, s'est excusée la femme, décomposée.

– Ce n'est pas la première fois que des papiers se perdent dans une administration publique. Ce qui serait curieux, ce serait de les trouver là où on pense les avoir mis.

X

– Gaschil, qu'est-ce que ça peut bien être ? a demandé Bernales pour la troisième fois, avant de mordre dans son sandwich. Il avait insisté pour aller manger au King Poulet de la promenade Huérfanos et nous nous retrouvions dans un souterrain aux murs recouverts de miroirs circulaires. Autour de nous, un groupe de lycéens mangeait des frites. Dans un coin, une brune aux longues jambes fumait et jouait avec un verre de soda. Je pouvais voir son visage et ses lèvres rouges dans la glace. J'ai bu une gorgée de café et pendant quelques secondes, je l'ai imaginée dans mes bras, loin de l'odeur de friture imprégnant l'atmosphère.

Aucun de nous deux n'avait la bonne réponse. J'ai sorti les rapports de Gordon et passé au policier celui de la trésorerie générale. J'ai lu en silence et au bout de quelques minutes, j'ai posé le rapport sur la table et me suis de nouveau concentré sur le café :

– Rien. Un comptable de troisième catégorie a oublié de payer certains frais. Peut-être une erreur à moins que le type ait voulu s'attribuer une augmentation de salaire. De toute façon, je ne pense pas que nous puissions trouver ce que nous cherchons à la mairie de Ñuñoa.

– Ici non plus. C'est le règlement du comité d'entreprise de la trésorerie. Ils ont changé trois articles, semble-t-il, et Gordon les a trouvés corrects. Rien à en tirer non plus.

– Mais qu'est-ce que peut bien être ce putain de Gaschil ? a demandé Bernales pour la quatrième fois. Une entreprise ? Un sigle ? Le nom d'une personne ?

– Quelque chose d'assez important pour faire disparaître un rapport.

– Et pour tuer Gordon.

– Qui sait ? J'ai entendu parler de fonctionnaires qui se sont cognés la tête contre un classeur mais jamais de rapports mortels.

– Je vais faire une ou deux choses, Heredia. D'abord vérifier si Gaschil a des antécédents dans les archives du service des fraudes. Ensuite, aller chez le coursier.

– Ça ne t'intéresse pas de parler à la supérieure de Gordon ?

– Supposons que ça ne me concerne pas. Et puis, pour interviewer cette dame, il me faudrait en informer mon chef.

– Lequel te ferait griller les cacahuètes.

– Je n'aime pas vos blagues.

– Elles ne sont pas pires que celles de la télé, dis-je en finissant mon café.

– Que pensez-vous faire, Heredia ?

– Donner à manger à Simenon.

– Vous parlez peut-être sérieusement. Depuis que je vous connais, je n'ai jamais compris votre amour pour cet animal. Si c'était un chien, je comprendrais, mais un chat !

– On ne peut pas comparer un chat et un chien.

– Ah non ? Et pourquoi ?

– Je te répondrai par une citation de Cocteau : « *Je préfère les chats aux chiens parce qu'il n'y a pas de chats policiers.* »

XI

De retour dans mon bureau, je me suis rappelé mon ami Stevens. Pendant trois ans, nous avions occupé des appartements voisins et partagé une infinité de nuits blanches à boire en écoutant les murmures du quartier ou les disques de Goyeneche qu'il collectionnait avec la fidélité réservée aux grandes causes. Stevens soutenait que si on pensait beaucoup à une chose, cette chose finissait par devenir réalité. J'avais ri la nuit où j'avais entendu sa théorie mais un matin où je ne pouvais même pas me payer un malheureux petit déjeuner, j'étais sorti dans l'idée de trouver mille pesos. J'avais marché dans San Pablo en direction du couchant, regardant les vitrines de meubles, les épiceries et les pharmacies et au bout d'une demi-heure, en arrivant à la rue García-Reyes, j'avais trouvé un billet de mille collé à une grille d'égout.

Je me suis souvenu de Stevens et j'ai pensé à Griseta ; sûr qu'en arrivant chez moi, j'allais la trouver parmi mes objets familiers, dormant ou jouant avec Simenon. Mais la théorie de l'aveugle n'a pas fonctionné. Mon bureau et mon appartement étaient déserts et je n'ai trouvé qu'un prospectus, glissé sous ma porte. Il appartenait à *Madame* Zara et c'était une variante de la publicité remise par sa secrétaire le jour de ma visite : « *Madame* Zara résoudra vos problèmes, aussi difficiles soient-ils. Absence d'un être cher, amours malheureuses, mauvaises affaires, échecs et procès. Si vous souffrez d'angoisses, de problèmes sexuels, de solitude ou d'incompréhension, venez voir *Madame* Zara. »

J'ai décroché le téléphone et j'ai immédiatement reconnu la voix de ma voisine.

– Ici Heredia.

– J'ai entendu vos pas à la sortie de l'ascenseur et je savais que vous alliez m'appeler.

– J'ai besoin de vous parler. J'ai lu votre prospectus et, à part l'impuissance sexuelle, je crois avoir tous les problèmes que vous pouvez résoudre.

– Vous ne parlez pas sérieusement, n'est-ce pas ?

– Quand pouvez-vous me recevoir ?

– Venez tout de suite. Aujourd'hui, la clientèle était rare et je viens de préparer un thé. Je suis sûre qu'il vous plaira.

Madame Zara en personne m'a ouvert la porte. Elle portait une tunique noire qui la faisait paraître plus svelte. Elle m'a fait passer dans son cabinet et nous avons pris place autour d'une table de bois peinte en vert dans un style rappelant le mobilier des restaurants chinois.

Elle a pris mes mains et les a serrées fort entre les siennes :

– Doutes, fatigue et chagrin.

Je l'ai regardée dans les yeux. Elle a soutenu mon regard jusqu'à ce que je me voie obligé de prêter attention au médaillon de pierre blanche pendant entre ses seins.

– Le diagnostic est bon mais dans un autre ordre.

– La fatigue est due à votre travail, le chagrin à une femme et les doutes à un homme inconnu. Je me trompe ?

– A quoi bon le nier ? Vous semblez être au courant de tout.

La voyante m'a lâché les mains, a allumé un bâtonnet d'encens qui a parfumé la pièce et a concentré son regard sur un point du ciel dégagé. Au bout d'un moment, elle a semblé sortir de son court sommeil et, comme si rien ne s'était passé, a disposé deux tasses de thé sur la table :

– Les gens sont de plus en plus angoissés et inquiets. Ils sont préoccupés par les choses matérielles et oublient l'esprit. Ils perdent de vue l'équilibre qui doit régner entre le ciel et la terre. Je les oblige à regarder au fond d'eux-mêmes. Certains se laissent conduire et apprennent des choses ; les autres viennent seulement écouter ce qu'ils veulent m'entendre dire : qu'ils vont être heureux, aimés et riches. Ce n'est pas vrai mais ça leur convient parce que je n'exige rien d'eux.

– Et vous me rangez dans quelle catégorie ?

– Vous allez et venez mais vous ne croyez en rien et n'espérez rien.

– Je crois en beaucoup plus de choses que vous pourriez l'imaginer. Si ce n'était pas le cas, je me serais déjà tiré une balle dans la tempe. Quant à ne rien espérer, ce n'est qu'une tactique. Si vous n'attendez rien, tout ce qui vous arrive sera le bienvenu. C'est comme jouer avec un as dans sa manche.

– On ne peut tricher avec la vie, Heredia.

– Si on ne triche pas, alors comment survivre ?

J'ai bu une gorgée de thé et j'ai senti une sorte d'apaisement, comme si on avait ouvert une fenêtre pour laisser entrer une bouffée d'air frais.

– Fatigue, doutes, chagrins, dis-je en me rappelant le verdict de la voyante.

– La fatigue passera après une nuit de bon sommeil et quelques tasses de ce thé. Vos doutes concernent un boiteux. Vous ne le connaissez pas, mais quelqu'un vous aidera à arriver jusqu'à lui. Une femme qui, un jour, vous a parlé de la mer et de la nature.

– Un boiteux ?

– Obscur et malin.

– Et la femme ?

– Son image est floue. Il vous faudra chercher au fond de vous, Heredia.

– Et le chagrin ? ai-je demandé en concentrant mon intérêt sur ses lèvres rouges.

– Vous ne devinez pas comment vous pouvez l'oublier ?

Et avant que je puisse trouver une réponse, elle s'est approchée de moi et m'a pris dans ses bras. J'ai senti ses lèvres sur les miennes et tel un naufragé accroché à une planche, j'ai réuni mes forces et réussi à la repousser doucement.

– Vous vous trompez, madame, ai-je assuré en me levant. Ce n'est pas ce dont je crois avoir besoin en ce moment. De toute façon, merci pour le thé.

– Tu as besoin de moi, Heredia, conclut-elle sans rancune, et quelque chose dans les rides autour de ses lèvres m'a fait penser à une femme cherchant désespérément à retrouver d'anciens jeux.

J'ai marché vers la sortie et avant d'ouvrir la porte, j'ai entendu de nouveau son verdict. J'ai essayé de répondre mais, arrivé dans le couloir, j'ai eu l'impression de m'enfoncer dans un sommeil dont je ne sortirais pas avant plusieurs heures.

XII

Quelque part dans ma tête, j'ai entendu sonner une cloche. C'était un tintement agréable, plaisant, qui m'a rappelé l'appel aux fidèles lancé d'une petite église de Chiloé aux tuiles délavées, se découpant sur un ciel d'un bleu éclatant après une nuit de pluie, quand on peut encore distinguer l'énergique baiser de la gelée sur les sillons. Le volume du tintement a augmenté et, lentement, j'ai ouvert les yeux. Tandis qu'un rayon de soleil balayait mon visage, j'ai retrouvé l'image du corps de Griseta chevauchant le mien. Ses mots l'après-midi où, à la sortie du cinéma, nous nous étions lancés dans une course folle pour arriver à l'appartement et des vers de Gonzalo Rojas qu'elle m'avait lus après avoir fait l'amour : « *Le mot plaisir, comme il coulait le long de ton corps, long et libre, le mot plaisir.* »

Je me suis assis sur le lit et Simenon a grimpé sur mes jambes, cherchant le contact de mes mains sur son dos. Je l'ai caressé doucement jusqu'au moment où son pelage est devenu brillant comme neige. J'ai décroché le téléphone, fait un numéro et demandé Griseta. Je l'ai entendue dire :

– Heredia, que se passe-t-il ?

– Je voulais...

– Quoi ? insista-t-elle en remarquant mon hésitation.

– J'avais besoin d'entendre ta voix.

Et j'ai raccroché. Il m'a semblé entendre Simenon demander :

– Toujours la fille ?

– Comment faire pour cesser de répéter son nom chaque fois que je suis seul ?

– Laisse le temps passer. Elle reviendra peut-être ou bien tu l'oublieras.

– Tes conseils ressemblent aux paroles d'un mauvais boléro.

– Pense à autre chose. A tes doutes à propos de la mort de Gordon.

– Jusqu'à hier après-midi, je pensais avoir éclairci certaines choses. Et puis la voyante a brouillé les cartes. Elle a parlé d'un boiteux et d'une femme qui m'avait parlé de sujets en rapport avec la nature.

– Le retour de la plage, tu t'en rappelles ?

– Comment s'appelait la femme qui nous a pris en stop ? Elle avait dit qu'elle était spécialisée dans les problèmes d'environnement.

– Verónica Jéldrez.

– Je dois avoir sa carte de visite quelque part.

– Dans un des livres ramenés de la plage.

– Que deviendrais-je sans ton aide, Simenon ? Comme l'a dit Baudelaire, « *le chat est l'esprit familier du lieu / il juge, il préside, il inspire / toutes choses dans son empire / peut-être est-il fée, est-il dieu ?* »

J'ai laissé Simenon dévorer une ration supplémentaire de Whiskas et j'ai roulé à toute allure jusqu'au bureau de Verónica Jéldrez. L'endroit était une vieille demeure à deux étages, entourée de fleurs et d'arbres séculaires ; on y accédait par une porte aux vitres gravées de fleurs et d'arabesques. Sur la façade, une grande plaque annonçait : Centre d'étude de l'environnement.

Près d'une table couverte de brochures pour la défense des baleines, j'ai aperçu une jeune fille maigre et pâlichonne qui semblait être le modèle parfait pour une affiche sur la malnutrition.

Avant qu'elle ne s'épuise en me saluant, j'ai demandé Verónica Jéldrez.

– Qui veut voir Verónica ?

De l'un des bureaux, à l'intérieur, j'ai entendu une voix de stentor ; elle entraînait à sa suite la silhouette d'un homme blond et aussi grand que la porte qu'il venait de franchir. Il devait avoir plus de cinquante ans et malgré la bedaine trahissant un professionnel de la bière, paraissait robuste et athlétique.

– Je m'appelle Heredia et je voudrais parler à Mme Jéldrez, dis-je en mesurant l'effet de mes paroles.

L'homme a souri. Il a levé la main pour indiquer le bureau d'où il venait de sortir un instant plus tôt. J'ai suivi ses indications et pénétré dans une pièce meublée seulement d'une table à dessin et de deux bancs de bois sculptés.

– Prenez place, je vous prie. Je suis Tom Ballinger, le mari de Verónica, a dit le géant en parlant par saccades. Elle est en voyage à Buenos Aires mais je suis à votre disposition.

– C'est dommage, je fais une enquête et j'ai des doutes quant au nom d'une entreprise.

Ballinger m'a résolument coupé la parole :

– Je vous invite à boire quelques bières et vous me donnez des détails.

D'une glacière portative, il a sorti deux Royal Guard en boîte puis a ajouté en en mettant une à portée de ma main :

– Je suppose que vous buvez de la bière.

– Quand j'ai froid ou quand j'ai chaud.

– Parfait ! Je ne fais pas confiance aux hommes qui ne boivent pas, conclut-il. Et après avoir bu une grande rasade de bière il s'est mis à me raconter des épisodes de sa vie.

Ballinger était de l'Illinois, aux Etats-Unis. Il avait servi dans la marine et avait combattu deux ans au Viêtnam avant de démissionner avec une pension qui lui avait permis de parcourir plusieurs pays d'Amérique latine jusqu'à son arrivée au Venezuela où il avait connu Verónica Jéldrez, exilée là-bas depuis 1975. Ils avaient participé ensemble aux activités de Greenpeace avant de décider finalement de venir au Chili pour y installer une école supérieure qui délivrait le diplôme incertain de technicien en gestion de l'environnement. Sa façon de parler m'a rappelé Tarzan et après l'avoir écouté une demi-heure, j'en ai conclu que c'était un type sincère, capable de faire le coup de poing pour ce qu'il croyait juste. Après avoir découvert une bonne partie de sa vie, je lui ai demandé :

– Gaschil ?

La question a paru déclencher en lui un mécanisme intérieur. Il a ouvert les bras, agité ses énormes mains et ne s'est calmé qu'en se souvenant de la glacière d'où il a sorti une deuxième boîte de bière.

– Vous n'avez jamais entendu parler de Gaschil ?

J'ai dit non de la tête.

– Les Chiliens n'ont pas de conscience écologique. Congestion des voies de circulation, cheminées, forêts massacrées dans le Sud, pêche des *locos*[1], élevages polluants de saumons. Autant de richesses perdues. Un beau jour, vous serez dans la merde jusqu'au cou sans savoir pourquoi. Gaschil est le nom d'une entreprise américaine qui veut construire un gazoduc entre l'Argentine et le Chili. Une histoire pas très jolie. Si la construction ne s'effectue pas sous un contrôle sévère, ça peut détruire la nature et provoquer de grands dangers pour l'environnement. Le projet est à l'étude depuis plusieurs années. Un de mes amis peut mieux vous renseigner. Il s'appelle Miguel Bórquez et il est... comment dit-on ? à la tête... leader d'un groupe d'écologistes chiliens. Si ça vous intéresse, je peux vous procurer l'adresse de Bórquez.

– C'est un projet qui représente beaucoup d'argent, je suppose, n'est-ce pas ?

– Beaucoup d'argent. J'ai lu récemment un document concernant le démarrage du projet. D'autres entreprises étaient intéressées et l'une d'elles a subi des pressions du gouvernement argentin. Deux conseillers de Menem ont demandé des honoraires extraordinaires pour mettre le projet en adjudication. L'entreprise a protesté auprès de mon ambassade en Argentine et le pot aux roses a été découvert. Vous devriez parler avec Miguel. Il est très documenté sur ce sujet.

– Je vais noter son nom, dis-je sans grand enthousiasme.

Le type m'a demandé en me tutoyant :

– Pourquoi l'histoire ne t'intéresse-t-elle pas ?

J'ai eu envie de lui mentir mais, devant le regard franc de Ballinger, je me suis dit qu'il ne le méritait pas. Je lui ai donc raconté l'affaire de l'hôtel Central et de Gordon.

– Tu es dans un sacré merdier. Pourquoi ?

– Je suis détective privé.

– Comme Lew Archer ou Jim Chee ? Qui t'a engagé ?

– Personne. Je ne touche pas un peso pour ce travail.

Ballinger a ri avant de demander :

---

1. Espèce protégée de mollusques.

– Tu es fou ou quoi ? J'aime les merdiers. Je vais t'accompagner chez Bórquez. Mais pas aujourd'hui, ni demain. Dimanche, il y a une manifestation contre les essais nucléaires sur l'île de Mururoa. Dis-moi où je peux venir te prendre avec mon véhicule.

– Merci pour le coup de main, dis-je en lui tendant une de mes cartes de visite. Maintenant je m'en vais.

– Pas question. Ma femme est loin, mes enfants sont en vacances dans le Sud, chez leur grand-mère, et je suis seul. Tu restes avec moi. J'aime les cinglés qui travaillent pour rien. On peut boire encore quelques bières. D'accord ?

Troisième partie

I

J'étais seul dans l'obscurité d'une ruelle solitaire et dans mon esprit commençait à naître l'inutile et éternelle promesse : jamais plus. J'ai ouvert les yeux et je me suis vu, le visage appuyé sur le bureau, pendant que le téléphone rageait comme un automobiliste un vendredi après-midi. Je l'ai laissé sonner quinze ou vingt fois et quand il s'est tu, j'ai senti Simenon lécher mon oreille gauche avec enthousiasme.

– On ne le dirait pas mais je suis vivant, dis-je en observant le vert profond de ses yeux.

Simenon a semblé remarquer :

– Ça fait des mois que je ne t'ai pas vu dans un état pareil.

– Un verre en entraîne un autre et l'autre le suivant. Au bout du compte, l'addition est élevée et quand on veut revenir en arrière, il est trop tard. Le monde se met à tourner trop vite et un sourire stupide s'empare de ton visage. Ce maudit gringo et ses histoires, reliées les unes aux autres par ses bières, sa vie pleine de détours, d'allées et venues. On dirait qu'il n'a jamais perdu une minute. Le Viêtnam, l'Afrique, l'Amérique centrale, Santiago. Des types pareils, rien ne les arrête, semble-t-il. On sait que la vie est partout pareille, que rien ne dure toujours et pourtant, tu le vois bien, certains restent accrochés à leur quartier, à la petite nostalgie des pas connus.

– Une sacrée cuite, a commenté Simenon en s'éloignant de quelques pas. Il vaut mieux aller traîner dans le quartier car aujourd'hui, dans cette maison, le petit déjeuner n'est pas prêt d'arriver.

– Tu vois la vie depuis ton ventre stupide et c'est tout.

Indifférent, Simenon a poursuivi son chemin et en trois bonds, je l'ai vu disparaître par la fenêtre vers un horizon de toits rouillés.

– Pas besoin de compagnie !

Je me suis levé pour aller prendre une douche glacée qui m'a fait retrouver ma lucidité. Après quoi, j'ai mis la symphonie du Titan de Mahler dans le lecteur de cassettes, j'ai cherché une chemise propre et commencé lentement le rituel consistant à m'habiller et à retrouver la notion de mon corps malmené par les effets de la bière.

Un peu plus tard, je me suis assis pour lire le journal qu'Anselmo glissait tous les jours sous ma porte. Je me suis arrêté à la page des courses et après avoir analysé les arrivées et les poids d'une trentaine de chevaux, j'en ai sélectionné six sur lesquels j'allais parier au PMU de la rue Bandera. On signalait pour chacun d'eux des arrivées comprises entre la cinquième et la huitième place, ils seraient montés par des jockeys de deuxième catégorie et auraient certainement une cote de vingt contre un. Mon système de pari, si on pouvait l'appeler ainsi, consistait à faire confiance à la combativité des perdants. Je ne jouais jamais les favoris : c'était croire que seul compte dans la vie l'éclat de la célébrité ou du pouvoir. Miser sur des chevaux peu cotés était aussi réel que choisir la face cachée de la lune, nous ne la voyons jamais mais personne n'ose nier son existence.

Le téléphone a interrompu de nouveau le calme de l'appartement. J'ai décroché de mauvaise grâce pour entendre, à l'autre bout de la ligne, la voix agitée de Bernales. Il a prononcé deux fois mon nom et ne s'est décidé à poursuivre qu'après que je lui aie répondu.

– Où étiez-vous ? Je vous ai appelé hier soir et aussi ce matin, a-t-il grondé.

– La vie n'est pas un long fleuve tranquille et on essaye parfois de tout résoudre en un seul jour.

– Je ne vous ai pas appelé pour écouter votre philosophie à quatre sous. Il s'agit de...

Bernales semblait irrité par une chose étrangère à notre dialogue. Je l'ai interrompu :

– Tu as pensé à te rendre dans un institut de massage ? Tu as besoin de te détendre, c'est évident.

La communication s'est coupée. J'ai laissé le téléphone à sa place et trente secondes plus tard, il s'est remis à sonner. J'ai entendu Bernales dire sur un ton plus conciliant :

– Je n'ai rien contre vous, Heredia, mais les choses se sont envenimées au bureau.

– On peut parler et boire quelques verres, dis-je et je m'en suis tout de suite mordu les doigts en me rappelant la cuite de la veille avec Ballinger.

– Une autre fois. Notre affaire se complique.

J'ai poussé un soupir de soulagement en prenant le paquet de Derby posé sur le bureau. Pour gagner les secondes qui me permettraient de mettre de l'ordre dans mes idées à propos de la mort de Gordon, j'ai demandé :

– Et notre affaire ?

– Vous vous souvenez de Morales, le coursier ? Son nom m'a turlupiné. J'ai appelé le service du personnel pour avoir son adresse. En allant le voir, je suis tombé en plein drame. Sa femme venait de l'emmener aux urgences. Il a été renversé par un taxi à cinquante mètres de chez lui. J'ai trouvé la femme mais le moment était mal choisi. A son arrivée aux urgences, Morales était mort.

– Je ne voudrais pas avoir l'esprit mal tourné mais...

– Voulez-vous m'accompagner à la veillée funèbre ? Je prends la voiture au parking et dans cinq minutes, je suis au carrefour des rues Mackenna et Bandera.

J'ai répété :

– Cinq minutes.

Bernales conduisait une Opel Astra toute neuve dont on n'avait pas encore enlevé le plastique recouvrant les sièges. Il a attendu que je mette la ceinture et puis a tout de suite appuyé sur la champignon. Morales, le coursier de Gordon, habitait Villa Sur ; c'était dans mon souvenir une *cité*[1] aux maisons basses, construites en brique.

Bernales venait de quitter la Gran Avenida et nous roulions vers le sud de Santiago. Il m'a demandé :

– Qu'en pensez-vous ?

De temps en temps, on voyait des immeubles d'habitations neufs et des enfants qui jouaient sur des trottoirs en terre battue.

1. En français dans le texte.

– Je n'ai jamais cru aux sorciers.
– La mort du garçon de course vous semble suspecte ?
– Elle soulève pour le moins certaines questions.
La maison de Morales se trouvait dans un passage bordé de deux rangées d'innombrables maisons dessinées par un architecte passionné par les rats. Trente-six mètres carrés où s'entassaient les ménages avec leurs enfants, leurs chiens et leurs poules. Une cuisine et deux pièces au sol cimenté où ils préparaient les repas, surveillaient les gosses et forniquaient, la nuit, sans avoir droit à la moindre expression de plaisir.
Trois voisins parlaient devant la maison. A l'intérieur, d'autres essayaient de consoler une vieille femme vêtue de noir. Bernales s'est présenté et le regard des gens nous a écorché la peau. Nous n'étions pas à notre place et représentions le club des types qu'ils haïssaient le plus.
J'ai entendu parler une femme grosse et jeune qui semblait connaître la maison :
– C'est pas trop tôt. On a été porter plainte au commissariat et les flics n'ont pas fait cas de nous.
– Vous êtes l'épouse du défunt ? lui a demandé Bernales.
La grosse a fait non de la tête. Elle a dit qu'elle était une cousine de Morales et s'est approchée de nous en essayant de mettre de l'ordre parmi les inconnus qui envahissaient la pièce :
– La Nelly est à la chapelle avec ses deux gosses pour veiller Gabriel, a-t-elle ajouté en nous montrant la rue. Si on était des gens friqués, ils auraient déjà pincé le coupable car ce n'était pas un accident. Le chauffeur de taxi avait un coup dans le nez.
– Comment s'est passé l'accident ?
La femme m'a regardé d'un air méfiant :
– Vous aussi vous êtes de la police ? Ça ne se voit pas beaucoup.
Puis elle a commencé son récit : le défunt est sorti de la maison, il a été jusqu'au kiosque du coin pour acheter un paquet de Hilton. Ils devaient aller à San Fernando dans l'après-midi rendre visite aux parents de la Nelly. C'était à l'improviste, on avait obligé Gabriel à prendre quelques jours de congé.
– Obligé ? Qui ?
– J'ai entendu parler de ça. En tout cas, la Nelly doit en savoir davantage.

– On en était aux cigarettes, dit Bernales.

– A cinquante mètres de la maison, le taxi a renversé Gabriel. D'après des gosses, il était arrêté et il a foncé sur lui.

– La voiture était garée ?

– Depuis un bon moment.

J'ai encore demandé :

– Vous avez reconnu le conducteur ?

– Non. Y'a de drôles de gens qui se pointent par ici, ils vendent de la coke et de la marijuana. L'après-midi, ils traînent pour repérer les bandes de jeunes et leur proposer leur cochonnerie. C'est notre pain quotidien et les flics ferment les yeux. Quelquefois des fils à papa des beaux quartiers arrivent, ils ont volé la voiture de leurs parents, ils se cament et roulent à toute vitesse dans les rues. Il y a deux semaines, ils ont renversé un gosse qui jouait devant chez lui.

Je lui ai demandé :

– Vous savez si le défunt avait des problèmes au travail ?

– Ça, vous devriez en parler avec la Nelly.

– Pouvez-vous nous accompagner ? a demandé Bernales à la femme.

La grosse n'a rien dit. Elle a passé ses mains sur sa jupe et s'est dirigée vers la sortie du passage. Elle marchait vite et j'ai dû presser le pas pour ne pas rester en arrière.

– Et maintenant, qu'est-ce qu'elle va devenir la Nelly ? Seule avec deux enfants. Il ne lui reste plus qu'à retourner à la campagne ou à faire des ménages, s'est demandé la cousine.

J'ai allumé une cigarette et gardé le silence jusqu'à notre arrivée dans une salle où il y avait une demi-douzaine de bancs et une fenêtre par où entrait la lumière triste qui, cet après-midi-là, éclairait les visages de la vingtaine de personnes entourant un pauvre cercueil couvert de fleurs fanées. Dans un coin, une femme au visage osseux enlaçait deux enfants de huit à dix ans ; sans bien se rendre compte de ce qui se passait, ils regardaient de tous côtés sans rien trouver pour retenir leur attention. Le reste était composé de femmes vêtues de sombre et d'hommes la tête basse.

La grosse s'est approchée de la femme et lui a parlé à l'oreille. La veuve a regardé dans notre direction et, sans enthousiasme, s'est levée pour s'approcher de nous. Elle avait les yeux rouges et des cernes profonds enlaidissaient son visage. Elle a demandé d'un air résigné :

– Vous voulez me parler ?

Bernales a balbutié quelques mots de condoléances que la femme a entendus avec indifférence puis, après l'avoir écouté faire le résumé de la mort du garçon de courses, elle a dit :

– Je n'ai rien vu. J'ai été prévenue par une amie, je suis sortie dans la rue et, avec l'aide d'un voisin, on a emmené Gabriel aux urgences.

– Vous partiez en vacances ?

La femme a retenu un sanglot puis elle est restée à me regarder sans savoir quoi dire :

– D'où sortez-vous ça ?

– On l'a appris par la femme qui nous a amenés ici.

– La Chelita parle sans savoir. Gabriel a eu un moment difficile au bureau, il a pris la mouche et a demandé les jours de congé qu'on lui devait depuis l'été.

– Votre mari vous en a parlé ?

– Je crois qu'il a eu un problème avec une des chefs. Adelina Dupré. Gabriel lui a apporté des papiers et elle l'a mal reçu. Madame a mauvais caractère, paraît-il.

– C'est tout ? a demandé Bernales.

– C'est tout ce que m'a raconté Gabriel, a dit la femme avant de regarder en direction du cercueil et de retenir un nouveau sanglot.

J'ai regardé Bernales et lui ai montré la sortie.

– Merci pour les renseignements, a-t-il dit, que Dieu vous donne force et résignation.

La femme a demandé :

– Vous allez pincer celui qui a fait ça ?

– Peut-être. Et je me suis arrêté près de la porte de la chapelle pour regarder une dernière fois la femme et ceux qui l'accompagnaient. Les mouches commençaient à voltiger au-dessus du cercueil et l'air s'imprégnait de l'odeur lourde des fleurs mortes. Quand on s'est retrouvés dans la voiture, j'ai demandé à Bernales :

– De la force et de la résignation, qu'est-ce que c'est que cette merde que tu as racontée à la femme ?

– C'est ce qu'on dit habituellement.

Je me suis rappelé la lourdeur de l'air dans la chapelle et j'ai dit adieu aux maisons délabrées du bidonville en murmurant :

– « *J'ai contemplé tout ce qui se passe sous le soleil et découvert que tout est aussi vain que de poursuivre le vent. On ne peut redresser ce qui est tordu ni remplacer tout ce qui fonctionne mal.* »

– Quoi ?

– Ça veut dire que j'ai besoin de boire un verre en compagnie de quelqu'un.

II

Nous avons bu quelques bières au bar Central de la rue San Pablo, un endroit clair, aux tables recouvertes de nappes en plastique qui lui donnaient un petit air familier. Je me suis rappelé sans raison la pension de Punta Arenas où j'avais vécu au cours d'une enquête sur la mort d'un ami avocat. C'était une grande maison de bois d'où, à chaque Noël, une femme m'envoyait une carte postale pour me demander si j'allais revenir dans les rues enneigées avec leurs arbres tordus et le vent qui transformait les gens en fragiles petits moulins de papier. Je pensais parfois à elle et recomposais son image sur le cruel miroir de l'impossible. Les traces, bonnes ou mauvaises, étaient là et, même si je ne m'interrogeais plus sur le sens des choses, je reconnaissais les marques laissées au fond de moi au fil des ans.

Bernales s'est attardé à regarder la mousse de la bière tandis qu'arrivait de la rue la rumeur du quartier avec son concert habituel de cris, de klaxons et de coups de frein :

– Au début, le travail était intéressant, plein de nouveautés. Il correspondait à l'image que je m'en étais fait à l'école. Ensuite, quand j'ai perdu ma naïveté et appris la routine quotidienne, j'ai découvert son côté obscur. Les pressions, les influences, les tractations. J'ai commis l'erreur de trop parler et d'essayer d'aller jusqu'au fond des choses. Ça n'a pas plu à mes collègues, aux plus vieux surtout qui ont déjà leurs petites manies. Les types ont commencé à aller raconter des ragots au chef, j'ai alors commis certaines erreurs et le vieux s'est mis à donner des coups de poing sur le bureau. Dans trois semaines, je serai muté aux archives photographiques, je l'ai appris aujourd'hui.

– L'enthousiasme, ça va et ça vient, dis-je, surpris par la confession de Bernales.

– Ce qui m'attend, c'est le néant. Un travail de bureau pour que je ronge mon frein et finisse par renoncer.

– Tu as encore l'âge de changer de cap.

– Je ne veux pas renoncer.

– Renoncer demande plus de courage que tu ne crois.

– Que me conseillez-vous, Heredia ?

– Réunis des informations importantes et gueule. Ce n'est pas facile mais au moins, tu te sentiras fidèle à toi-même. En plus, tu peux, un de ces jours, devenir une étoile de la télévision.

Bernales semblait ne pas m'entendre. Il a bu une gorgée de bière et il est resté à regarder la rue. Au bout d'un moment, il a demandé :

– Tout se paye cher dans la vie. Tu crois que c'est juste ?

– Depuis des années, la justice a cessé d'être un mètre étalon. Elle existe dans les livres, on en parle dans les discours mais c'est tout. Des phrases creuses. Le cirque allume ses flambeaux mais les clowns sont toujours aussi pauvres. Ce pays est foutu parce qu'il a troqué les utopies contre la vantardise, la vérité contre les compromis, la lutte contre le consensus. On s'est vendus ou on nous a vendus.

Bernales m'a observé avec un manque d'enthousiasme évident. J'ai demandé une autre bière et suis resté silencieux pendant les quinze minutes suivantes.

III

Nous nous sommes rendus le lendemain dans le bureau d'Adelina Dupré. Le policier a montré sa plaque aux fonctionnaires qui contrôlaient l'entrée de l'immeuble de la Cour des comptes et, sans remplir la moindre formalité, nous avons marché jusqu'aux ascenseurs desservant les bureaux des étages supérieurs.

Bernales s'est présenté à une secrétaire ; à notre arrivée, elle jacassait au téléphone et n'avait pas envie d'être interrompue. La femme a noté de mauvaise grâce le nom de Bernales dans un registre et s'est dirigée vers la porte conduisant au bureau d'Adelina Dupré.

L'avocate nous a fait attendre une heure avant de nous recevoir dans une pièce décorée de ficus et de philodendrons qui semblaient pousser sur le moelleux tapis vert couvrant le sol.

Frisant la quarantaine, de petite taille, elle présentait une curieuse ressemblance avec les souris. Elle portait un tailleur grenat et un chemisier de soie jaune. Sa grande bouche accentuait une laideur de collégienne que les pendeloques accrochées à ses oreilles et à son cou tentaient de dissimuler. Je m'étais rarement trouvé devant une femme aussi prématurément laide et revêche. J'ai reconnu dans son regard le reflet d'une personnalité habituée à imposer ses conditions. J'ai donc décidé de mesurer mes paroles et de faire en sorte que l'entrevue dure le temps nécessaire pour lui poser les questions que j'avais en tête.

Rien n'est plus dangereux qu'une femme laide investie d'un pouvoir. Elles s'en servent pour se venger de la vie et des hommes qui les croisent sans leur accorder d'attention. Elles s'entourent de types serviles, s'appuient sur des connaissances acquises pendant que d'autres femmes vont danser et finissent par devenir des machines à répéter des articles de loi, des formules économiques ou des discours politiques.

Adelina Dupré était programmée pour se venger et, ce matin-là, les deux intrus qui avions insisté auprès de sa secrétaire jusqu'à ce qu'elle n'ait d'autre alternative que celle de nous recevoir, avons été ses victimes.

– Que puis-je pour vous ? demanda-t-elle en flairant autour d'elle comme un mouffette.

Bernales était impressionné par le décor du bureau. A cet instant, j'ai senti qu'il avait l'intention de s'excuser et de se retirer la queue entre les jambes, comme l'avocate l'espérait. J'ai donc dit en accentuant la gravité de chaque mot :

– Vous savez, je suppose, qu'il y a eu plusieurs morts dans votre entourage.

Le fait de mettre la mort au pluriel l'a désarçonnée. Nerveusement, elle a regardé du coin de l'œil ses seins plats et la position du collier pendu à son cou.

– Plusieurs morts, dites-vous ? demanda-t-elle en laissant tomber le *vous* comme un couperet.

– Gordon et Morales.

– J'avais oublié cet homme. J'ai cru comprendre qu'il s'agissait d'un accident. Quant à Gordon, nous sommes vraiment désolés.

– Nous ?

– Tous ceux qui travaillaient avec lui. Et moi tout particulièrement. Il était très professionnel, méticuleux, coopératif, efficace...

– On dirait la description d'une machine...

– Première et dernière impertinence, monsieur...

– Heredia.

– Heredia, cracha-t-elle.

Bernales est intervenu :

– Voudriez-vous nous parler des derniers travaux de Gordon ?

– Vous êtes au courant de ces choses. Vous avez déjà interrogé plusieurs secrétaires, je le sais.

– Votre version nous intéresse, a insisté le policier.

– Notre département développe un programme annuel d'audits sur les différents services et entreprises publiques. Nous contrôlons aussi la gestion des municipalités. C'est un programme rigoureux, complété par les réclamations des particuliers ou les enquêtes demandées par les parlementaires ou le gouvernement.

– Quel était le rôle de Gordon ?

– Pour me faire mieux comprendre, je dirais que c'était notre contrôleur vedette. On ne lui attribuait pas de ministères ou de secteurs administratifs particuliers, il travaillait sur des sujets considérés comme plus complexes. Sa double condition d'avocat et d'audit lui donnait la compétence nécessaire pour s'occuper des dossiers les plus difficiles. Il travaillait toujours sur cinq ou six cas à la fois. Il était très efficace.

La femme a regardé sa montre pour nous faire comprendre que le temps de notre entrevue était compté.

– Sur quels dossiers travaillait-il avant de mourir ?

– Je ne les ai pas tous en mémoire. La municipalité de Ñuñoa, une enquête en relation avec la trésorerie.

– Et Morales ?

– Morales ?

– Le garçon de course.

– Je ne m'occupe pas des faits et gestes des auxiliaires. D'autres personnes se chargent de contrôler leur présence ou le temps qu'ils prennent pour déjeuner.

J'ai deviné qu'elle mentait mais je n'ai rien dit.

– Vous avez eu une discussion avec lui, paraît-il.

L'avocate s'est agitée dans son fauteuil et, de nouveau, a regardé du coin de l'œil le paysage affligeant de sa poitrine. Pour la première fois depuis le début de notre entrevue, j'ai remarqué qu'elle s'énervait comme si on avait été sur le point de la violer sur son bureau.

– *Discussion* n'est pas le mot exact. J'ai pour règle de ne pas discuter avec mes subordonnés. Je donne des ordres et j'attends leur exécution dans les délais que j'ai fixés. Quant à ce que vous appelez discussion, c'est très simple à expliquer. Morales a apporté des papiers quand la secrétaire était absente. J'ai entendu ses récriminations et suis sortie pour voir ce qui se passait. Je lui ai ordonné de laisser les rapports sur le bureau et de les inscrire lui-même sur le registre de départ de courrier.

– Morales a quitté le bureau de Gordon avec trois dossiers et deux seulement sont enregistrés par votre secrétaire dans le livre des entrées. Avez-vous une idée de ce qui est arrivé au troisième ? demandai-je en soutenant son regard.

– Je ne m'occupe pas de ces détails.

J'ai insisté :

– Il manque le dossier relatif au projet Gaschil.

– Les garçons de course sont toujours négligents.

– Vous avez une haute opinion du genre humain, dis-je avec ironie.

– C'est tout ce que je peux dire. Maintenant, je vous serais reconnaissante de poser une dernière question et de partir.

– Que pouvez-vous nous dire de Gaschil ? a attaqué Bernales.

– C'est un sujet confidentiel. Pour en révéler les détails, il me faudrait des instructions de mes supérieurs ou des tribunaux.

Et elle m'a regardé fixement, décidée à ne pas dire un mot de plus.

J'ai soutenu pendant quelques secondes le regard de la femme et puis j'ai décidé de lui concéder une petite victoire jusqu'à notre prochain affrontement.

IV

Bernales a sucré le café crème qu'il avait commandé au café Haïti, indifférent aux allées et venues des serveuses portant des tasses en une sorte de danse érotique suivie du coin de l'œil par la plupart des clients :

– La Dupré a de nouveau refermé le cercle. Qu'elle mente ou dise la vérité à propos du dossier n'a aucune importance. Rien ne prouve que ces papiers débouchent sur quelque chose d'intéressant. Nous avons une ou deux suppositions et un dossier qui quitte le huitième étage et se perd avant d'arriver au neuvième. Vous avez une idée, Heredia ?

– Des intuitions. Pour les confirmer, il me faudrait connaître le rapport de Gordon. On devrait peut-être insister auprès de la secrétaire. Lui demander de chercher encore et encore. Jouer sur les sentiments. Son chef, son garçon de course. Si elle a du cœur, ça peut l'émouvoir. Je lui parlerai demain. J'ai aussi l'intention de retrouver les gens qui ont rencontré Gordon avant sa mort. Mais je ferai tout ça demain. Aujourd'hui, je veux seulement me reposer, boire du thé et lire un roman.

– Du thé ? Un roman ? Vous parlez sérieusement ? Ça ne correspond pas à l'idée qu'on se fait de vous.

– Je ne me promène pas en racontant tout ce que je fais.

– Vous avez une certaine réputation, Heredia.

– Ça n'a rien à voir ici. Et après avoir fait une pause pour finir mon capuccino j'ai ajouté : tu devrais enquêter sur l'accident de Morales. Peut-être quelqu'un a-t-il remarqué un détail à propos de la voiture ou de son conducteur ? Un petit tour dans le quartier pourrait être utile.

J'ai pris congé du policier et marché sur l'Alameda jusqu'à une cabine téléphonique. J'ai composé le numéro de Griseta et demandé à lui parler à l'homme qui a répondu. La voix – celle d'un vieillard, semblait-il – m'a dit qu'elle n'arrivait à la pension qu'après neuf heures du soir. Je lui ai demandé de noter mon nom et puis j'ai raccroché brutalement.

J'ai marché sans but et me suis retrouvé devant les affiches du Ciné York et les seins débordants d'une blonde aussi fausse qu'un billet de mille pesos. Près de moi, un type s'est tripoté l'entrejambe, a sorti de la monnaie de sa veste avant de se diriger vers le guichet. J'imaginais une salle obscure où une centaine de types dévoraient des yeux des poupées de celluloïd. Ce n'était décidément pas l'endroit rêvé ; j'ai marché jusqu'à la place d'Armes et j'ai fini à l'Esmeralda où j'ai mangé un sandwich et bu un verre de vin blanc qui a eu pour effet de me rappeler ma fatigue et mon envie de me retrouver dans mon appartement. A neuf heures pile j'ai appelé de nouveau Griseta mais elle n'était pas encore arrivée. J'avais envie de la voir et de lui dire une dernière fois que je l'aimais. A neuf heures et quart, j'ai fait une autre tentative mais le sort m'a encore été cruel. J'ai fini mon verre de vin et pris le chemin du retour.

Mais la nuit réserve des surprises. Je l'ai su en entrant chez moi, quand j'ai senti une forte bouffée de parfum. Revolver au poing, j'ai suivi le couloir conduisant aux pièces intérieures. J'ai entendu un murmure et puis le silence s'est fait, interrompu un instant plus tard par le passage de Simenon entre mes jambes. Cela rendait mon pistolet inutile mais je suis tout de même entré dans la chambre l'arme braquée sur l'infini.

On avait couvert l'ampoule pendue au plafond d'un papier cellophane bleu et sur la table de nuit brûlait un petit bâton d'encens. Le lit était ouvert et, dans un coin de la pièce, j'ai reconnu *Madame* Zara. Une robe rouge la faisait paraître plus grosse qu'elle n'était réellement. Ses lèvres étaient peintes d'un vert intense et ses sourcils, étirés sur les côtés, se confondaient avec ses cheveux.

Comme un personnage qui se serait trompé d'histoire, j'ai reculé de quelques pas, toujours revolver au poing.

– Tu as l'habitude de recevoir tes visiteurs avec ce truc à la main ?

– Seulement quand ils viennent sans y être invités.

– Je pensais te faire une bonne surprise mais tu n'as pas l'air très content. Je croyais que quelque chose avait commencé entre nous l'autre nuit.

– Nous n'avons pas entendu la même musique, semble-t-il. Je suis fatigué et j'ai envie d'être seul.

– Tu as besoin de moi, dit-elle en couvrant ses épaules d'un châle de soie noire.

– Je pourrais dire deux ou trois grossièretés, mais je ne le veux pas. Vous connaissez la sortie et vous êtes maintenant assez grande pour rentrer seule chez vous, dis-je catégoriquement tandis que je voyais avancer vers moi le corps volumineux de la voyante. Elle a ajouté avant de sortir de la chambre :

– Votre crédit est épuisé, monsieur Heredia. La prochaine fois que vous désirerez me parler, il vous faudra prendre rendez-vous.

J'ai arraché d'une chiquenaude le cellophane autour de l'ampoule et j'ai entendu dans mon dos le bruit que faisait la voyante en fermant la porte. J'ai défait ma cravate et me suis jeté à plat ventre sur le lit après y avoir posé mon revolver.

V

Dans mon rêve, je me déplaçais dans la pénombre d'une chambre et des corps ailés voletaient au-dessus de ma tête. Leurs ailes effleuraient mon front et s'éloignaient, m'accordant une trêve pour éponger la sueur blanchâtre qui couvrait mon visage. Je me suis réveillé plusieurs fois et, à l'aube, je me suis endormi jusqu'à ce que j'entende frapper à la porte peu avant dix heures. J'ai ouvert et je me suis trouvé devant la grande carcasse de Ballinger. Le gringo a souri amicalement et, sans attendre d'y être invité, est entré dans le bureau. Il portait des jeans, une chemise de flanelle à carreaux et une veste de photographe pleine de petites poches. Il avait un air joyeux et en le voyant debout près du bureau, il m'a fait penser à un grand gamin prêt à partir pour sa première exploration estivale. Il a dit en découvrant mon aspect somnolent :

– Les détectives se lèvent tard, j'aurais dû le savoir. Tu as sûrement passé toute la nuit près d'une grande boutelle de vin.

– Bouteille. On dit bouteille.

– C'est ça. Boutelle.

– Comme tu voudras ! Mais il est l'heure de me lever.

Je lui ai indiqué une chaise et Ballinger a pris place en posant deux Paulaner sur le bureau :

– Tu as besoin d'une douche et d'un bon petit déjeuner.

J'ai balayé son commentaire :

– Comment as-tu fait pour trouver le bureau ?

– L'autre jour tu m'as donné une carte de visite, tu te rappelles ? Heredia et Cie. Qui est ton associé ?

– Je me souviens seulement de la cataracte de bières que nous avons bues. Quant à l'associé, il s'appelle Simenon et c'est mon chat. Les cartes de visite ont été commandées par un ami écrivain, il se prétend mon biographe ou quelque chose dans ce goût-là.

– J'ai apporté d'autres bières, dit-il en montrant les boîtes de Paulaner.

– Ôte-les de ma vue !

– Je viens te chercher pour aller à la réunion écologiste. Il y aura Bórquez, l'ami dont je t'ai parlé l'autre jour. Ne t'occupe de rien, je t'amène et te ramène dans ma voiture.

– J'ai besoin de dix minutes pour ressusciter en pleine forme.

– Je boirai une bière en attendant.

J'ai laissé le gringo dans le bureau pour aller prendre une douche qui a chassé les derniers vestiges du cauchemar. Une demi-heure plus tard, nous étions devant la Jeep de Ballinger garée près du kiosque d'Anselmo. Le vendeur de journaux tournait autour du véhicule, admirait ses formes comme s'il s'agissait d'un vaisseau spatial et a dit avec enthousiasme :

– Elle est belle, *don*. Grande cabine, double traction, boîte automatique. Une merveille !

Je lui présentai Ballinger et celui-ci serra la main droite d'Anselmo dans les siennes. Le vendeur réprima une grimace de douleur puis, délivré de la force du gringo, chercha l'appui d'un des murs du kiosque.

– Vous l'avez trouvé chez les Gladiateurs Américains ou c'est un ancien des Titans du Ring ?

– Il faut partir tout de suite si on ne veut pas être en retard, dit Ballinger sans comprendre la question d'Anselmo.

– Je dois demander à mon ami quelques petits services.

– Qu'est-ce que vous voulez maintenant ? demanda Anselmo.

– Deux choses. D'abord, tu vas acheter des fleurs et les porter à *Madame* Zara.

– Vous mettez les pieds dans un sacré merdier, *don*.

– J'ai été grossier avec elle et je ne veux pas voir s'abattre sur ma tête les sept plaies d'Egypte.

– Vous ne la trouvez pas un peu trop mûre, un peu trop dodue ? Je vous tire mon chapeau, *don*. Vous avez un estomac d'autruche, vous avalez tout ce qui se présente.

– Ton esprit de chiotte va trop vite, Anselmo. Achète des fleurs, porte-les à cette femme et arrête de penser.

– Allons-y, a dit Ballinger, pressé, en s'installant derrière le volant de la Jeep.

– Et la deuxième chose, *don*. N'oubliez pas l'autre commission.

– J'ai laissé des billets sur mon bureau et *La Cuarta* où j'ai coché six chevaux à la page des courses. Mise sur chacun d'eux.

– Je prendrai les biftons et je les investirai savamment.

– Sur les chevaux que j'ai indiqués.

– Pourquoi ne pas me laisser suivre mes intuitions ? Mon système de pari est plus fiable que le vôtre, *don*.

Anselmo n'a pas eu de réponse. Je suis monté dans la Jeep et Ballinger s'est mis à rouler plus vite qu'il n'était conseillé. On a pris la Panamericana et après un tournant interminable, on a filé vers notre destination. A midi passé, nous sommes arrivés devant un terrain à flanc de cordillère où une vingtaine de véhicules étaient garés. La proximité des montagnes était impressionnante et derrière elles s'étendait un ciel d'un bleu intense. Nous sommes descendus du véhicule et avons suivi un sentier de terre rouge pour arriver près d'un groupe d'hommes et de femmes rassemblés près d'un gigantesque araucaria.

– Voilà Bórquez, a dit Ballinger en me montrant un homme vêtu de blanc dont les longs cheveux rejoignaient une barbe immaculée qui lui donnait l'air d'un saint ou d'un hippy des années soixante. Près de lui, un gros parlait avec une blonde aux formes athlétiques.

– C'est Vicky, la secrétaire du groupe. Le gros s'appelle Homero et c'est un type plutôt bavard.

Le commentaire de Ballinger a pris toute sa réalité quand ledit personnage a saisi un mégaphone et s'est mis à haranguer l'assistance composée en majorité d'hommes et de femmes superbement bronzés, on aurait dit qu'ils arrivaient de la plage. Une douzaine d'enfants s'amusaient à faire la course entre leurs parents et les arbres proches. J'ai allumé une cigarette et une brune à l'air belliqueux m'a ordonné d'un signe de l'éteindre. J'ai regardé Ballinger qui s'est contenté de sourire. J'ai jeté ma cigarette et l'ai écrasée du pied droit. La brune a ébauché un sourire et a immédiatement consacré son attention au discours d'Homero.

– Il y a un temps pour disperser les pierres et un temps pour les entasser. L'homme se bat pour ce qui lui appartient et lui donne la vie, c'est la loi divine. Particulièrement aujourd'hui où les marchands du temple veulent détruire le monde.

J'ai dit à Ballinger :

– Je crois que j'ai grand besoin d'une de tes Paulaner.

– Je vais en chercher dans la Jeep, s'est empressé de répondre le gringo, heureux d'avoir une excuse pour se taper une autre bière.

– Les coupes remplies de colère annoncées dans l'Apocalypse de saint Jean ont été répandues sur la terre. Les sept anges font leur travail. Rappelez-vous la parole de Dieu. Le premier répandit sa coupe sur la terre et un ulcère malin et pestilentiel frappa les hommes portant la marque de la bête. Le second répandit sa coupe sur la mer et elle se transforma en sang comme celui d'un mort. Le troisième ange répandit sa coupe sur les rivières et les sources qui devinrent du sang. Le quatrième ange répandit sa coupe sur le soleil et il lui fut donné de brûler les hommes par le feu. Le cinquième répandit sa coupe sur le trône de la bête et son royaume fut couvert de ténèbres. Le sixième ange répandit sa coupe sur les fleuves et leurs eaux tarirent. Le septième ange répandit sa coupe dans l'air. Il y eut des éclairs et un grand tremblement de terre.

J'ai entendu Ballinger me dire :

– Voilà la bière.

– Comment pouvez-vous supporter le prénommé Homerito ?

– Il plaît à beaucoup de membres du groupe. Ils sentent que foi et nature font bon ménage.

Homero continuait de déclamer :

– La Bible anticipe ce que l'homme fait aujourd'hui à la nature. Le pétrole pollue les mers et les plages, les industries déversent leurs déchets dans les rivières, les agents chimiques percent la couche d'ozone, un nuage de pollution recouvre les villes et les forces nucléaires finiront par détruire le monde.

Je me suis éloigné de quelques pas pour me mettre à l'ombre d'un arbre, là le prêche de l'homme n'était plus qu'un murmure perdu dans les trilles des oiseaux et le bruit de la brise dans les feuilles des châtaigniers, des eucalyptus et des chênes. Ballinger m'a suivi et a ouvert sa bière en arrivant près de moi.

– Tu assistes depuis quand à ces réunions ?

– Depuis notre arrivée au Chili. Verónica fait partie des fondateurs du groupe. Avant, dans mon pays, je participais à des actions similaires. Mais nous étions plus résolus. Sabotage d'entreprises polluantes, attaques de baleiniers, manifestations dans les rues, autobus qui empoisonnent l'air bombardés à coups de pierres, explosifs dans les décharges publiques, milliers de lettres aux journaux. Une fois, j'ai proposé à des Chiliens de déchirer les filets dans les élevages de saumons, à Chiloé. Je pensais arriver en barque avec un équipement pour nager sous l'eau. Les saumons auraient retrouvé la liberté mais ils ne m'ont pas écouté. Manque de couilles.

– Un temps pour disperser les pierres et un temps pour jeter des pierres.

– Homero a dit entasser, pas jeter, a rectifié Ballinger.

– Entasser les pierres est une façon de commencer.

Ballinger a souri, m'a montré le podium où se découpait maintenant la blanche silhouette de Bórquez et m'a proposé :

– Approchons-nous.

– Nous allons harceler les instances sociales, disait Bórquez d'un ton calme et convaincu. Entrevues avec les maires, dans les ministères. Nous intensifierons notre action dans la presse et si le projet est maintenu, nous utiliserons d'autres formes de lutte pour défendre notre terre. Dans deux mois, paraît-il, ils vont commencer à creuser. Dans deux mois, nous installerons un campement pour barrer la route aux machines. C'est pourquoi il faut nous préparer et rester unis dans une même ligne d'action. Ils ont voulu suborner plusieurs personnes. Les offres sont tentantes, cependant nous ne nous battons pas seulement pour nos terres mais aussi pour éveiller la conscience écologique des citoyens. Nous défendons nos terres mais aussi les habitants menacés de voir s'installer de nouvelles décharges publiques près de leur maison, les petits patrons pêcheurs en lutte contre des consortiums industriels étrangers. Nous défendons la forêt naturelle de la Terre de Feu qu'ils prétendent mettre en coupe, les habitants des stations balnéaires qui verront arriver les résidus des industries de la cellulose, les habitants de Santiago qui respirent chaque jour de moins en moins d'air et de plus en plus de saletés. Nous défendons notre conception d'une vie plus saine, plus en harmonie avec la nature. Voilà la cause qui nous unit.

Bórquez a levé les bras et salué de la tête tandis que des applaudissements spontanés se faisaient entendre. Quand le leader écologiste est descendu du podium, Ballinger s'est approché de lui. Je les ai vus se saluer avant de venir vers moi. L'écologiste avait un air calme. Ses cheveux étaient noués en une longue queue de cheval et j'ai reconnu dans ses yeux une certaine transparence qui m'a fait penser qu'il était de bonne foi. Il parlait à voix basse comme si l'effort de son bref discours l'avait épuisé. Il avait un dossier à la main et regardait sans cesse sa montre.

Quand Ballinger nous a présentés et fait un résumé rapide de l'affaire Gordon, j'ai dit à Bórquez :

– Je veux connaître le contenu du projet Gaschil.

L'écologiste écoutait avec intérêt, acquiesçant d'un léger mouvement de tête chaque fois que quelque chose retenait particulièrement son attention.

– Vous ne lisez pas la presse ? a-t-il demandé. Puis, reprenant le ton de son discours : il s'agit du projet de construction d'un gazoduc pour amener le gaz d'Argentine. C'est la deuxième tentative. Il y a quatre ans la première a raté car de possibles dessous de table ont été découverts en Argentine. L'information a été publiée dans les journaux et Menem lui-même a dû surseoir au projet. Maintenant ils agissent de façon plus sournoise. Il y a deux mois, nous étions dans l'ignorance la plus complète. Puis des choses ont filtré et grâce à notre travail, nous avons réussi à faire apparaître le sujet au grand jour. En vérité, rien ne nous garantit que le nouveau projet vaille mieux que le précédent ou qu'il n'existe pas de pressions illicites de la part des constructeurs. De plus, nous avons certains doutes d'ordre technique. Le projet suit un tracé traversant des secteurs dont la structure géologique est peu fiable. Terrains boueux, rochers, effondrements.

Il a continué à donner des détails techniques et au bout d'un moment, ma tête était pleine de chiffres, de noms et autres précisions qui n'ont fait qu'augmenter ma confusion.

– L'idée bénéficiera aux usagers mais il y a dans le projet des dessous louches. Trop de hâte à vouloir le faire approuver et trop d'obstination à faire la sourde oreilles aux objections. Ce que nous demandons, en nous appuyant sur des antécédents techniques, c'est de changer le tracé du gazoduc et de faire adopter pour sa construction des mesures de sécurité meilleures que celles stipulées dans la proposition de Gaschil. Le tracé doit passer loin des agglomérations. On évitera ainsi des catastrophes en cas d'infiltration ou de rupture et ses caractéristiques seront adaptées aux conditions sismiques de la région. Les conduits doivent être installés à une plus grande profondeur et fabriqués avec des matériaux résistants. L'entreprise qui va le construire a déjà réalisé des travaux au Canada et aux Etats-Unis et il y a eu des problèmes dus à la mauvaise qualité du travail, nous le savons.

– Un nouveau tracé augmentera le coût.

– Bien sûr. Mais un coût qu'ils peuvent supporter s'ils cessent de dépenser de l'argent en publicité, en relations publiques ou pour sensibiliser les techniciens du gouvernement.

– Vous voulez parler de pots-de-vin ?

– Un dessous de table peut avoir différentes caractéristiques.

– Cela pourrait concerner des gens de la Cour des comptes.

Bórquez a ajouté, avant de laisser entendre qu'il devait partir :

– L'argent facile est toujours tentant et la Cour des comptes a son mot à dire sur les aspects légaux et techniques des caractéristiques du projet. Je ne voudrais pas faire du mauvais esprit ni accuser personne sans preuves concrètes. Je dis tout simplement que le projet n'a pas été convenablement conduit.

– Par qui ?

– Par le gouvernement, les commissions ministérielles de l'environnement, les groupes écologistes et, bien sûr, le bureau d'études Benex chargé de sa conception et de son développement.

J'ai pensé aux rendez-vous notés dans l'agenda de Gordon :

– Le bureau d'études Benex ?

– Il a été engagé par les investisseurs. Vous trouverez son adresse dans l'annuaire et si vous désirez plus de renseignements, passez à mon bureau. Je dois maintenant assister à une autre réunion et je suis en retard.

– Chez toi ou chez moi ? a demandé Ballinger quand nous sommes remontés dans la Jeep pour rentrer à Santiago.

– J'ai un rendez-vous.

Je mentais car je désirais garder les idées claires et surtout réfléchir aux renseignements apportés par Bórquez.

– Plus de bières pour aujourd'hui, a dit Ballinger d'un air désolé.

– Il ne faut jamais poser un lapin à une femme.

– C'est sûr.

En arrivant dans la rue Aillavillú, il était trois heures de l'après-midi et dans mon estomac un diablotin réclamait à grands cris son repas.

– Pour moi, c'est très amusant d'être l'ami d'un détective.

Le gringo a souri puis il a mis en marche son véhicule et s'est perdu au tournant de la rue Bandera.

Je me disposais à entrer dans l'immeuble quand j'ai entendu Anselmo m'appeler :

– Don Heredia !

Il avait un bouquet de violettes à la main et l'agitait comme un mouchoir au moment du départ.

– Votre commission a foiré, *don*. Cette *madame*[1] ne veut rien savoir de vous ni de la sainte femme qui vous a mis au monde. Je lui ai remis les fleurs et cinq minutes plus tard je les ai vues tomber du balcon. Je les ai ramassées et j'ai fait de mon mieux pour arranger le bouquet. Qu'est-ce que j'en fais maintenant ?

– Insiste, Anselmo, insiste.

– Et si elle prend la mouche et me jette un sort ? Sorcière, gitane ou je ne sais quoi, elle est capable de me faire le mauvais œil.

– Ajoute une boîte de chocolats et insiste.

– Et pourquoi ne pas le faire vous-même si vous êtes mordu à ce point ?

– Pas tant que ça.

– Alors ?

---

1. En français dans le texte.

J'ai haussé les épaules, fait quelques mètres et au moment d'entrer dans l'immeuble, j'ai changé d'idée.

– Qu'est-ce que vous avez oublié, *don* ?

– Remonte avec ces maudites fleurs et viens me raconter ensuite comment ça s'est passé. Je vais manger un sandwich à La Piojera.

– Vous êtes un vrai casse-couilles, *don*. Et moi, bonne poire, je vous écoute toujours. Je n'en ferais pas plus si vous étiez mon rejeton !

VI

En arrière-plan, lents et mélancoliques, survivaient les souvenirs d'un dimanche plein d'ennui. Des heures dépourvues de sens si ce n'est celui de me sentir vivant même s'il n'existait derrière la fenêtre nulle bouche à embrasser, nul être à qui parler de ces souvenirs se bousculant dans ma mémoire Le passé semblait jouer la carte de la nostalgie et des images gravées dans mes yeux. Souvenirs. Histoires sans importance, quotidiennes, comme le chant du coq ou l'eau qui bout les matins d'hiver. Souvenirs. Le Mapocho coulait au loin. Collé à la vitre, tel un enfant éperdu de solitude, j'observais son cours misérable et décidais de ne pas sortir parcourir les rues dans le vain espoir de rencontrer Griseta, seule, ouverte au feu d'une caresse, comme avant, quand nous savions qu'il existait un temps pour nous deux, né de façon simple et spontanée. Des regards au désir ; de l'ignorance à la découverte l'un de l'autre, amants et forts, aussi longtemps que la douleur de la rue ne viendrait pas frapper à notre porte.

Et cependant, en ce dimanche après-midi d'ennui, mon visage s'était fondu dans le paysage des miroirs, dans les plis de ses rides qui se creusaient, patientes et définitives ; dans le marron délavé de mes yeux et dans les premiers cheveux blancs annonçant une pénible fin de voyage. Des miroirs qui reflétaient l'inexplicable instinct de la vie ; la lutte d'un pauvre sourire ironique. Le tremblement des lèvres sèches et serrées, murmurant à travers les rues les phrases usées d'un homme, caricature de dieu ou du Quichote traînant les pieds, sans foi et sans enthousiasme, sur les trottoirs d'une ville qui détruisait sa mémoire. Il aimait cette ville pour sa géographie faite d'ornières et d'éboulements, de coins et de carrefours où le bonheur était une ombre. L'absurdité d'un téléphone muet et une citation de Juan Carlos Onetti retrouvée au hasard de la mémoire : « *Le malheur, ce n'est pas que la vie promette des choses qu'elle ne nous donnera jamais ; le malheur c'est qu'elle les donne avant de les reprendre.* »

VII

Le bureau d'études Benex se trouvait au septième étage d'un des nombreux immeubles qui s'élèvent dans le quartier de Providencia et aux alentours, polluant le paysage de leurs silhouettes de verre et d'aluminium. Tôt le matin, après avoir bu deux tasses de café pour faire fuir le cauchemar dominical, j'ai consulté l'annuaire du téléphone et lâché la Chevy. Avec un enthousiasme inhabituel, elle a traversé la plaza Italia et remonté la rue, entourée de modèles réduits japonais qui fronçaient le nez chaque fois qu'elle les doublait avec un ronronnement de chat capricieux.

Le bureau était sobre. Murs blancs, fleurs artificielles et reproductions de scènes champêtres encadrées. Seule la chevelure d'une blonde rappelant au premier coup d'œil Lauren Bacall dans *En avoir ou pas* attirait l'attention.

Sans tenir compte de ses yeux verts et des lignes fines de ses lèvres rouges, j'ai menti :

– Je suis le correspondant d'une agence de presse argentine. Je réalise un reportage sur les investissements argentins au Chili et j'ai besoin d'interviewer MM. Maspérez, Otero ou Plaza. Rien de bien compliqué, ça ne leur prendra pas beaucoup de temps.

– Je ne crois pas pouvoir vous aider, monsieur...

– Heredia. Je suis sûr que vous pourriez faire beaucoup pour moi, dis-je en jouant sur le double sens des mots.

La blonde est entrée dans le jeu.

– On dit que les journalistes ne perdent pas de temps mais à dire vrai, ce n'est pas le moment le plus approprié.

– Il existe un moment plus approprié ?

– Naturellement. M. Maspérez arrive toujours après onze heures ; M. Plaza est absent depuis plusieurs jours. Quant à M. Otero je ne suis pas sûre qu'il puisse vous recevoir.

– Le reportage sera publié à Buenos Aires et aussi dans deux importantes revues japonaises. Enfin, pour parler clairement, j'offre de la publicité gratuite à l'entreprise Benex. A votre place j'y réfléchirais un peu et j'en parlerais à mon chef.

– Je vais vois ce qu'en dit M. Otero.

Je l'ai vu prendre le téléphone et répéter mes mensonges à propos de l'agence de presse et des Japonais.

– Vous avez de la chance. M. Otero est intéressé et va vous accorder une entrevue. Pas plus de dix minutes car ensuite il a une réunion. Tâchez de vous adapter à ce laps de temps et vous éviterez les accès de mauvaise humeur du chef.

– Merci et, je vous en supplie, ne vous éloignez pas trop pendant que je parle avec Otero. Je peux avoir besoin d'un bouche à bouche.

– Je serai là jusqu'à dix-neuf heures, répondit-elle en souriant et en m'indiquant une porte à gauche de son bureau.

Urbano Otero était un homme jeune, pâle et nerveux. Quand il parlait, il ne regardait pas son interlocuteur, gesticulait comme un pantin désarticulé et ses paroles ne correspondaient pas aux mouvements de sa bouche. Il m'a offert un siège et, avant de parler, s'est carré dans son fauteuil directorial.

– Que voulez-vous savoir, monsieur Heredia ? Benex est une entreprise de pointe dans l'analyse et le développement de projets énergétiques. Pétrole, électricité, méthane.

– Je le sais, monsieur Otero. C'est la raison de ma présence ici. Mon agence s'intéresse au gazoduc Gaschil dont je crois savoir que vous avez monté le plan d'investissement.

– Et aussi sa proposition et sa promotion.

– La promotion pense-t-elle obtenir l'appui des autorités chiliennes chargées d'approuver le projet ?

– De les sensibiliser, a ajouté prudemment Otero. Toute initiative suppose des entretiens préalables avec les personnes concernées. Avec la presse également...

– Et les groupes écologistes, je suppose. Certains ont exprimé leur désaccord avec le projet Gaschil.

– Ces groupes ignorent la portée du projet. Leurs objections ne sont que préjugés. Nous garantissons le respect des normes de sécurité les plus strictes dans la construction du gazoduc. Nos investisseurs ont de l'expérience dans ce domaine.

– Il n'y a pas non plus, semble-t-il, d'accord concernant les endroits traversés par le gazoduc.

– Un détail mineur. L'important, c'est que l'opinion publique prenne conscience des avantages apportés par le projet dans les foyers, les entreprises et l'environnement. Le gaz ne coûtera pas cher et les bénéfices seront significatifs pour l'Etat chilien, en termes d'impôts et aussi grâce aux économies réalisées en n'achetant plus de gaz dans des pays plus éloignés.

– Aussi importants que ceux réalisés par votre entreprise ?

– Personne n'investit pour gagner des clopinettes, monsieur Heredia.

J'avais épuisé les questions auxquelles j'avais pensé en entrant dans le bureau et j'ai regardé autour de moi comme pour attendre l'arrivée d'une aide inconnue. Otero s'est rendu compte de mon hésitation et au fond de lui, quelque chose a déclenché l'alarme qui le protégeait des inconnus.

– Pas de carnet et pas de magnéto, vous êtes un journaliste atypique, monsieur Heredia.

– Je fais confiance à ma mémoire.

– Vous avez posé des questions primaires, dit-il en ouvrant son porte-cigarettes.

J'en ai conclu que j'avais cinq secondes pour reprendre l'initiative et je les ai mises à profit.

– Ce travail de sensibilisation, comme vous l'appelez, comportait-il des entrevues avec Gordon ?

Il a réagi sans cacher sa surprise devant le tour pris par la conversation.

– Gordon ?

– Le magistrat de la Cour des comptes, vous vous en souvenez ?

– Oui. Nous nous sommes rencontrés une fois. Il étudiait notre proposition et voulait des informations sur ses aspects techniques.

– Gordon a noté dans son agenda trois entrevues avec vous, une avec M. Maspérez et trois autres avec Plaza.

Otero a pris le temps d'allumer sa cigarette :

– C'est possible ! J'ai de nombreux rendez-vous et je ne m'en souviens pas toujours.

– Savez-vous que Gordon est mort ?

Otero a hésité et pendant quelques secondes a semblé étudier la réponse qui lui convenait le mieux. Il a dit enfin :

– Je l'ai lu dans les journaux.

– Pendant vos entrevues, avez-vous remarqué un comportement étrange chez Gordon ?

La question a déclenché définitivement les défenses de l'avocat. Il a écrasé sa cigarette dans le cendrier posé sur le bureau et s'est levé de manière agressive.

– Vous n'êtes pas journaliste ! Vous...

– Ça ne change rien. Je veux savoir qui a tué Gordon.

– Vous me croyez impliqué dans sa mort ?

– Pas encore.

– Sortez ou j'appelle la police.

– Je vous demande votre impression à propos d'une personne. Qu'on le veuille ou non, vous l'avez rencontré pendant les derniers jours de sa vie.

– Oui, a murmuré Otero et il a semblé considérer l'opportunité de modérer sa colère. Mais je n'ai rien à dire. Il s'agissait de réunions de travail et nous n'avons jamais parlé de choses étrangères au projet.

– Sur quoi portaient ses questions ?

– Des doutes à propos de chiffres ou des précisions techniques.

– Croyez-vous que votre collègue Maspérez ait d'autres informations ?

– J'en doute. De plus, il n'a pas autant de patience que moi, je vous assure, a ajouté Otero en se dirigeant vers la porte du bureau dans l'intention évidente de prendre congé.

– Et M. Plaza ?

Une étrange contraction des joues a défiguré le visage d'Otero et il a mis un instant à récupérer la sérénité dont il souhaitait faire preuve.

– Plaza n'est plus avec nous. Il a eu certaines divergences avec notre directeur et a quitté l'entreprise.

– Savez-vous où je peux le trouver ?

– Non.

– Vous êtes très coopératif, lui dis-je avec ironie au moment où il ouvrait la porte de son bureau.

Je suis sorti et la porte s'est refermée dans mon dos. La secrétaire a souri derrière son bureau et pendant une minute je me suis laissé séduire par le paysage de ses belles et longues jambes.

– Comment ça s'est passé ?

– J'ai de quoi remplir quelques bonnes pages.

– Formidable ! s'est exclamée la blonde avec l'enthousiasme d'une collégienne.

– Otero m'a dit que M. Plaza ne fait plus partie de l'entreprise.

Le joli sourire de la blonde s'est transformé en moue de surprise. Sa voix a résonné comme un filet d'eau sur le point de se couper :

– Je ne le savais pas. Ça m'étonne. Ses affaires sont toujours dans le bureau. Il n'a rien emporté.

Mon propre commentaire m'a surpris :

– Il était peut-être pressé ?

– Que voulez-vous dire ?

– Je ne sais pas. J'aurais besoin de votre aide.

– Si je peux...

– Avez-vous le téléphone de Plaza ?

Elle a sorti un sous-main de son bureau et en a tiré une feuille qu'elle m'a donnée après en avoir tiré une photocopie sur une machine installée dans un coin de la pièce, près d'un classeur. Sur la feuille, il y avait huit numéros et l'un d'entre eux correspondait à un portable.

– Ce sont tous les numéros de téléphone dont se sert M. Plaza. Le premier est celui de son domicile. Les autres correspondent à des entreprises ou à des services publics où il intervient en tant que conseiller.

– Les conseillers ! Des maîtres dans l'art de dire des choses évidentes en employant des mots difficiles. Des types qui, quand le chef veut téléphoner, lui passent son agenda, comme dit la blague.

– Je n'ai pas à les juger.

– Non, bien sûr. Si M. Plaza vient chercher ses affaires ou appelle pour une raison ou une autre, pouvez-vous lui donner mes coordonnées ? dis-je en notant mon adresse sur une feuille trouvée sur le bureau.

– Vous avez un drôle de nom, dit-elle après avoir lu.

– Ne le répétez à personne et ne le prononcez pas à haute voix.

– Je pourrais finir par m'y habituer.

– On peut tout supporter. Mais l'important pour le moment, c'est que Plaza m'appelle.

– Et moi, je peux vous appeler ?

– A l'heure qu'il vous plaira.

Avant de prendre congé, j'ai repensé à Lauren Bacall. Les blondes étaient une affaire qui ne cesserait jamais de m'intéresser.

VIII

J'ai appelé pendant une heure les numéros de Plaza. Celui du portable ne répondait pas et les six autres correspondaient à des bureaux où personne n'a pu me dire quand et à quelle heure il viendrait. Au troisième essai, une femme a répondu au téléphone de son domicile. Elle a prétendu être la femme de ménage qui venait trois jours par semaine faire la lessive et ranger les chambres. Je lui ai demandé de me passer l'épouse du chef d'entreprise et la femme, un peu étonnée, m'a demandé si par hasard j'ignorais que son patron était célibataire.

– Les affaires de M. Plaza sont en ordre ?

– J'ai trouvé moins de chemises à laver et le lit est fait. Puis, se rendant compte qu'elle parlait trop : qui êtes-vous ? Pourquoi toutes ces questions ?

J'ai de nouveau raconté l'histoire de l'agence de presse et même si je ne pouvais être sûr de m'être bien fait comprendre, ça a au moins servi à faire taire sa méfiance.

– Monsieur a l'habitude de quitter Santiago pendant quelques jours. Parfois il me prévient, mais c'est rarement le cas. Il va à Buenos Aires ou à Lima pour son travail. D'autres fois, il se rend dans sa maison d'Isla Negra, pas très loin de celle du poète Pablo Neruda. Je le sais parce qu'il me l'a prêtée l'année dernière pour y passer quelques jours avec ma mère et ma fille.

J'ai donné mon numéro de téléphone à la femme de ménage pour qu'elle le transmette à son patron quand il rentrerait chez lui. Je ne pouvais rien faire de plus, pourtant j'avais une fois encore l'impression de me trouver devant un rai de lumière par lequel on pouvait apercevoir le centre du cercle. Je l'ai dit à Cambell quand je l'ai appelé pour lui raconter les derniers détails de l'enquête et j'ai senti pour la première fois que l'histoire l'intéressait :

– Mon flair me dit que l'affaire est juteuse. Il faut obtenir plus de renseignements et je vais te donner un coup de main dans ce sens. J'ai des collègues journalistes qui travaillent sur les magouilles politiques, certains en savent plus long que ce qu'ils peuvent dire dans les journaux ou sur les chaînes de télévision qui les emploient. Tu peux leur faire confiance. Je les connais depuis l'université et je sais de quel bois ils sont faits. Je vais leur donner quelques pistes et je pense que la récolte sera bonne. Dans ce pays, beaucoup d'informations circulent sous le manteau. Tout le monde le sait et personne n'en parle. Beaucoup de manœuvres politiques pour imposer le silence et protéger ses arrières. La vérité pour quelques-uns, les autres n'ont qu'à se contenter de la publicité faite au succès et à l'irréalité.

– Je n'ai pas la moindre idée là-dessus, Cambell.

– Nous vivons dans la réalité virtuelle publiée dans les journaux. Il y a toujours un sujet banal pour faire les gros titres et cinq ou six misérables lignes dans les pages intérieures pour les vrais problèmes.

J'ai promis à Cambell de le tenir au courant de l'enquête et j'ai raccroché sans plus attendre. Je me proposais de continuer à appeler Plaza mais, avant que je fasse le premier numéro, Anselmo est arrivé dans le bureau avec une hâte inhabituelle.

– Quelle chance de vous mettre la main dessus. Mme Rosa vient de m'appeler. Hier après-midi, on a attaqué un des pépés. Au moment où il sortait du mont-de-piété on l'a bousculé et adieu biftons...

– J'avais oublié cette affaire.

– Sale coup. Les vieilles vont me faire passer un mauvais quart d'heure.

– On pourrait peut-être aller faire un tour.

– Ne comptez pas sur moi, *don*. Je dois m'occuper du kiosque et ensuite aller à la réunion du club.

– Quel club ?

– Depuis deux semaines, je fréquente un club de tango assez rupin subventionné par la municipalité. Il y a des dames bien rembourrées côté châssis et picaillons.

– Quel âge as-tu Anselmo ?

– Soixante-six. Qu'est-ce que ça peut faire ? Je cherche une poule qui me prenne sous son aile pour passer l'hiver au chaud.

– Je t'aurais prévenu. Quant à tes vieilles, je vais aller faire un tour au mont-de-piété. D'accord ?

– D'accord, a dit Anselmo en me passant quelques billets. Ça peut vous servir, *don*. Une demi-douzaine de *Gabriela*. Vos intuitions ont tapé dans le mille comme les flèches de Robin des Bois.

IX

Le mont-de-piété n'avait pas changé depuis ma dernière visite. Vieillards faisant une queue interminable dans l'espoir de vendre leurs derniers objets de valeur, employés évaluant les choses avec des gestes mécaniques et bon nombre d'affiches destinées à susciter l'affection dont les vieux avaient besoin. Dans un coin de la salle, j'ai reconnu madame Rosa. Quelque chose semblait l'avoir mise en colère et elle agitait les bras dans tous les sens :

– Voilà l'ami d'Anselmo qui ne nous sert à rien, dit-elle en me voyant. Je croyais que vous alliez faire du travail sérieux, et il ne se passe rien.

– Je n'ai jamais dit que je serais là du lever au coucher du soleil.

– Et pour couronner le tout, deux petits vieux ont eu un malaise aujourd'hui. Il m'a fallu la matinée pour trouver des ambulances.

– D'accord, ce n'est pas un bon jour, mais pointez vos flèches sur quelqu'un d'autre, grand-mère.

– Je ne suis pas votre grand-mère. Si c'était le cas, je vous flanquerais une bonne raclée. Allez vous poster près de l'entrée et, si je vois le suspect, je vous ferai signe.

J'ai obéi de mauvaise grâce et pendant les deux heures suivantes, j'ai observé les entrées et sorties des vieux sans que rien ne vienne troubler l'ordre des lieux. De temps en temps, j'ai eu envie de boire une bière dans un des bars du coin, mais Mme Rosa surveillait mes mouvements avec une sévérité d'adjudant. Je me suis donc résigné à attendre et, vingt minutes avant la fermeture, la vieille dame m'a montré un type petit et mince qui venait d'entrer. Il portait un costume marron foncé et avait l'air d'un fonctionnaire capable de tromper les vieux, mais non de quelqu'un habitué à repérer les malfaiteurs au premier coup d'œil. Je l'ai vu avancer jusqu'aux vieillards alignés et observer attentivement ceux qui étaient passés par la caisse. Il a consacré cinq minutes à cette activité avant de s'approcher d'une vieille famélique. Je me suis levé et me suis trouvé près du pickpocket juste au moment où il mettait la main sur le porte-monnaie de la vieille dame.

– Lâche ça.

Le voleur s'est retourné, a lâché le sac et, avant que je puisse l'éviter, m'a balancé un coup de coude dans le ventre. Le coup ne m'a pas fait mal mais lui a permis de se débiner en courant vers la sortie. J'ai entendu Mme Rosa crier :

– Poursuivez-le, ne restez pas planté là.

Je me suis précipité vers la sortie et j'ai réussi à voir le pickpocket courir vers le coin de la rue. Ses foulées étaient courtes mais rapides, et d'innombrables heures d'alcool et de cigarettes pesaient sur les miennes. Malgré tout, j'ai réussi à me trouver à une cinquantaine de mètres du malfaiteur et à le voir tourner dans la rue San-Diego. Ensuite, sa silhouette s'est perdue au milieu des étals de bimbeloteries chinoises à l'entrée du passage réunissant les rues San-Diego et Arturo-Prat.

Ayant compris l'inutilité de mes efforts, je suis revenu sur mes pas pour chercher Mme Rosa.

– Il m'a échappé, lui dis-je en contrôlant ma respiration haletante.

– Vous avez au moins évité un vol.

J'ai pris quelques minutes de repos puis, ayant retrouvé mes forces, je suis sorti dans la rue sans rien lui dire. Devant le local se trouvaient une demi-douzaine de vendeurs ambulants de gâteaux, d'herbes médicinales et de gadgets en plastique. Je me suis approché de l'un d'entre eux pour lui demander s'il avait vu le voleur. Il a fait non de la tête en regardant ses collègues du coin de l'œil. Ils n'ont rien dit non plus. Je me disposais à partir quand une petite vieille qui demandait l'aumône, assise sur le trottoir, m'a tiré par la pantalon :

– Le Pitico.

Je me suis approché de la femme ; elle portait un manteau élimé et avait les jambes couvertes de plusieurs bandages sales.

– Qui ?

– Il vient parfois voir sa tante dans la *cité* où j'habite, une pingre qui l'aide à écouler ses vols.

– Comment vous appelez-vous, madame ?

– Là où j'habite, les noms et prénoms n'ont pas d'importance. Je m'appelle Francisca, mais pour tout le monde je suis le Sac d'Os parce que je vais toujours à la boucherie du quartier demander quelques os pour la soupe.

– Où se trouve votre *cité* ?

– Dans la rue Olivos. Près de l'asile de fous, a dit la vieille et elle a souri, découvrant des gencives sales où subsistaient deux petites dents jaunes.

– Le Pitico se pointe un jour en particulier ?

– On ne peut pas le savoir. Pour le trouver, il vaut mieux aller au Don Raúl, un bar près du marché. Il y va tous les après-midi. Chaque fois que je passe demander quelque chose, je le vois devant un verre de vin.

– Merci, grand-mère.

– Ne parlez de moi à personne.

J'ai déposé deux mille pesos dans la petite assiette utilisée par la vieille pour recevoir les aumônes :

– Achetez-vous de bons gros os, grand-mère.

Elle a souri de nouveau jusqu'au moment où une violente toux l'a obligée à se couvrir la bouche avec la manche de son manteau. Je me suis éloigné sans regarder en arrière et j'ai pris le chemin du retour vers mon bureau. Je laisserais passer un jour ou deux avant d'essayer de trouver le moyen de pincer le voleur.

A près de minuit, je me suis souvenu de Claudio Plaza et j'ai décidé de l'appeler sur son portable. J'ai fait son numéro et, vu le temps que prenait la connexion, j'en ai déduit que j'appelais hors de Santiago ; peut-être dans la maison d'Isla Negra dont la femme de ménage avait parlé. J'ai enfin entendu la sonnerie à l'autre bout de la ligne. Je l'ai laissé retentir huit ou neuf fois et me disposais à remettre le téléphone à sa place habituelle quand j'ai entendu s'établir la communication tant désirée. Une voix d'homme a demandé :

– Qui est à l'appareil ?

– Monsieur Plaza, j'ai essayé de vous contacter...

– Je n'ai que faire de vos menaces, m'a-t-il interrompu.

J'ai entendu des bruits sur la ligne et la communication s'est coupée. J'ai refait le numéro de Plaza mais en vain.

Sans hésiter, j'ai appelé Bernales. Le policier regardait un film à la télévision et le ton de sa voix était las.

– Que voulez-vous que je fasse ? demanda-t-il quand je l'eus mis au courant de la conversation avec l'inconnu au portable.

– Je parie que c'est Plaza qui a répondu au téléphone. Et aussi qu'il est seul et a peur d'une chose que nous ignorons. Tu dois appeler tes collègues et leur demander de se mettre à sa recherche. Ça ne doit pas être bien difficile de trouver sa maison à Isla Negra.

– Je vais voir ce que je peux faire. J'ai été dans le quartier de Morales. La voiture qui l'a renversé était un taxi Opel à quatre portes. J'ai aussi parlé avec trois témoins, ils disent tous que le chauffeur était roux, robuste, avec des moustaches et une barbichette.

– Un de ces quatre, je vais le rencontrer au stade.

– Vos blagues sont déplacées, Heredia.

– Occupe-toi de Plaza. D'accord ?

X

Je venais de préparer trois toasts pour le petit déjeuner quand le téléphone a sonné. Dans la rubrique nécrologique, j'avais lu deux faire-part relatifs à la mort de Gordon. L'un était signé par son frère Gaspar et l'autre par l'association du personnel de la Cour des comptes. J'ai appris dans les faits divers l'attaque de deux stations-service et la saisie d'un chargement de cocaïne en provenance de Bolivie. L'information était brève et le nom de Bernales était cité à la fin. J'ai ensuite épluché la chronique sportive pour connaître l'adversaire du Magallanes cette semaine et puis j'ai mis le journal au panier.

J'ai pensé que ça pouvait être un appel de Bernales mais en décrochant le téléphone, j'ai reconnu une voix de femme :

– J'ai décidé de te pardonner. Hier soir, j'ai étudié les cendres et j'ai compris que ma conduite avait été un peu précipitée, a dit *Madame* Zara.

– J'en suis ravi. On ne rencontre pas tous les jours une femme raisonnable.

– Tu es apparu dans les cendres entouré d'une grande ombre et derrière, j'ai vu un homme qui boitait. Il ressemblait au valet du tarot ; quand il sort à l'envers, il représente la volonté d'une personne appliquée à des fins nuisibles. Toi, par contre, tu ressembles au roi de cœur, un bel homme, libre et généreux. Tu dois prendre garde, Heredia. J'ai beaucoup pensé à nous : ce qui est arrivé l'autre nuit ne signifie rien. C'était une erreur de ma part. Je l'ai compris après avoir parlé avec ton ami Anselmo. Il est si galant. Au début, j'ai cru que les fleurs venaient de toi et je les ai refusées. Il m'a ensuite expliqué que l'idée était de lui comme pour les chocolats.

– Des chocolats ?
– Et aussi des gâteaux.
– Tu devrais accorder un peu plus d'attention au cher Anselmo.
– Je le trouve tellement sympathique.
– Il te suffit de te mettre au balcon et de l'appeler. C'est un type qui a le cœur sur la main.
– Ça ne te dérange pas que je pense à lui ?
– Bien sûr que non. Au contraire...
– Imbécile ! a crié *Madame* Zara avant de raccrocher.
J'ai dit à Simenon qui observait dans un coin de la pièce :
– Les nanas ! Toutes cinglées !
– Plus cinglé encore celui qui les recherche.
– Tu m'as entendu frapper à la porte de la voyante ?
– A la sienne non, mais à celle de ta jouvencelle...
– Putain ! Quel besoin tu avais de parler de Griseta ?
– Elle te manque, n'est-ce pas ? Je te regarde et tu me fais peine. Tu entres et tu sors. Tu essayes de penser à autre chose, tu perds ton temps dans des boulots insensés, tu uses tes forces inutilement. Que t'importe Gordon, ses papiers perdus et tout le reste ? Ta vérité n'intéresse personne, tu ne l'as pas encore compris ?
– Quand l'affaire Gordon sera terminée, elle reviendra, j'en suis sûr.
– Avant, tu trouvais de meilleures excuses.
– Qui s'intéresse à ce que tu penses ?
La réponse de Simenon s'est perdue dans les coups que quelqu'un frappait à la porte. J'ai ouvert, et Bernales est entré, agité et en sueur.
– Où est-elle ?
– Qui ? Quoi ?
– La bouteille que vous gardez en réserve pour les mauvais moments. Vous m'avez dit un jour que vous aviez toujours une dose d'alcool à utiliser en cas d'urgence.
– Dans le deuxième tiroir du bureau, il y a une bouteille et trois verres.
Bernales s'est précipité sur le meuble et je l'ai vu s'envoyer en un clin d'œil une rasade de pisco, longue et désespérée.
– Je veux que vous cessiez de jouer avec moi, Heredia.

– Que se passe-t-il ?
– Vous ne m'avez pas tout dit à propos de Gordon.
– Tu te trompes.
– Vous m'avez jeté des miettes, comme si j'étais un môme facile à embobiner. Ce n'est pas par hasard que vous vous trouviez à l'hôtel la nuit où Gordon est mort. Vous le filiez pour une raison que vous n'avez pas encore voulu me dire.
– Quelle mouche t'a piqué, Bernales ?
– Vous et vos messages. J'ai appelé mes collègues de Cartagena pour leur demander d'enquêter chez Plaza. Ils l'ont trouvé pendu à une poutre. Il se trouvait à Isla Negra depuis trois jours. Un voisin l'a vu marcher sur la plage le premier jour et ensuite il ne l'a plus revu. L'homme avait des problèmes, semble-t-il, et il s'est suicidé une heure après vous avoir parlé.
Je lui ai arraché la bouteille des mains et lui ai fait face :
– En fait, je ne savais rien de tout ça. Tout ce que je savais à propos de Plaza, je te l'ai dit la nuit dernière.
– Alors, pourquoi ? D'abord le garçon de course et maintenant Plaza, a dit Bernales, et j'ai remarqué que sa colère s'envolait.
– Quelqu'un est au courant de ce que nous faisons et s'empresse d'effacer les traces. Quant à Plaza, malgré les apparences, rien ne nous assure que sa mort soit un suicide.
– Mes collègues n'ont trouvé aucune trace de violence dans la maison. Plaza a laissé une lettre dans laquelle il dit qu'il est fatigué et ne supporte plus sa culpabilité. Qu'est-ce que ça veut dire ? Vous avez une idée, Heredia ?
– J'ai dans la tête toute une collection de fils et je n'arrive pas à les relier les uns aux autres.
Bernales a pris deux verres dans le tiroir du bureau et les a remplis de pisco. Puis il a vérifié que les deux étaient au même niveau avant de m'en passer un.
– Ils contiennent la même dose, Heredia. Ça signifie que je vous crois et que nous devons nous faire confiance mutuellement.
J'ai regardé le verre et j'ai bu son contenu. Bernales a fait de même et s'est empressé de nous resservir.
– Tu vas trop vite.
– Aujourd'hui, j'ai remis à mon supérieur un rapport sur le blanchiment des dollars provenant du trafic de la drogue, avec

des dates, des transactions, des noms. Vous savez ce qu'il a fait ? Il a déchiré le rapport et m'a dit de ne pas fourrer mon nez là où il ne faut pas : ces noms appartenaient à des gens qui avaient financé plusieurs campagnes sénatoriales et il veut finir sa carrière tranquille. A dire vrai, je n'ai pas de preuves. Des informations, fiables, mais rien de plus. Il a raison. Ce serait ma parole contre celle de beaucoup d'autres. Je me trouve devant un nœud gordien et je ne sais comment me sortir de cette situation.

– La justice est un idéal, Bernales. La plupart du temps, nous ne parvenons qu'à atteindre ses reflets.

– Que nous reste-t-il ?

– Lutter. Ou courber l'échine.

XI

Le niveau de la bouteille était au plus bas quand midi nous a surpris. Sur les instances du policier, nous avons fait un tour dans le centre à la recherche d'un endroit tranquille pour continuer de boire. On a fini au City, à vingt mètres de la place d'Armes, à discuter des bienfaits de la vodka et des effets bien connus du gin sur l'activité sexuelle. Pendant de brefs éclairs de lucidité, on est tombés d'accord sur le fait que le cas Gordon allait bien au-delà d'une série de morts fortuites.

J'ai dit tout en observant le fond de mon verre où les restes de trois glaçons se mêlaient aux dernières gouttes d'alcool :

– Si la chance ne nous sourit pas, je ne vois qu'une seule chose à faire : cuisiner la Dupré. Le rapport de Gordon doit contenir une information capitale et cette femme la connaît, j'en suis sûr.

– Je ne peux pas l'arrêter sans raison valable. Et même si j'en avais une, il me faudrait prévenir mon chef.

Je sentais l'alcool courir dans mes veines et dans un point imprécis de mon esprit commençait à se dessiner une ombre de mauvais augure :

– Il nous reste toujours la vieille formule : de la chance et de la sueur.

– Je vais aller à la plage perquisitionner dans la maison de Claudio Plaza et aussi dans son appartement de Santiago. Les collègues de la côte disent avoir trouvé deux phrases écrites au marqueur sur le sol de la pièce où il s'est pendu : « Finie la peur. Finis les mensonges. » Deux phrases que peut écrire un homme menacé ou en pleine dépression.

– Elles résument les doutes de tout un chacun en ce moment. Peur de la vie qui vous passe sous le nez, dégoût des mensonges que nous avalons tous les jours. La vie est de plus en plus fausse. Ce sont les apparences qui comptent, pas les gens. L'image, pas le fond des choses. Le discours plus que l'action. On est foutus, Bernales. On parle de progrès et de gros chiffres mais on ne cherche pas à savoir qui distribue ces chiffres et comment.

– Vous vous contentez de faire des discours, Heredia. Et les discours ne servent à rien. Vous le savez bien. Ceux de votre génération ont avalé tous les mots du monde, pour arriver à quoi ?

Ses mots s'embrouillaient et j'ai craint un moment qu'il s'effondre sur la table.

– Les gens de ma génération, on ne les a jamais laissés faire de discours. On les a simplement obligés à se laisser botter le cul pour des fautes commises par d'autres. Et quand on a cru notre tour venu, voilà que se pointe une promotion de types qui croient avoir inventé la vie et vous écrasent de leur arrogance creuse copiée sur des choses apprises en regardant des vidéo-clips ou en consommant des hamburgers dans les Mac Donald's. Et ce n'est pas tout. Les faiseurs de discours d'antan sont maintenant des messieurs vautrés dans leur fauteuil, convertis, et qui se donnent des airs de gourous.

– Et vous espériez quoi ? Nous voir poursuivre la litanie de vos revendications larmoyantes ? Ce qui est arrivé, plus personne ne peut le réparer maintenant. On ne peut s'accrocher à un passé que nous n'avons même pas vécu. Le monde a changé et les dinosaures comme vous n'ont plus grand-chose à faire. Ils n'ont même pas une oreille pour les écouter. Il faut vivre avec son époque et profiter des occasions pour prendre du bon temps le plus souvent possible. L'important c'est soi-même, les autres n'ont qu'à se débrouiller.

J'ai dit sans écouter Bernales :

– On ne nous a même pas donné l'occasion de nous tromper. On a survécu avec nos idées et nos douleurs, et beaucoup ne savent même plus où ils en sont. Mais malgré tout, je ne renonce à rien. Il faut lutter pour retrouver la révolte, la capacité d'enthousiasme et regarder plus loin que son propre nombril.

– Vous êtes trop vieux pour ces sornettes, vous ne croyez pas ? Votre heure est passée, Heredia.

– De quel droit tu dis ça ? Qui as-tu vaincu ?

J'ai jeté mon verre par terre, ignorant la rage du garçon qui nous servait et les regards des autres clients.

XII

Minuit venait de sonner quand j'ai laissé Bernales dans un taxi collectif qui passait dans la rue San-Antonio. Un petit air frais avait réussi à dissiper les brumes de ma cuite et si je n'étais pas en mesure de résoudre des équations du troisième degré, je pouvais au moins marcher droit et reconnaître les visages des gens qui passaient près de moi. J'en ai conclu que Bernales allait avoir un réveil aux limites de l'enfer et qu'il ne lui faudrait pas seulement un litre de café pour mettre de l'ordre dans ses idées.

Je me suis mis à marcher dans l'intention de faire une dernière halte à l'Ile de Pâques mais un écriteau, grand et imprévu, m'a informé des travaux de rénovation d'une boutique, en face du bar. J'ai suivi la rue San-Antonio en savourant ce calme léger qu'offrent les rues du centre, à demi vides, à une heure où seuls se croisaient quelques noctambules et les premiers clochards de la nuit. Arrivé sur la place d'Armes, j'ai repéré une cabine téléphonique. Griseta était chez elle mais à ma façon de lui dire bonjour, elle s'est rendue compte que j'avais suivi le chemin qu'elle détestait tant.

– Ce n'est pas une heure pour appeler. Dans la pension, il y a un règlement.

– Depuis quand un tel respect des lois ?

– Tout le monde ne peut pas être comme toi et rester dans son coin à regarder la vie.

– Cette façon d'être ne te déplaisait pas à un certain moment.

– A un certain moment, je t'ai dit aussi que je voulais faire des choses pour moi-même. Tu ne l'as jamais compris, semble-t-il, et tu as vu dans mon départ des motifs personnels.

– Ce n'est pas le cas ?

Griseta s'est tue et j'ai deviné qu'elle luttait pour contenir sa colère.

– Tu me manques.

– Qu'est-ce que tu veux ? Que je sorte en courant me jeter dans tes bras ?

– C'est la première fois que je fais une déclaration de ce genre.

– C'est un peu tard, Heredia.

– Tu me manques.

– Ça ne change rien. J'ai pris une décision et tu dois l'accepter.

– Laisse-moi aller chez toi et te le dire en personne.

– Une fois, durant cette époque de miel et de rose, comme tu l'appelais, tu m'as dit : le jour où tu te seras lassée de moi, tu n'auras qu'à dire : « *Adieu, Heredia* ». Tu t'en souviens ?

– J'ai dit beaucoup de bêtises dans ma vie.

– Je vais le dire une seule fois.

– Qu'est-ce qui se passe ? Pourquoi tout le monde me laisse tomber ?

– Adieu, Heredia, a dit Griseta avant de couper la communication.

J'ai raccroché le téléphone et affronté la nuit une fois de plus. Venant de la rue Puente, j'ai vu arriver une charrette tirée par un cheval blanc. Derrière lui, des hommes déguenillés ramassaient des papiers et des cartons. Le cheval semblait resplendir et j'ai cru qu'il allait prendre son vol comme un Pégase du pauvre. Mais rien ne s'est passé. Les hommes ont poursuivi leur travail et le cheval les a suivis ; ses yeux reflétaient toute la tristesse du monde.

J'ai marché vers le nord dans la rue Morandé. Elle était calme jusqu'au moment où, devant l'entrée de l'hôtel Cervantes, une voiture qui s'approchait a éveillé mon attention. Est-ce parce qu'elle roulait doucement ou par instinct de conservation : je me suis jeté par terre pour me mettre à l'abri d'un bac à ordures.

La rafale de mitraillette a balayé le trottoir et trois balles ont touché la poubelle qui me protégeait. J'ai pris mon revolver pour tirer en direction du taxi Lada arrêté maintenant dix mètres plus loin. Mes coups de feu sont allés frapper le rideau métallique d'une boutique. La voiture a reculé et une nouvelle rafale a fait trembler mon refuge. Mon chargeur était vide et j'avais laissé les balles dans mon bureau.

Un chat noir a traversé la rue, j'ai vu quelqu'un descendre du taxi et j'ai pensé que la fin serait simple. Il suffisait de s'approcher de ma cachette et de reprendre le concert monocorde de la mitraillette. L'homme, grand et corpulent, a fait deux pas et s'est arrêté. J'ai reconnu dans la pénombre sa chevelure blonde et la moustache qui lui mangeait le visage. Il ne me restait plus qu'à attendre, quand j'ai entendu les portes de l'hôtel s'ouvrir ; quelqu'un est sorti dans la rue et a crié des mots incompréhensibles. L'homme blond a reculé puis il est remonté dans la Lada. Un hurlement de pneus a couvert un nouveau cri du gardien. En levant la tête, j'ai pu voir le taxi disparaître au premier coin de rue.

– Ça va ? m'a demandé le veilleur de nuit, un homme grand à la carrure de lutteur.

Je n'ai pas su quoi répondre. J'ai regardé le ciel clair et rengainé mon revolver. La mort s'est éloignée et la nuit a suivi son cours. Il n'y avait rien à dire.

Quatrième partie

I

J'ai laissé passer les heures, la tête sur l'accoudoir gauche du fauteuil, à regarder la lumière entrer peu à peu dans le bureau. J'ai redécouvert les meubles et les livres, ma table de travail et, posé dessus, le Walther M.9, inutile souvenir de la nuit précédente, de l'attaque puis de mes déambulations dans le quartier jusqu'à ce que la peur cède la place à un sentiment de désarroi qui m'avait poussé à chercher refuge dans mon bureau. Qu'est-ce qui m'avait sauvé ? L'instinct ? La chance ? L'ouïe qui m'avait signalé l'arrivée du véhicule ? Je n'avais pas de réponse. Le destin m'ordonnait de poursuivre ma mission les yeux ouverts. C'était peut-être le vieil ange gardien de mon enfance auquel j'avais recours quand j'avais peur de perdre les choses les plus chères à mon cœur. Les arbres, la mer, la musique, mes livres, le souvenir des femmes que j'avais aimées et dont les noms étaient inscrits dans un petit carnet : comme un avare qui comptabilise ses biens, je retenais leurs noms, les traces de leurs caresses, les instants où j'avais cru voir en elles quelque chose de définitif.

J'ai pris dans mon bureau une boîte de balles et je les ai mises dans le chargeur du revolver. J'ai visé un ennemi imaginaire en essayant de me rappeler les traits du tueur de la nuit dernière. Son image était floue et sans l'aide éventuelle de l'intuition, j'aurais du mal à le reconnaître. J'ai fait le numéro de Bernales mais je n'ai eu qu'un répondeur qui a écouté patiemment mon récit de l'attaque.

J'ai reposé le téléphone et, instantanément, au moment où j'allumais une cigarette, il a sonné de nouveau. J'ai entendu une voix tremblante :

– Julia Bustos.

– Julia, quelle surprise ! Je n'espérais pas votre appel.

– Il s'est passé une chose extraordinaire, monsieur Heredia. Hier, j'ai fait le ménage dans le bureau du défunt M. Gordon. J'enlevais les papiers dont le nouveau chef n'aura pas besoin quand, en bougeant le meuble d'angle qui se trouve près du bureau, j'ai trouvé deux pages manuscrites. J'ai reconnu l'écriture de M. Gordon, alors je les ai lues et j'ai tout de suite vu qu'elles correspondaient à une partie du rapport égaré. M. Gordon avait dû avoir l'intention de les jeter dans la corbeille à papier et il a mal visé.

– Vous en êtes sûre ?

– Le nom du projet Gaschil est plusieurs fois cité. De plus, je me rappelle avoir vu ces feuilles quand je tapais le rapport. Je n'avais aucun souvenir de son contenu. Vous savez, après tant d'années à faire la même chose, je ne prête pas beaucoup d'attention à ce que j'écris. Tout est mécanique, un mot après l'autre.

– Voilà le coup de chance que j'attendais, ai-je murmuré.

– Vous dites, monsieur Heredia ?

– Je pensais à haute voix.

– Le rapport vous intéresse toujours ? J'ai essayé de savoir où était passé l'original mais personne ne sait rien.

– Plus que jamais. Je passerai chercher les feuilles à votre bureau.

– Il vaut mieux ne pas venir. C'est ridicule, mais j'ai peur et je me demande si j'agis correctement.

– Que proposez-vous ?

– Retrouvons-nous au café Colonia. nous y avons fêté l'anniversaire d'une collègue il y a un mois et c'est une bonne occasion pour y retourner aujourd'hui. A une heure, d'accord ?

Le Colonia se trouve dans la rue Mac-Iver, tout près de la Bibliothèque nationale. C'est un endroit calme où on sert du bon café et des gâteaux préparés selon de vieilles recettes d'origine allemande. Ses chaises de bois sont larges et commodes et l'après-midi, elles sont occupées par des femmes seules ou des couples d'amoureux.

Ce jour-là, le menu proposait deux ou trois plats et une carte alléchante de sandwiches.

Julia Bustos occupait une des tables proches de la baie vitrée donnant sur la rue Mac-Iver. Elle portait un tailleur bleu et, les lunettes au milieu du nez, essayait de lire le menu. Elle les a enlevées rapidement en me voyant et les a rangées dans son sac. Je l'ai saluée et, d'un sourire, me suis rendu complice de sa coquetterie.

– Excusez mon retard, lui dis-je en prenant place en face d'elle.

– Aucune importance. Il devient de plus en plus difficile de circuler dans le centre.

J'ai remarqué qu'elle était nerveuse et lui en ai fait la remarque.

– Je n'ai pas l'habitude d'avoir rendez-vous avec des hommes. Si par hasard les autres secrétaires me voyaient, vous ne pouvez imaginer ce qu'elles raconteraient.

– Aujourd'hui les femmes ont gagné le droit de prendre un peu de bon temps.

– Vous avez de ces idées ! – J'ai remarqué que ses joues prenaient un ton rosé. – Mon mari est commis voyageur, si je n'étais pas sûre qu'il travaille aujourd'hui à La Serena, je ne serais jamais venue ici.

– Prenez l'affaire des papiers comme une histoire normale, dis-je sans être bien certain de ce que j'avançais. Personne ne connaît leur existence et nous ne sommes pas sûrs de pouvoir nous en servir.

En entendant mentionner les papiers, la femme a cherché dans son sac les feuilles qui étaient à l'origine de notre rendez-vous.

– Elles sont à vous, dit-elle en me tendant deux feuillets à l'en-tête de l'Etat. L'écriture de Gordon était minuscule et ses lettres formaient des phrases pareilles aux traces laissées par une fourmi. Chacun des accents, des virgules et des points étaient bien à sa place, trahissant le souci de l'avocat de rendre ses écrits clairs et compréhensibles. Les feuilles étaient numérotées et semblaient contenir la dernière partie des conclusions du rapport. J'ai lu :

« *L'analyse des aspects techniques du projet oblige à formuler des réserves quant au tracé du gazoduc mais aussi quant aux matériaux destinés à sa construction. En effet, compte tenu des textes rédigés par des auteurs à la compétence reconnue et après consultation des spécialistes en la matière, on peut conclure que lesdits matériaux sont inappropriés au terrain où ils doivent être utilisés, leur qualité les rendant susceptibles de corrosion et d'usure. La corrosion peut entraî-*

ner des fuites de gaz, et l'usure une détérioration des conduites et des fissures difficiles à détecter. »

– C'est ce que vous cherchiez ?

– Oui, je crois – je lui ai montré le menu. – Pendant que je termine ma lecture pourquoi ne pas prendre de l'avance dans notre commande ?

Gordon poursuivait dans son rapport :

« *D'autre part, une analyse comparative des coûts des matériaux et de leurs prix actuels sur le marché permet de mettre en évidence la surévaluation dont ils font l'objet dans le rapport.* »

– Filet de porc et salade ? a demandé Julia Bustos.

– N'importe quoi pourvu qu'il contienne du cholestérol en abondance.

– Vous ne parlez pas sérieusement ?

– Grossir est une manière de protester face aux *lights* en tout genre qui ont cours aujourd'hui.

– Vous alors, vous avez de drôles d'idées !

– Mieux vaut ne pas vous en parler, dis-je en simulant un sourire grotesque.

« *L'approbation de la proposition Gaschil violerait les dispositions du plan d'occupation des sols de l'aire métropolitaine établissant, en vertu d'une loi, que la région traversée par différents tronçons du gazoduc a été déclarée zone à haut risque géophysique, réservée à la protection écologique à développement contrôlé. Son usage, selon les dispositions légales, est exclusivement réservé au reboisement et aux activités récréatives et aucune installation ne doit perturber sa conformation topographique. En conséquence, nous estimons qu'il convient de recommander le rejet de cette proposition dans les termes où elle est conçue.* »

C'était alambiqué mais on comprenait l'essentiel : déficiences techniques, absence d'études concernant l'impact sur l'environnement et surestimation des coûts de l'opération. Julia Bustos m'a demandé :

– Ça peut vous servir dans votre travail ?

– Je commence à comprendre pourquoi on a voulu se débarrasser de Gordon.

Ensuite, comme si j'avais été seul, j'ai réfléchi à une ou deux idées qui commençaient à faire leur nid dans mon for intérieur.

Dans les appels d'offres importants, comment étaient financés les dessous de table, la sensibilisation des clients dont Otero avait parlé ? En augmentant les charges ? C'était une possibilité. L'autre était de surestimer les coûts de l'opération. Le prix d'une matière première était de dix et on l'estimait à quinze. La différence allait dans la poche de ceux dont le rôle consistait à approuver le contrat.

– A quoi pensez-vous ? La lecture de ces feuillets semble vous préoccuper.

– A rien. Ne faites pas attention à moi. La faim me fait divaguer.

– Pouvez-vous me dire de quoi il s'agit ?

Je lui ai répondu tout en surveillant du coin de l'œil l'entrée des clients :

– Ce serait très long à expliquer. Moins vous en saurez et mieux ça vaudra.

L'image du revolver sur le bureau s'est à nouveau dessinée dans ma mémoire. Des temps difficiles s'annonçaient et j'aurais peut-être besoin d'avoir recours à lui. Néanmoins, comme je l'avais lu dans l'interview d'un psychologue : l'existence d'un ennemi permettait aux sentiments et aux forces de s'unir. Mais mon ennemi n'avait pas de visage et je ne connaissais pas le chemin qui conduisait à lui.

– Voilà notre repas, a dit la secrétaire.

– Vous permettez que je demande une bière ?

Julia Bustos a rougi une nouvelle fois :

– J'en prendrai une aussi.

– Avant de nous soûler, je tiens à vous remercier pour votre aide, Julia. Ces feuilles que vous avez trouvées ont la magie d'un as dans une mauvaise partie de cartes.

– Je n'ai rien compris mais votre ton me fait peur.

Balayant tout commentaire, j'ai demandé à la serveuse :

– Deux bières !

II

A trois heures moins cinq, Julia Bustos a pris son sac et s'en est allée en toute hâte, en calculant les minutes dont elle disposait pour retourner au bureau avant que ses collègues ne s'interrogent sur son retard.

Pendant le repas, j'avais surveillé l'entrée du café et l'absence d'inconnu à l'air suspect m'avait permis d'orienter en toute tranquillité la conversation sur les potins de bureau susceptibles d'apporter un autre éclairage à l'énigme du rapport égaré. Mais je n'avais rien obtenu. Les anecdotes de la secrétaire suivaient des sentiers battus : fuite des jours monotones pendant lesquels les fonctionnaires usaient leurs illusions du lundi au vendredi, répétant avec un minimum d'efforts les tâches qui justifiaient leurs salaires, vieillissant sur le chemin de la retraite, antichambre d'un autre enfer.

Je suis sorti du café après avoir payé l'addition. Les passants me croisaient avec indifférence ; j'ai marché une demi-heure sans but apparent et me suis dit que l'agresseur nocturne devait prendre des précautions et attendre une autre occasion pour attaquer de nouveau. Dans ce cas, il n'y avait pas grand-chose à faire sinon attendre, attentif aux coups de freins des voitures dans la rue.

Bernales m'attendait dans mon bureau. Il fumait une cigarette devant la fenêtre ; il parut soulagé en me voyant et s'approcha de la table où quelqu'un avait déposé deux dossiers.

– Je m'inquiétais pour vous, Heredia. Qu'est-ce que c'est que cette histoire d'agression enregistrée sur mon répondeur ?

– C'est ce qui est arrivé hier soir dans le moindre détail.

– Et à part la frousse, vous vous sentez bien ? Vous n'avez rien eu ?

– Rien. Ma foi dans le genre humain a néanmoins baissé de quelques degrés.

– Racontez-moi tout.

– Votre petite machine infernale a déjà tout enregistré.

– Je veux l'entendre de nouveau et m'arrêter sur certains détails.

– Si ça peut te faire plaisir, dis-je en m'asseyant près du bureau.

Dix minutes plus tard, il dit après avoir écouté mon histoire :

– Les caractéristiques de l'agression m'ont fait penser à certains individus. On m'a prêté ces photos, elles peuvent peut-être nous aider.

J'ai jeté un coup d'œil : à la grosseur des dossiers, j'en ai déduit qu'ils devaient renfermer une centaine de photographies.

– Passez-les en revue et voyez si vous retrouvez votre agresseur.

J'ai demandé en ouvrant un des dossiers :

– Qui sont-ils ? A qui appartiennent ces photos ?

– Pour certaines, ce sont des hommes responsables de plusieurs morts qui n'hésiteraient pas à allonger leur liste. Les autres sont celles de policiers radiés des services pour avoir commis des délits quand ils étaient fonctionnaires ou destitués après l'arrivée au pouvoir du président Aylwin.

Une heure plus tard, j'avais sélectionné quatre photos représentant des hommes roux et moustachus. Chacune portait un nom inscrit au verso ; elles correspondaient à Abelardo Montes, Julio Diocares, Darío Mendezona et Fabián Ocaranza.

– Elles ressemblent au type qui a tiré sur vous, vous en êtes sûr ?

– Comme si, dans un groupe de dix singes, je devais en choisir un.

Bernales lisait des fiches agrafées à la fin des dossiers :

– Bien. Abelardo Montes est mort il y a trois mois dans l'attaque de la succursale de la Banque sud-américaine à Puente Alto. Parmi les hommes que vous avez choisis, il était le seul délinquant ordinaire. Les autres ont été policiers. D'après les renseignements, Mendezona travaille comme chef du personnel dans une entreprise de construction. Julio Diocares a ouvert une agence de détectives privés avec trois autres inspecteurs en retraite. On ne sait rien d'Ocaranza.

– Tu penses enquêter sur tes collègues ?

– Sur Ocaranza en particulier. Il est mêlé à la mort d'un jeune étudiant en journalisme arrêté à la fin des années soixante-dix.

– Un type couvert de gloire !

– Nous avons encore du linge sale dans le service. Quant à notre affaire, je n'ai plus de doute après l'agression. Nous sommes sur la piste d'une histoire pas claire et quelqu'un s'acharne à nous ôter de son chemin.

– Ça nous renvoie aux sempiternelles questions : Qui ? Pourquoi ?

– Je vais faire travailler deux de mes hommes sur les photos que vous avez sélectionnées. Des jeunes gens discrets, ils n'en parleront à personne.

Je me suis rappelé les manuscrits de Gordon et j'ai décidé de suivre seul la piste ouverte par Julia Bustos. J'attendrais d'y voir plus clair avant d'en parler au policier. Les doutes étaient plus nombreux que mes certitudes et je ne parvenais pas à mesurer l'importance du rapport de Gordon ni les raisons qui poussaient la personne intéressée à le cacher. J'ai pensé à Bórquez, l'écologiste, puis à Mujica, l'avocat que Cambell m'avait fait rencontrer. J'allais consacrer quelques heures de mon temps à chacun d'entre eux.

– Quant à vous, Heredia : prenez soin de vous et laissez-moi mener les choses ! a dit Bernales en sortant du bureau.

III

J'ai appelé Ballinger au téléphone pour lui dire que je souhaitais interroger Bórquez. Le gringo m'a donné son adresse et j'ai dû recourir à différents prétextes pour repousser sa proposition de me tenir compagnie. J'ai interrompu la conversation comme il insistait pour m'inviter à boire une bière.

Au moment de sortir, je me suis rappelé les photos de Bernales. Selon le policier, Julio Diocares était membre d'une agence de détectives privés et je pensais pouvoir connaître le nom de l'entreprise après quelques appels. En ouvrant l'annuaire commercial, j'ai lu dans les pages réservées aux enquêteurs privés les noms qui y figuraient : Agecip, Agence Alfa, Agence Jac, Caddies Investigations, Ofin, Selective Security, Services Atalaya, Sistema, Rec, Rangers, Orsem et Caz. Ils offraient expérience et discrétion pour des infiltrations, des filatures, des infidélités conjugales, des recherches concernant les biens et les personnes, des documents filmés, des interventions téléphoniques et des détections de vol. Chacune des agences occupait un encadré et entre ceux de Caddies et d'Ofin, j'ai trouvé, écrit en petites lettres noires : Heredia. Enquêtes. Et mon numéro de téléphone, rien de plus.

J'ai commencé par appeler l'agence Jac et une secrétaire m'a informé qu'aucune personne du nom de Diocares ne travaillait là. J'ai continué avec Ofin, Alfa et Rec : même résultat dans les trois cas. Mon cinquième appel a été pour l'agence Rangers ; la voix d'un homme semblant se réveiller de sa sieste m'a obligé à répéter le nom de Diocares avant qu'il comprenne ma question. Il a répondu de mauvaise grâce :

– C'est un de nos associés.

– Je voudrais lui parler.

– Il est sur le terrain. Si vous voulez, vous pouvez parler à un de ses associés, M. Peralta.

– Merci, mais c'est personnel.

– Rappelez demain après dix-huit heures.

– Je préfère passer dans vos bureaux. Où se trouvent-ils ?

– Au 450 de la rue San-Martín. Quatrième étage. Voulez-vous prendre rendez-vous ?

– Ce n'est pas nécessaire. C'est un copain de classe. Dès qu'il me verra, il va vouloir s'occuper de moi.

J'ai coupé la communication et suis sorti de l'appartement.

Bórquez se trouvait dans son bureau de la rue Gorbea. C'était une grande pièce bien éclairée aux murs couverts d'affiches de campagnes écologistes, il y avait aussi la photo d'un gorille albinos et des écriteaux en différentes langues interdisant de fumer.

Au milieu de la pièce, se trouvait un bureau occupé par un ordinateur et des monceaux de papiers.

– Entrez et asseyez-vous où vous pouvez. J'espère que le désordre ne vous gêne pas. J'ai eu un tas de réunions.

– Je ne sais pas qui a dit *l'ordre est la vertu des sots.*

– Je ne suis pas tout à fait d'accord mais c'est en tout cas une bonne excuse pour les gens désordonnés.

J'ai enlevé une rame de papiers posée sur le coussin d'une chaise pour m'asseoir.

– Excusez-moi, vous étiez l'autre jour avec Tom Ballinger, je m'en souviens, mais je n'ai pas retenu votre nom.

– Heredia.

– Le détective qui ne savait pas ce qu'était le projet Gaschil.

– Et qui a toujours autant de doutes.

– En quoi puis-je vous aider ? demanda-t-il aimablement tout en s'asseyant sur une chaise, près du bureau.

– Je voudrais que vous m'en parliez. Quelle est son origine ? Pourquoi Gaschil et non un autre projet ?

– Le projet fait partie d'une coopération économique entre l'Argentine et le Chili. Nos voisins veulent vendre du gaz et nous, nous voulons en acheter à un prix intéressant. L'accord initial a été signé pendant la présidence d'Aylwin et peu de temps après, il s'est heurté à un obstacle du côté argentin.

– Vous m'en avez touché quelques mots. Un ministre argentin désireux de toucher du fric sans se fatiguer.

– Plus tard, le projet a été ressorti et trois entreprises sont entrées en compétition : Exporgas, Gaschil et Argengas. Toutes trois comptent des capitaux argentins, chiliens et canadiens. De façon générale, toutes trois ont des moyens financiers et techniques semblables. Les différences sont minimes et difficiles à évaluer pour qui ne possède pas complètement le sujet.

– Et quelqu'un doit choisir une des trois offres.

– Une décision complexe. Du côté chilien, différents ministères interviennent : Finances, Mines, Travaux publics, Economie et Affaires étrangères. Certains organismes aussi comme la commission nationale de l'environnement et le secrétariat d'Etat à l'énergie.

– A votre avis, laquelle de ces entreprises a le plus de chances de gagner ?

– Rien n'a été décidé. Mais c'est Gaschil qui revient le plus souvent en coulisse. De plus, comme vous avez pu l'entendre à la réunion, une entreprise en relation avec Gaschil a commencé des travaux de terrassement sur l'un des secteurs figurant sur le tracé du gazoduc. C'est un signe évident.

– Et les autres entreprises ?

– Exporgas n'a pas la sympathie du gouvernement chilien. Derrière ce projet se trouvent certains groupes qui, au début des années soixante, ont acquis à bas prix des entreprises publiques, accumulant ainsi des capitaux. Ce sont principalement des entreprises produisant de l'énergie électrique, des industries minières et chimiques. Des affaires réalisées grâce à la fameuse privatisation de l'Etat. Un jeu facile jusqu'à un certain point. On a pris des entreprises qui fonctionnaient mal et au lieu d'investir pour en améliorer la gestion, on les a vendues à bas prix à des capitaux privés. Ceux-ci, à partir de réductions de personnel et d'abondantes ressources financières, ont réalisé des bénéfices rapides.

– En résumé, Exporgas serait mise à l'écart pour raison politique.

– Oui si nous faisons une analyse succincte sans entrer dans les détails. Mais l'affaire n'est pas aussi simple. Chez Argengas et Gaschil, il y a aussi des personnages au passé trouble. Comme vous devez le savoir, les affaires ne tiennent pas compte des différences politiques, ou plutôt, les affaires définissent les faits politiques, la stabilité du système.

– Et quel est le rôle de la Cour des comptes ?

– Elle contrôle. Elle vérifie que les projets sont en accord avec la loi et remplissent le cahier des charges du point de vue technique et économique. Si elle émet un jugement défavorable, elle peut faire échouer l'un ou l'autre des projets. Puis, après une pause qu'il mit à profit pour ranger les dossiers sur le bureau : Vous pensez que la mort de l'avocat a quelque chose à voir là-dedans ?

– J'exerce mon imagination.

– Vous ne savez pas très bien où vous avez mis les pieds, Heredia. La construction du gazoduc sous-entend de gros bénéfices. Si vous l'avez bien compris, rien de ce que vous découvrirez ne vous surprendra. Et si vous découvrez une chose concernant notre cause, pensez à nous.

– J'y penserai mais pour le moment, je n'ai pas d'autres questions.

– Vous pouvez revenir demain ou après-demain, j'aurai plaisir à parler avec vous.

J'ai regardé les affiches collées aux murs. Pêche intensive, forêts massacrées, pollution chimique, enfants malades de dénutrition, armes nucléaires. Les sujets de protestation étaient nombreux et le temps compté. J'ai demandé en montrant les affiches :

– Y a-t-il une solution à tout ça ?

– Voulez-vous la vérité ou un discours ?

– Essayez le discours.

– Il faut mettre les problèmes écologiques au centre des préoccupations gouvernementales, démasquer ceux qui font commerce de la nature et de la faune. Il faut mettre fin à la production et à la consommation effrénée, au luxe superflu...

– Maintenant, dites-moi la vérité.

– La terre s'épuise et nous ne voulons pas l'accepter. On est foutus.

IV

L'homme est un problème sans solution. Un avorton bâclé par un dieu négligent qui, au paradis, rit aux éclats de sa bonne vieille blague. Il détruit son habitat depuis l'époque d'Adam et je ne peux rien y faire si ce n'est arrêter de fumer ou me poster sur le Paseo Ahumada pour clamer du matin au soir « *la vie est une blessure absurde* ». C'est ce que disait Goyeneche certains après-midi où les ombres de la nuit semblaient lointaines et où mon âme en peine, somnolente, me permettait à peine d'écouter des tangos, Simenon endormi près de moi, insensible comme un coussin de plumes tandis que le réveil – le plus misérable des usuriers – faisait son office avec sa précision habituelle.

J'ai oublié Bórquez pour quelques minutes et suis entré au Rápido, manger des rissoles au fromage et boire deux verres de vin rouge. C'était l'heure où après avoir fait prendre l'air à leurs papiers au tribunal, les avocaillons se pointaient dans le bar ainsi que des employés de bureau mettant à profit leur demi-heure de pause pour manger. Les commandes étaient servies rapidement et moins d'un quart d'heure plus tard, j'étais de nouveau dehors, loin de la rumeur du bar, de ses serveurs en bleu clair et d'une odeur de friture qui imprégnait les vêtements des clients. J'ai marché dans la rue Bandera – elle devait son nom à un boucher de l'époque coloniale qui arborait un drapeau rouge pour annoncer sa marchandise – et je n'ai pas ralenti le pas avant d'arriver au coin de la rue Aillavillú où les derniers rayons du soleil doraient les jambes charmantes des collégiennes rentrant de cours. Pour elles, je ne pourrais jamais être que « l'oncle Heredia » et, au-delà de la nostalgie, cela me rappelait que je n'avais plus l'âge de jouer à la poupée ni de sentir l'odeur de lait caillé des nourrissons.

Maudissant les pièges du désir, je suis rentré chez moi en sifflant un tango mélancolique. J'y ai trouvé les ronflements de Simenon et une enveloppe en papier pelure glissée sous ma porte par quelqu'un. Je l'ai ouverte et son contenu m'a transpercé comme un poignard :

« *Détective à la manque, on t'a donné un avertissement l'autre nuit. Arrête de fouiner ou tu finiras dans la fosse commune.* »

– Rien ne vaut une prose concise et directe, dis-je à Simenon qui venait d'ouvrir des yeux pleins de vert et d'ennui.

– Rien ne vaut de se retirer à temps.

– Le chat qui a senti une souris ne se contente pas de se lécher les griffes.

– Tu te crois très malin. Qu'est-ce que tu y gagnes ?

– Le droit de me regarder dans la glace sans avoir la nausée. Et aussi une manière d'occuper mon temps.

– Lis Dickens si tu t'ennuies.

En relisant le message, j'ai remarqué qu'il avait été écrit sur ordinateur ; la feuille ne donnait aucun indice sur sa provenance. Un texte précis comme l'ordonnance griffonnée par un médecin.

– A quelle heure l'ont-ils apportée ?

Indifférent, le chat s'est mis à lécher l'extrémité de ses pattes blanches.

– Je me demande pourquoi je te nourris si tu n'ouvres pas l'œil. Simenon, imperturbable, a continué sa toilette. Non, tais-toi, comme chaque fois que je suis sur le point de te tordre le cou, tu vas citer le Français des Fleurs du Mal : « *Les amoureux fervents et les amants austères / aiment également dans leur mûre saison / les chats puissants et doux, orgueil de la maison / qui comme eux sont frileux et comme eux sédentaires.* »

Des coups frappés à la porte ont délivré Simenon de mes récriminations. J'ai ouvert pour laisser entrer Anselmo habillé comme pour aller à la fête. Costume bleu à rayures blanches, chemise rose et cravate gris perle. Les vêtements avaient l'air tout juste sortis d'une boutique.

– Comment trouvez-vous mes fringues, *don* ?

– Extraordinaires.

– Ça peut être bien ou pas.

– Tu pourrais être le cavalier de la Schiffer.

– Vous au moins vous savez donner du courage, *don*. Regardez, j'ai même des pompes neuves, dit le vendeur de journaux en montrant ses souliers noirs et étincelants.
– Et pourquoi t'es-tu mis sur ton trente et un ?
– Devinez donc, devin.
– La voyante.
– Sûr que le concierge a cafté.
– Alors, que se passe-t-il avec la voyante ?
– Hier, la dame m'a fait la causette et moi je lui ai tapé le baratin. Je crois que nous sommes prêts pour une longue romance.
– Toi et elle ?
– Pas plus tard que cette nuit.
– Tu es sûr qu'on ne te mène pas en bateau ?
– Pas si bête, *don*.
– Il nous en reste toujours à apprendre sur les femmes. Aujourd'hui, elles jurent de t'aimer et le lendemain, ni vu ni connu.
– Vous êtes jaloux, *don* ?
– « *Les maîtresses peuvent passer de main en main mais le premier vin qu'elles offrirent a toujours été pour moi.* »
– Si vous devez vous en prendre à moi, je range les fringues et on n'en parle plus.
– Du calme. Je veux simplement que tu ne te fasses pas avoir.
– Zara dit que mon aura monte en puissance. Elle m'a fait les tarots et le cinq de cœur est bel et bien sorti : ça veut dire union et mariage.
– N'en parlons plus, dis-je convaincu de revoir dès le lendemain le marchand de journaux amer et triste comme un jour sans pain.
– Je voulais vous mettre au courant, *don*. Il ne faudrait pas que je marche sur vos plates-bandes.
J'ai pris l'enveloppe posée sur le bureau pour la lui montrer :
– Tu as vu quelqu'un entrer avec ça ?
– Non, *don*. J'aurais dû ?
– Quelqu'un l'a apportée et il n'a pas de bonnes intentions.
Anselmo a lu la lettre. Ses petits yeux se sont agités nerveusement et il a cligné cinq fois des paupières avant de hasarder quelques mots :

– Vous vous êtes fait pincer avec une femme ?

– Je veux que tu demandes aux voisins, au concierge s'ils ont vu quelque chose.

– Tout de suite ?

– La nuit est encore loin. Enlève ton déguisement et au travail.

– Si vous me le demandez, *don*, dit Anselmo de mauvaise grâce. Mais promettez-moi de ne pas oublier les trois vieilles.

J'ai demandé, juste pour embêter Anselmo :

– Quelles vieilles ?

V

J'ai trouvé Cambell concentré sur son ordinateur, tapant sur son clavier avec le désespoir d'un pianiste débutant. Près de lui, sur le bureau, se trouvait une carte du Chili sur laquelle il lisait à haute voix des noms qui semblaient lui faire plaisir : Cochoa, Menetué, Ñirehuao, Tapi Aike. A côté du tourne-disque se tenait un type de taille moyenne vêtu d'une chemise noire et d'une veste en jean. Il arborait une barbe de deux semaines et un air d'ennui.

– Je finis et je suis à toi, dit Cambell, profitant de la pause pour ajuster ses lunettes sur son nez. Puis il ajouta en désignant l'inconnu : Discute avec Oracio Olivos. C'est un ami écrivain qui collabore à la revue.

Olivos m'a regardé du coin de l'œil en levant la main droite en guise de salut puis il s'est intéressé de nouveau au juke-box. Après avoir appuyé sur quelques touches, il a réussi à faire entendre les premières mesures d'un tango que j'ai vainement essayé de reconnaître.

– C'est le seul bon disque de cette machine, dit-il. *El motivo* de Juan Carlos Cobián et Juan Carlos Contursi. Version avec deux bandonéons : Troilo et Piazzola.

J'ai allumé une cigarette et fait les quelques pas qui me séparaient du juke-box. Olivos paraissait satisfait de la leçon qu'il venait de réciter. Il devait occuper une bonne partie de son temps à lire des pochettes de disque ou des revues et sa tête était sûrement pleine de noms, de dates et autres statistiques. Il m'a demandé en montrant ma cigarette :

– Tu en as une autre ? Ça fait des jours que je n'ai rien à cloper.

Je lui ai donné une cigarette et le barbu l'a portée à ses lèvres :

– J'aurai de quoi acheter des sèches et de quoi manger quand Cambell m'aura payé. La misère fait de tout petit plaisir une vengeance.

– Qu'est-ce que tu écris dans la revue de Cambell ?

– En plus des colonnes consacrées aux courses, au cinéma et à la littérature, j'écris des histoires de mauvais garçons et de nanas cinglées. Quatre feuillets depuis deux ans. Ça ne me permettra pas de gagner le Nobel mais ça me fait manger et je doute qu'il y ait cinq écrivains dans ce pays qui puissent en dire autant.

– Comment tu te débrouilles avec l'inspiration pour écrire une histoire différente tous les sept jours ?

– Dans la bonne littérature c'est toujours la même chose : un homme au bout du rouleau et une possibilité de rédemption grâce à l'amour ou à un geste héroïque.

– Tu as au moins une théorie préalable. J'avais lu que c'était généralement le contraire. Les écrivains écrivent une histoire et inventent ensuite une justification.

Sans accorder d'attention à mes paroles, Olivos a demandé :

– Toi aussi tu écris ? Des contes, des petits poèmes ?

– Je suis détective.

– Flic ?

– Je travaille à mon compte.

– Ce doit être une mine de bonnes histoires.

– Marginaux et amours malheureuses, dis-je en imitant le ton ironique d'Olivos.

L'écrivain a ri, s'est approché de moi et a posé sa main sur mon épaule gauche :

– Olivos. Je veux écrire un roman policier et tu pourrais peut-être m'aider en me donnant des détails du métier. Des personnages et des anecdotes pour inspirer mon stylo.

– Il y a des années, j'ai raconté une histoire ou deux à un glandeur rencontré au City Bar. Il y a ajouté quelques parties de jambes en l'air, deux ou trois crimes impossibles et a gagné un concours qui lui a rapporté un joli paquet de fric. Le type me demande toujours de nouvelles histoires et on a pris l'habitude de se retrouver dans ce bar.

– Avec moi, les choses pourraient se passer autrement.

– Les choses peuvent toujours se passer autrement.

– Et si on serrait la vis à Cambell ? a demandé Olivos en voyant mon manque total d'enthousiasme littéraire.

On n'a pas eu besoin de brusquer le journaliste ; quand on s'est trouvé devant son bureau, il a levé la tête, nous a regardés et a dit en souriant :

– L'art de ne rien dire sur deux pages.

– Encore un de tes éditoriaux dignes d'être gravés dans le bronze, a commenté ironiquement Olivos.

– Le meilleur de ces derniers mois. Drogues et hommes politiques. Un sujet qui fait bouillir la marmite.

– A propos de marmite, a commencé à dire Olivos.

– Pas un mot de plus. Je vous invite à manger – Cambell s'est levé et a fait mine de nous prendre dans ses bras. – Au dessert, on fait nos comptes, Olivos.

Tandis qu'on se dirigeait vers la sortie du bureau, j'ai dit à voix basse à Cambell :

– Le mort de l'hôtel Central. Il y a deux ou trois nouvelles de dernière minute dont je voudrais te parler.

– Pour Olivos, ne t'inquiète pas. Il sait garder un secret.

J'ai regardé Olivos et j'ai fait confiance au journaliste. L'écrivain semblait content ; il a esquissé un sourire complice en entendant Cambell.

Une demi-heure plus tard, on était au Rhenania, à l'angle des rues Irarrázaval et José Miguel Infante, autour d'une table recouverte d'une nappe à carreaux rouges, à attendre nos trois assiettes de côtes de porc fumées et deux bouteilles de Santa Emiliana commandées par Cambell à un serveur âgé et un peu sourd. Face à nous, une douzaine d'hommes et de femmes avait l'air de passer un bon moment. Certains visages ne me semblaient pas inconnus. C'était, d'après Olivos, un groupe d'écrivains qui se réunissaient tous les mois pour boire quelques verres et commenter les potins du métier. Des gens paisibles qui buvaient avec enthousiasme jusqu'à ce que l'un des serveurs leur indique que l'heure de la fermeture était arrivée. En biais par rapport à eux, un couple discutait, entouré de plantes exotiques. L'homme parlait doucement et la femme sanglotait derrière sa serviette.

– En voilà une qui a du mal à digérer, dit Olivos en regardant sans se gêner la table occupée par le couple.

– Occupe-toi de tes affaires, lui dit Cambell. Ah ! Ces écrivains, tous des pipelettes.

Le garçon a posé une corbeille de pain sur la table. J'ai attendu que l'écrivain attaque son assiette et, quand Cambell s'apprêtait à savourer sa première bouchée, je lui ai parlé du rapport de Gordon. Le journaliste a repoussé son assiette et, après avoir vidé son verre de vin, m'a demandé de lui répéter l'histoire.

– Le rapport de Gordon dérange quelqu'un, c'est évident, dis-je après m'être exécuté.

Olivos a demandé en coupant un minuscule morceau de viande :

– Qui se trouve dans le collimateur ?

J'ai regardé Cambell et il a dit à l'écrivain :

– Les observateurs n'ont rien à dire, mon vieux.

– Ne dis pas de conneries, Cambell, qui est dans le collimateur ?

– Un projet du nom de Gaschil, dis-je, dirigé par le bureau d'études Benex.

– Une grande entreprise, n'est-ce pas ?

Sans oser mettre un frein à la curiosité d'Olivos, j'ai répondu :

– Des capitaux étrangers et beaucoup de bénéfices à l'horizon.

– Gordon connaissait quelqu'un chez Gaschil ?

– Deux d'entre eux disent l'avoir vu une fois ou deux. Le troisième, son principal interlocuteur, est mort.

– Pour moi, c'est suffisant, conclut Olivos.

– Suffisant pour quoi ?

– Pour écrire un article. On parle bien de ça, non ?

– Je crois qu'Heredia a autre chose en tête.

– Oui mais le renseignement n'est pas assez clair pour nous permettre de forcer la porte du bureau d'études Benex.

– Alors que proposes-tu ? m'a demandé Cambell.

– Sers-toi de tes contacts avec les ministères. Quelqu'un qui connaisse les dessous de l'appel d'offres.

– Ceux que je connais sont des sous-fifres, répondit Cambell.

Olivos lui a demandé :

– Pourquoi ne pas viser plus haut ? Tu oublies Pérez, le Charognard. Après avoir été communiste pur et dur, il est aujourd'hui social démocrate et remplit les fonctions de conseiller pour des sujets inutiles. Le parfum de l'argent a toujours imprégné ses utopies.

– On n'a jamais été copains lui et moi, même pas à l'université.

– Appelle-le, dis-lui ce que tu veux et s'il se montre réticent, rappelle-lui que tu as un journal où tu peux révéler de vieilles histoires qu'on préfère oublier.

– L'idée n'est pas mauvaise.

Olivos m'a regardé comme si j'avais craché dans son assiette.

– Si je fais ça, on ferme mon journal une heure après, protesta Cambell.

– Pourquoi avoir si peur ? Pérez n'a pas le bras aussi long.

– Tu devrais aussi parler avec Mujica, l'avocat.

– Qu'est-ce qu'il vient faire là-dedans ?

– Gordon préparait un rapport. Qui l'avait demandé ? Qui a pu le lire ? Je connais une partie de l'étude, lire le reste serait intéressant et plus encore savoir où il se trouve.

– Voilà deux bonnes raisons d'être sobre demain, dit Olivos en regardant Cambell.

Le journaliste eut un geste d'agacement avant de contempler ses côtelettes froides.

– J'ai perdu l'appétit.

– Tu en rajoutes, Cambell, dit Olivos. Demain tu investis une demi-heure de ta vie dans deux appels téléphoniques et notre ami Heredia saisit le fil conducteur.

– Dit comme ça, ça paraît simple.

– Ce n'est pas le cas ?

J'ai vidé mon deuxième verre de vin :

– Non.

A minuit, on est allés jusqu'au bar Berlín, à l'angle d'Yrarrázaval et de Vicuña-Mackenna. Olivos a proposé le coup de l'étrier. Cambell et moi l'avons suivi comme deux mômes alléchés par un paquet de bonbons.

– Vous croyez que c'est prudent ? a demandé Cambell pour la sixième fois de la nuit. Il avait les yeux vitreux et riait toutes les cinq minutes. Olivos, par contre, semblait toujours heureux, comme si le vin lui avait donné un certain optimisme qui détendait l'expression de son visage. Il a dit à Cambell :

– Tu es foutu. Il y a quinze ans, tu n'aurais jamais posé cette maudite question. Maintenant le portefeuille étouffe ton cœur et tu ne prends pas de risques.

– Jessie James est un fantôme d'Hollywood, Olivos. Tes conneries et tes sentiments sont à côté de la plaque. Les temps ont changé. N'est-ce pas, Heredia ?

– J'ai besoin de ces deux appels téléphoniques.

– Même Heredia en a marre de tes doutes.

– Tu me juges, mais de quel droit ? Depuis je ne sais combien d'années, tu essayes de finir un roman et il te manque toujours quelque chose.

– Je suis un mec fidèle à ses engagements, qui écrit pour échapper à la brume quotidienne. Sans fanfaronnades et sans piston.

– Ça te sert à quoi ? Qu'est-ce que tu y gagnes ? Tu gâches ton talent.

– J'écris, et ces petits signaux font briller les yeux de quelqu'un. C'est tout. Il ne faut pas accorder trop d'importance à ce qu'on écrit. Tout est bon pour oublier.

– Tu me fatigues, dis-je à Olivos en regardant la porte du bar au moment où entrait une blonde accompagnée de deux hommes portant des vestes de cuir, les écrivains qui parlent de ce qu'ils ont l'intention d'écrire et sont incapables de pondre une phrase convaincante me fatiguent. Les bars sont remplis de Borges ratés et de types qui se prennent pour des écrivains pour avoir un jour serré la main de Cortázar ou avoir eu à l'école un sept sur dix en rédaction.

– Quelle mouche te pique ? Que sais-tu des écrivains ? demanda Olivos.

– J'en rencontre souvent dans les bars. Parfois je les écoute et avant, quand j'étais plus naïf, je lisais leurs interviews dans les journaux. Les plus bavards sont les pires.

– J'ai cru qu'on était du même bord.

La surprise et le chagrin se mêlaient dans la voix d'Olivos.

– Laisse tomber. Quand je suis fatigué, je dis des choses et puis ensuite je les regrette.

Gênés, Cambell et Olivos se sont regardés. Aucun des deux n'a rien dit et ils ne m'ont pas suivi quand je me suis dirigé vers la sortie. La nuit était fraîche et la rue invitait à marcher sans but, simplement guidé par les lumières des snacks et des bars ouverts. Un taxi était arrêté devant le bistrot. Le chauffeur a fait un signe pour m'inviter à monter dans son véhicule. Je lui ai répondu par un geste vague de la main et l'homme s'est désintéressé de moi. J'ai allumé une cigarette et fait les premiers pas en direction de la place d'Italie. J'avais envie de boire un autre verre, seul. J'ai pensé à un cabaret où, des années plus tôt, j'allais attendre une femme dont le prénom émergeait de plus en plus rarement de la brume. Je n'ai pas eu de chance. Le cabaret était fermé par le Trésor public et tout autour, l'ombre d'un parc couvrait un grand nombre de trous profonds.

– Une cigarette, patron, m'a demandé un homme émergeant d'un gros tube de ciment. Il portait un manteau beaucoup trop grand pour sa taille et, au-dessous, une indescriptible collection de haillons sales et décolorés. Son pas était vacillant comme s'il se trouvait à mi-chemin sur une corde raide.

Je lui ai donné une cigarette et en l'allumant, j'ai vu son visage couvert de barbe et de croûtes de crasse aussi indestructibles que l'éclat bleu de ses yeux.

– Si vous cherchez des femmes, vous avez fait fausse route, patron. Fermé jusqu'à nouvel ordre, dit-il en montrant la porte du cabaret. Allez à l'entrée de l'Alameda. Il y a un coin où vous trouverez un beau panorama.

– Je cherche à boire un coup.

L'homme m'a étudié un instant avant de reprendre la parole :

– Ça vous dirait, une goutte de ce breuvage ? Il a sorti de dessous son manteau une brique de vin : la première est au compte de la maison, les autres seront à votre charge.

On s'est assis sur une marche d'escalier et l'homme m'a tendu la brique de vin. J'en ai bu une gorgée et j'ai senti le parcours capricieux de l'alcool vers mon estomac.

– Montes, dit-il en tendant une main que j'ai serrée sans hésiter.

– Montes l'Eclair, dis-je en reconnaissant en l'inconnu un boxeur que j'avais vu dans les journaux. Les reportages parlaient de son combat pour le titre des poids coqs sud-américains à l'époque où Martín Vargas affrontait Miguel Canto. Quelques années plus tard, on me l'avait montré au restaurant Serra de la rue San-Diego, il déambulait parmi les clients en quête d'un verre de vin en échange de souvenirs pugilistiques embrouillés dans le désordre de sa tête qui avait encaissé trop de coups.

Les yeux de l'homme s'illuminèrent. J'ai sorti quelques billets et je les lui ai donnés.

– Et si on augmentait la réserve ? dis-je en montrant la brique de vin.

– Vous pensez rester là toute la nuit ?

– Vous connaissez un meilleur endroit ?

Montes a souri en découvrant des dents jaunes et sales. Il s'est levé et s'est mis à marcher lentement. Il a levé les bras au ciel comme s'il venait de monter sur le ring :

– Quinze minutes, patron. Pas plus de quinze minutes, et je suis de retour.

Avant de boire une autre gorgée de vin et de le voir disparaître au milieu des ombres, j'ai crié :

– J'attends. Ce n'est pas toutes les nuits qu'on rencontre un champion.

VI

Le bruit de la pluie battant contre la fenêtre m'a réveillé, un rythme lent et discontinu de grosses gouttes frappant aux vitres comme les doigts d'un inconnu qui craint de déranger. J'étais dans ma chambre, à plat ventre sur le lit, enlacé à mon oreiller. De la nuit précédente, je me rappelais le moment où Montes m'avait offert son manteau pour me protéger du froid, peu avant de se laisser aller contre mon épaule comme un enfant fatigué qui voulait dormir en compagnie de son bon ange. Je n'avais aucun souvenir de mon retour à la maison. J'ai regardé le réveil posé sur la table de nuit près d'un exemplaire usé de *La Fin de l'aventure* de Graham Green et d'un tube d'aspirine. Il était sept heures de l'après-midi et la première pluie d'avril tombait, lavant les rues et l'air pollué. J'ai observé par la fenêtre les gens qui couraient chercher refuge dans l'entrée des boutiques et le passage précipité des voitures dont les roues s'enfonçaient dans les flaques d'eau accumulée le long des trottoirs.

J'avais mal à la tête et des restes de vin acide dans la bouche. Simenon dormait au pied du lit, enlacé à mes souliers et à une cravate à rayures ; dans ses moments de loisir, il la poursuivait à travers l'appartement dans un jeu rappelant ses anciennes parties de chasse sur les toits du quartier. Je suis passé près de lui sans le déranger pour sortir dans la rue.

Santiago revit à chaque pluie et ce samedi après-midi ne faisait pas exception. Il pleuvait au rythme d'un piano mélancolique et une lumière rougeâtre mêlée à la brume de la rue sortait des bars. On aurait dit une ville presque déserte où seuls demeuraient quelques témoins de sa destruction. Jeunes filles collant leurs visages aux vitrines humides ; mannequins souriants qui bavardaient entre eux ; gardiens de locaux commerciaux épiant l'horizon. Des gens anonymes. Et, derrière les vitres, Santiago. Ses rues effilochées et la face grise de ses immeubles.

J'ai marché jusqu'à la place d'Armes et après avoir traversé le passage Fernández Concha, j'oubliais une vieille promesse faite à moi-même et entrai au City Bar. Je n'imaginais pas y trouver Griseta assise à une table en compagnie de deux Pernod. Ses doigts jouaient avec une serviette en papier et ses yeux semblaient guetter les mouvements du bar où trois clients buvaient une bouteille de vin déjà bien fatiguée. Je suis allé à sa rencontre. Elle m'a reconnu, a levé la tête, rejeté ses cheveux en arrière et m'a offert son sourire des jours heureux.

– Je savais que tu viendrais, me dit-elle en montrant les deux verres sur la table.

Je me suis assis en face d'elle :

– Qu'est-ce que tu fais là ?

– J'étais seule et je me suis rappelé combien j'ai été désagréable la dernière fois. J'ai voulu m'excuser alors je me suis dit : l'après-midi est pluvieux, Heredia va aller au City et tu vois, je ne me suis pas trompée. Ce doit être le hasard.

– Le hasard et l'amour.

– Appelle ça comme tu voudras. J'avais envie de te voir. Comment vas-tu ?

– Je cours après des choses inutiles, comme d'habitude.

– Tu as l'air fatigué.

– C'est sans remède.

– Beaucoup de travail ?

– Depuis mon retour de la plage, je n'ai pas eu un seul client et je ne suis toujours pas un parti intéressant pour les filles à marier.

– Que penses-tu faire ?

– Faire confiance à la chance ou aller de-ci de-là.

– Le plat de résistance de nos discussions. Pourquoi n'essayes-tu pas de faire quelque chose de différent ? Non, ne dis rien, tu ne peux pas changer, il est trop tard. C'est une de tes phrases favorites.

– Parlons de toi, ça vaudra mieux.

– C'est difficile de travailler et d'étudier en même temps. J'ai obtenu de bonnes notes et me suis fait de nouveaux amis parmi mes camarades d'université. Des gens paisibles que je retrouve pour étudier ou aller au cinéma le week-end. Je suis contente, Heredia. J'ai enfin une chance et j'ai bien l'intention de la mettre à profit.

– Tu es toujours seule ?

– Dans le cas contraire, je ne serais pas ici.

J'ai regardé ses lèvres et j'ai eu envie de les embrasser. Elle a pris doucement mes mains entre les siennes pour les caresser.

– Les vieilles, grandes et savantes mains d'Heredia. Puis elle m'a regardé dans les yeux en ajoutant : Elles me manquent, elles me manquent toutes les nuits.

J'ai souri et cherché refuge dans une gorgée de Pernod.

– Mais ne te fais pas d'illusions, Heredia.

– Non ?

– Non. – Et, coquette, elle a souri.

– Tu me donnes l'impression d'être un lycéen maladroit et boutonneux.

– Ça te déplaît ?

– C'est une épreuve difficile pour un mec fatigué.

– Dis-moi seulement que tu comprends.

– Ensemble aujourd'hui, rien demain, je le comprends mais je me sens comme un personnage d'Oswaldo Soriano qui joue aux dés ses dernières illusions et les perd.

– Emmène-moi ailleurs, demanda Griseta en mettant mes mains sur son visage. N'importe où, sauf dans ton appartement. J'aurais du mal à en repartir. Et dis-moi aussi ces vers auxquels tu penses.

– Des vers ?

– Tu meurs d'envie de faire une de tes maudites citations.

J'ai gardé le silence. La pluie continuait à mouiller les rues et, enlacé à Griseta, je l'ai entendue tomber sur le toit de l'hôtel trouvé après être sortis du City Bar et avoir marché jusqu'à la Alameda, vers la rue San-Francisco où un édifice à la porte étroite attendait les amants en quête de refuge.

Nous étions silencieux après avoir fait l'amour et souri au bout de ce chemin qu'en d'autres après-midi nous avions appris à parcourir.

J'ai caressé son dos et elle a ouvert les yeux :

– Comment mettre fin à ça ?

– Je te l'ai déjà dit. Tu dis : « Adieu, Heredia », et ce sera suffisant.

– Ce n'est pas aussi simple.

– Mais c'est un début.

– Promets de ne pas m'appeler et de ne pas passer chez moi.

– Que seul le hasard nous réunisse. Comme aujourd'hui, comme l'après-midi où tu es arrivée dans mon bureau.

– Si un jour je change d'avis, je te retrouverai ?

– Personne ne peut le savoir.

– Alors ?

– Chaque fois qu'il pleuvra, je vais courir au City Bar.

– Tu m'y rencontreras peut-être.

– Je t'y rencontrerai peut-être.

Griseta s'est levée et a commencé à s'habiller lentement comme si, ce faisant, elle se rappelait une leçon difficilement apprise :

– Je vais partir seule. Je ne veux pas que tu m'accompagnes.

Je l'ai vue entrer dans la salle de bain et en sortir au bout de quelques minutes. Elle s'était recoiffée et son visage reflétait la même assurance que le jour où elle m'avait quitté sur la plage.

– Prends soin de toi !

– Prends soin de toi, répéta-t-elle.

Je n'ai rien ajouté. Je l'aimais trop pour mettre fin à cet après-midi et effacer d'un mot la couleur de ses yeux ; je les imaginais troubles et pleins de larmes tandis qu'elle s'éloignait sous la pluie fantasque et insensible. J'ai enfoui mon visage dans l'oreiller et dans la pénombre soudaine, j'ai cru entendre l'appel d'un homme seul.

VII

– Ça empire tous les jours, a dit Simenon en observant mon visage reflété dans la glace.

– On ne t'a rien demandé, fouille-merde de chat.

– Je suis ta conscience, Heredia. Ce qui en reste.

– Fais pas chier, Simenon. Je finis de me raser et je te sers une ration de Whiskas, dis-je en faisant mousser un morceau de savon ramolli avec mon blaireau.

– Occupe-toi des lettres qu'on a glissées sous ta porte. Qui sait ? C'est peut-être des clients qui peuvent financer de gros biftecks. J'en ai marre de manger tous les jours cette merde en boîte.

– Je les ai vues en arrivant. L'une provient d'un vendeur de voitures et l'autre d'un certain Molinari, apparemment propriétaire d'une entreprise de machines agricoles ; il a un problème mais ne le précise pas.

J'ai couvert mon visage de savon avant d'y promener la lame usée d'un Bic.

– Comment tu te sens ?

– J'ai l'impression d'avoir gravi une montagne pour découvrir qu'il n'y a rien de l'autre côté. Comme toujours. La foutue différence entre ce qu'on veut et la réalité.

Simenon a bâillé puis il a quitté lentement la salle de bain pour aller dans la cuisine. J'ai enlevé ce qui restait de savon sur mon visage et l'ai suivi. Je lui ai donné à manger dans une écuelle émaillée et mis de l'eau à bouillir dans l'intention de boire un café. Puis je me suis installé devant mon bureau pour lire un vieil exemplaire de la revue *Cimoc*.

Le téléphone a sonné quatre secondes avant que l'eau se mette à bouillir. C'était Bernales :

– Où étiez-vous fourré ? Je vous ai appelé toute la nuit. Ça va ? Vous avez eu des problèmes ?

Mon sort semblait le préoccuper et je l'en ai remercié sans répondre directement à ses questions.

– Vous avez le temps de prendre un café ? Il y a deux ou trois choses dont j'aimerais vous parler.

– Une, deux, trois, autant que vous voudrez. Je vous attends.

J'ai raccroché, alerté par le bruit de la bouilloire dans la cuisine. Trois minutes plus tard, revenu dans le bureau avec un pot de café, j'ai composé le numéro de Molinari. A l'autre bout de la ligne, une voix m'a répondu avec un évident accent italien :

– Vous ne me connaissez pas mais j'ai sur vous de bonnes références. Une de mes nièces arrive d'Italie et je crains qu'il ne lui arrive quelque chose. Elle va vouloir sortir ici et là avec mes filles, Dieu sait où. Je voudrais que vous les protégiez.

– Elle arrive quand ?

– Dans un mois. J'ai voulu appeler dès maintenant au cas où vous seriez très occupé.

– Vous avez bien fait. J'ai toujours beaucoup de travail.

– Pouvez-vous m'aider ?

J'ai répondu oui après avoir bu une gorgée de café.

– Vous n'imaginez pas combien je suis soulagé.

– Cinquante mille pesos par jour plus les frais. Si vous êtes d'accord, dites-moi seulement le jour et l'heure où vous aurez besoin de moi.

– Ne vous inquiétez pas, l'argent n'est pas un problème.

Encore un de ces types qui, après avoir fait le compte de leurs gains, assurent que l'argent ne fait pas le bonheur, me suis-je dit.

– Je ne suis pas inquiet. J'ai seulement la mauvaise habitude de manger tous les jours.

– Je vous appellerai une semaine à l'avance.

– Bien. Vous connaissez mon numéro.

J'ai noté son nom sur un calendrier vieux de trois ans qui se trouvait sur mon bureau où j'inscrivais des choses impossibles à déchiffrer plus tard. Pour tuer le temps en attendant Bernales, j'ai regardé des livres empilés les uns sur les autres, sans ordre et sans soin, sur les étagères. Des recueils de poèmes d'Eliseo Diego et de Juan Gelmann sont passés entre mes mains. Pour finir, j'ai ouvert un livre d'Esteban Navarro et j'y ai lu un vers « *Et, pour toute compagnie, la tentation de l'abandon.* »

Quand Bernales est arrivé, je lui ai offert un bol de café et on s'est assis au bureau, soucieux et pensifs comme deux turfistes malchanceux. Bernales a sucré son café en regardant autour de lui. Il évitait de me regarder dans les yeux et un instant, alors qu'il allumait une cigarette, je me suis dit que cet homme luttait contre lui-même.

– Je suis là, lui dis-je amicalement. Pourquoi voulais-tu me parler de manière aussi urgente ?

– J'étais ennuyé, voilà tout.

– Je croyais que tu avais levé un lièvre et que tu me le ramenais par les oreilles.

– Je n'ai pas pu consacrer beaucoup de temps à l'affaire, Heredia. Je devais préparer le rapport mensuel et superviser l'arrestation de trois dealers dans le secteur de La Vega. Trois employés municipaux ont trouvé un paquet de cocaïne dans le Mapocho et se sont mis à la vendre à bas prix. Ce fut une erreur. Le bruit a couru dans le quartier, les types ont pris de la renommée et l'histoire est arrivée aux oreilles d'un de mes collègues. On les a pincés avec plusieurs kilos de marchandise sous leur matelas.

– C'est toujours les plus petits qui trinquent. On arrête trois pauvres types qui voulaient seulement manger et les requins continuent à se goinfrer dans leur bocal.

– On fait ce qu'on peut.

– Dans ce pays, on fait toujours *comme on peut, dans la mesure du possible, c'est toujours quelque chose* ou *c'est mieux que rien.* Personne ne va jusqu'au bout, personne ne finit ce qu'il a commencé. De là aux victoires morales, il n'y a qu'un petit pas, précautionneux, sur la pointe des pieds, pour ne pas déranger celui qui tient le fusil ou le carnet de chèques.

– Tu veux reprendre la discussion de l'autre nuit ?

– Des gens qui se regardent le nombril et monnayent tout, même leur dignité.

– Tu me gonfles avec cette histoire, Heredia.

– Peut-être. Parlons de ce qui nous réunit.

J'ai été chercher une bouteille de whisky cachée derrière *Mes grands poèmes* de Pablo de Rokha, j'en ai versé équitablement dans deux verres avant d'en donner un au policier.

Bernales a obéi comme un élève appliqué et après l'avoir vidé, a retrouvé son air habituel :

– J'ai enquêté sur les hommes que vous avez identifiés et je n'ai rien tiré au clair. Darío Mendezona, comme je vous l'avais dit, est chef du personnel dans une entreprise de construction. J'ai parlé avec lui et, sauf erreur de ma part, il n'a plus rien à voir avec son ancien métier. Il passe ses journées à faire des puzzles et à vérifier les fiches de paye des employés. Ocaranza, que je croyais plus dangereux, est en maison de repos. Il a eu un coma diabétique et on l'a amputé de la jambe droite. Quant à Diocares, je n'ai pas pu le trouver. J'ai parlé avec ses collègues, ils l'ont vu il y a trois ou quatre mois et d'après eux il a changé de métier.

– Diocares est l'un des associés de l'agence Rangers.

– Comment l'avez-vous appris ? demanda Bernales en trahissant une certaine préoccupation.

– J'ai suivi le chemin le plus simple : l'annuaire téléphonique.

– J'aurais dû penser à cette possibilité.

– Chaque enquête a ses particularités. C'est une vieille leçon de Dagoberto Solís. Il faut fouiller le milieu où le crime s'est produit, les possibles intérêts en jeu et les gens concernés : victimes, suspects, témoins. Chacun d'eux apporte un peu de la vérité. Le reste est une question de logique et de chance.

– Vous croyez que c'est Diocares qui vous a attaqué ?

– S'il est devenu quelqu'un et s'il est tiré à quatre épingles, ça m'étonnerait qu'il se salisse les mains. L'important, c'est de pouvoir discuter avec lui un de ces jours.

– Je vais donner l'ordre d'enquêter sur lui.

– Si tu veux, dis-je sans grand enthousiasme.

– Vous n'avez pas autre chose à boire ? demanda Bernales, un peu plus détendu, comme si on lui avait ôté un poids.

– Seulement l'imaginaire.

– Qu'est-ce que c'est ?

– Une bouteille de vodka que je garde dans ma table de nuit et à laquelle je ne touche jamais.

– A quoi ça sert ?

– C'est un ami qui me l'a appris. On lui avait interdit de boire. Un jour, je l'ai surpris à acheter une bouteille de vodka au supermarché. On a parlé de son abstinence : il n'allait pas la boire mais, sachant qu'il avait de l'alcool à portée de main, il se sentait plus sûr de lui, m'a-t-il dit.

– On peut faire une exception ?

– Si tu veux boire un autre verre, on va au troquet du coin.

– Je ne vous comprendrai jamais, Heredia.

– Chacun doit respecter ses règles de conduite.

– On ira au troquet mais avant, vous devez savoir que le laboratoire de criminologie a analysé les projectiles qui ont touché Gordon. L'assassin a utilisé un colt calibre 45.

– J'en tiendrai compte la prochaine fois que quelqu'un m'aura dans sa ligne de mire.

VIII

Bernales a bu un dernier verre avant de retourner au bureau. Je l'ai regardé s'éloigner en pensant à son intérêt constant pour l'enquête. Il ne faisait pas grand-chose pour avancer mais il surveillait ma démarche comme s'il craignait de me voir trouver la poule aux œufs d'or du fait de sa négligence. Quelque chose dans la conduite du policier ne correspondait pas à ses habitudes.

Incapable de réfléchir à ce moment-là, j'ai gardé mes idées dans le classeur réservé aux doutes et demandé une bière. J'ai lu dans l'ambre trouble le présage d'un après-midi sans imprévu, plein d'ennui, auquel je devais tordre le cou avant que le découragement ne me fasse prendre le chemin d'autres verres. Je me suis souvenu des amies d'Anselmo et j'ai décidé d'oublier quelques heures Gordon et le mystère entourant sa mort.

J'ai pris la Chevy et après lui avoir donné trois mille pesos d'essence en pâture, j'ai dirigé le ronronnement de son moteur vers Independencia, en direction du nord. Je me suis arrêté devant un fleuriste pour demander la rue Olivos. Une femme usée au visage sombre m'a dit de continuer tout droit jusqu'aux murs du cimetière principal puis de tourner à droite. Cinq minutes plus tard, je me trouvais dans un passage entre des maisons de brique crue sur le point de s'effondrer. Chez un petit marchand de légumes, j'ai demandé après la tante de Pitico et un homme qui avait perdu plusieurs dents m'a indiqué de mauvaise grâce une maison aux murs délavés.

En frappant à la vieille porte, j'ai craint un instant de la voir tomber par terre, transformée en un tas de petit bois, de poussière et de toiles d'araignées. Une brune a ouvert ; elle portait un jean et un T-shirt ajusté à son corps comme une seconde peau destinée à protéger la poésie parfaite de ses seins.

– Oui ?

Elle étirait le son des mots autant que le permettaient ses lèvres rouges.

– Je cherche le Pitico.

Je l'ai regardée dans les yeux avant de parcourir son corps du regard pour lui faire sentir que mes mains la caressaient d'une manière secrète et diabolique.

– Celui-là, ça fait des semaines que je ne l'ai pas vu, dit-elle d'un air dédaigneux. Il doit avoir des sous, sans ça, il serait déjà venu en soutirer à sa tante.

– C'est dommage, dis-je sans cesser de la caresser des yeux.

– Il vous doit quelque chose ?

– Je lui apportais un message de la part d'amies communes.

– Je ne vous vois pas fréquenter le genre d'amies de Pitico.

– Et comment croyez-vous que sont ses amies ?

– Ça pourrait être long à expliquer.

– J'ai tout mon temps, dis-je en brandissant l'acier bien aiguisé de mes mauvaises intentions.

Elle a demandé en montrant l'ombre qui s'étendait derrière son dos :

– Vous voulez entrer ?

– Je le veux.

– Le Pitico va peut-être se pointer.

– Peut-être...

– Je m'appelle Valeria.

– Un joli prénom.

– Et toi ?

– Heredia, c'est comme ça qu'on m'appelle quand on ne m'insulte pas.

– Tu vas me raconter pourquoi tu cherches Pitico ?

– Je crois l'avoir déjà oublié, dis-je en observant ses seins qui s'agitaient avec enthousiasme.

IX

Pitico n'est pas arrivé cet après-midi-là. Ni à la tombée de la nuit ni le lendemain matin quand j'ai fait mes adieux à Valeria et à sa façon extravagante de faire l'amour dans une chambre humide et sans fenêtre où arrivait la rumeur monocorde du programme radiophonique que sa tante écoutait dans la pièce voisine.

Je ne lui ai pas promis de revenir et elle ne me l'a pas demandé. Je lui ai simplement dit au revoir avec la tendresse d'un amant fatigué avant de retourner au bureau sans penser à la raison qui m'avait conduit à cette nuit imprévue.

Anselmo m'attendait dans l'appartement avec un sourire jusqu'aux oreilles, joyeux comme s'il avait gagné toutes les courses au programme de l'hippodrome. Il semblait rasé de frais et l'expression souriante de son visage laissait entendre que le rendez-vous avec *Madame* Zara avait eu la magie d'un but tiré du milieu du terrain et que ses jours de célibat, malgré l'échec des deux mariages antérieurs, pourraient bien tirer à leur fin. Comme Cambell aimait à le dire : l'homme et l'âne sont les deux seuls animaux capables de trébucher deux fois sur la même pierre.

– Vous vous êtes levé tôt ou vous vous avez fait des folies de votre corps ?

– Les deux, Anselmo. Et toi, pourquoi ce sourire de singe satisfait ?

– Il y a deux choses dont un galant homme ne parle pas, *don*.

– Autant que je puisse voir, il n'y a qu'un chat et deux clochards dans cette pièce.

– Je vous raconte tout si vous voulez...

– Je ne veux rien savoir qui puisse me rendre complice d'un crime.

– Allez au diable, *don*. Vous voyez tout en noir et blanc. Je vous attendais pour vous dire qu'un journaliste du nom de Cambell a appelé. Il a dit qu'il avait besoin de vous parler.

Au lieu d'appeler Cambell, j'ai préféré me rendre à son bureau pour lui apporter une copie sur Pitico et les vieilles qu'il dévalisait. J'espérais voir Cambell accepter sans difficulté ces trois feuillets écrits à la va-vite. Au début, j'avais décrit les vieux attendant le paiement de leurs objets mis en gage, ensuite je parlais de Pitico avec des épithètes allant des hyènes aux chacals et je terminais par des sentences morales du goût de Cambell, du moins je le supposais.

Comme lors de mes précédentes visites, le journaliste était retranché derrière son ordinateur. Il tapait d'une main et de l'autre tenait un téléphone, reprochant à quelqu'un de n'avoir pas respecté des délais et des conditions. Les os de son visage semblaient plus accusés à cause de ses oreilles pitoyables et près du clavier malmené se trouvait un cendrier débordant de mégots et une tasse de café qui, à première vue, paraissait froid et trop clair.

Il m'a fait signe de m'asseoir en face de lui et j'ai lu du coin de l'œil le titre du document qu'il rédigeait : *Rapport sur l'agriculture et l'élevage au début des années 90, un point de vue systémique, intégré, aux interprétations multiples.*

Quand il a eu fini de parler au téléphone, je lui ai demandé :

– Depuis quand tu es un expert en agriculture ?

– Ça paye bien et ceux qui m'ont commandé ce travail n'en savent pas beaucoup plus long que moi. J'ai créé une trame avec un style et des phrases de base qui me permettent de rédiger des rapports, des bulletins, des synthèses et des mémoires sur les sujets les plus variés. Aujourd'hui c'est l'agro, hier la construction d'hôpitaux et pour la semaine prochaine on m'a commandé un bulletin sur la navigation. Et au milieu de tout ça, ce qui m'intéresse : la revue.

– En comparaison, Balzac est une vieille chaussette.

– Il écrivait à l'époque de la plume, pas à celle de ces machines géniales – il a caressé tendrement les flancs de l'ordinateur. Une seule chose nous unit : nous sommes tous deux traqués par les créanciers.

– Je vois que la comparaison te plaît.

– Je suis un forçat des lettres, répondit Cambell en souriant, et toi un connard à qui je voulais raconter certaines choses.

– Je suis venu pour ça.

– Il y a le téléphone. Tu aurais pu t'épargner le voyage.

– Je voulais te remettre ces notes – et j'ai mis mon projet d'article à portée de sa main. Cambell l'a lu rapidement ; à la fin, il a hoché la tête comme quelques jours plus tôt et a laissé tomber les feuillets sur le bureau.

– Ça pue la rhétorique et c'est plein d'adjectifs.

– Tes encouragements sont touchants.

– Enlève les mots superflus et ton texte sera comme un athlète : agile et dépourvu de graisse. Et maintenant, parlons de choses importantes.

– Encore merci.

– Nous avons parlé d'Abelardo Pérez le Charognard, tu t'en souviens ? On était ensemble à l'école de journalisme de l'Université du Chili. Il a gagné son surnom en consolant les minettes qui avaient rompu avec leurs béguins. Abelardo jouait les types compréhensifs et, tant que les jeunes filles avaient du chagrin, il en tirait des dividendes et des intérêts. Avant le coup d'Etat, il était communiste et après dix ans d'exil en Europe, il est revenu transformé en n'importe quoi. Il a vécu un certain temps en Pologne puis en Allemagne de l'Est. Quand il a senti que les briques du Mur commençaient à s'effriter, il a passé la frontière et a fini par épouser une riche Allemande sur le retour ; elle l'a aidé à rentrer au Chili et à installer un magasin de véhicules d'occasion. Il a aussi profité de son changement d'air en Europe pour effectuer sa reconversion politique et se rapprocher des hommes qui préparaient la transition vers la démocratie à Paris. Il travaille maintenant au palais de La Moneda et, dit-on, utilise ses informations pour vendre des scoops aux journalistes. Des ragots de bureau, des renseignements qui flottent dans l'air, des engueulades ministérielles. Les journalistes ressortent ces tuyaux dans les conférences de presse ou les utilisent dans leurs rubriques informelles. Pérez est un opportuniste. Mais si on fait abstraction de son histoire, on peut aller jusqu'à le trouver sympathique, même s'il est assez fanfaron, surtout quand il a bu deux verres de trop.

– Beaucoup de mots superflus dans ton histoire, Cambell.

– Un bref détour avant d'arriver au cœur du sujet n'est jamais de trop. Concrètement, je voulais te raconter que j'avais appelé Pérez. On a parlé de choses et d'autres et on a bu quelques coups en souvenir du temps où nous étions des jeunes gens heureux et utopistes. Au troisième verre, j'ai mis sur la table l'histoire du gazoduc et il a mordu à l'hameçon. Pérez savait très bien de quoi je parlais. L'accord entre les gouvernements du Chili et d'Argentine, la lutte entre les entreprises chiliennes et étrangères. Ventes en augmentation pour les Argentins et gaz moins cher pour nous. Une économie égale aux dépenses annuelles de l'Etat. Concepts, chiffres et commentaires. Le sujet n'a pour lui aucun mystère.

– Il suffit de lire les journaux pour savoir tout ça.

– Laisse-moi finir, Heredia. Il semble que l'affaire agite les couloirs ministériels et des instructions ont été données : travailler avec la presse pour calmer le jeu. La consigne est d'apaiser les esprits et d'éviter que le sujet fasse les gros titres des journaux. Quand je lui ai parlé de Gordon, il a avalé de travers. Il a voulu savoir ce que je pensais de sa mort et quand j'ai mentionné un possible rapport, il est devenu grave et m'a recommandé de ne pas écrire une seule ligne là-dessus.

– Et les instructions, d'où viennent-elles ?

– Il ne me l'a pas dit. D'un niveau important, je suppose.

– La consigne, c'est de fermer sa gueule.

– Et d'accélérer l'adjudication du gazoduc.

– Comme cadre général, c'est pas mal. Le tout, c'est d'avoir des noms. Juan a envoyé Pépé, celui-ci a envoyé Lucho qui, à son tour, s'est chargé du défunt Gordon. On n'a pas ces noms, pas de mobile clair, voilà le problème. Sauf si on se trouve devant ce jeu éculé : toi, tu m'aides à sauter le mur et moi, je mets quelque chose dans ton sac.

– J'ai du mal à le croire. Malgré tout...

– Tout le monde peut avoir une tentation.

– L'important, c'est de savoir d'où ça vient.

– Je préfère penser aux mobiles, dis-je en buvant une gorgée de café dans la tasse de Cambell. Il avait un goût de goudron sucré et j'ai dû me retenir pour ne pas le cracher sur l'ordinateur.

– Un goût de merde, mais ça tient réveillé.

– Un coup de marteau sur le doigt aussi.

– Je te donne des informations pour te permettre de réfléchir et toi, tu t'arrêtes sur un petit détail.

– C'est ce que je fais, Cambell. Mais je n'y arrive pas : deux plus deux ne font pas quatre.

– J'ai d'autres idées pour que ta comptabilité tombe juste.

– Qu'est-ce que tu dis ?

– Je dose les ingrédients...

– Je t'écoute.

– Je viens de passer une bonne partie de la journée dans ce bureau, dit Cambell sans faire cas de mes paroles. C'est l'heure de manger, Heredia.

X

– Gordon jouait un rôle important pour l'avenir du gazoduc. Son rapport constituait la base de l'avis que doit émettre la Cour des comptes quant à la légalité du projet, dit Cambell. Il venait de mâcher le dernier morceau de bifteck garni de champignons qu'il avait commandé après avoir soigneusement étudié le menu.

Nous avions parcouru une centaine de mètres pour arriver au restaurant où il mangeait aux frais de la princesse en échange de la publicité qu'il insérait dans sa revue. L'endroit était plein de types dévorant comme si la fin du monde était proche et nous avons fait de même sitôt que le garçon portant chapeau et gilet de *huaso*[1] a posé sur la table une assiette débordante de pain fait maison et de beignets de courge gros comme des boutons.

Cambell a englouti un morceau de pain beurré après avoir laissé tomber sur ce canapé improvisé quelques gouttes de sauce piquante :

– J'ai parlé avec Mujica. La Cour des comptes suivait la procédure habituelle. Le cas était du ressort de la division dirigée par Adelina Dupré et confié à l'un de ses experts. Que Gordon ait été chargé du rapport n'a rien d'étrange, d'après Mujica. Il avait de l'expérience et l'habitude d'étudier ces sujets complexes que ses confrères préféraient éviter.

– Maître Dupré et Gordon ont dû discuter du rapport avant que le défunt n'entreprenne la rédaction définitive.

– D'après Mujica, c'est normal. Le responsable du rapport en analyse les termes avec son supérieur, son aspect légal et les considérations à prendre en compte pour donner un avis favo-

1. Chilien de la campagne par opposition au citadin.

rable ou non. La même chose se passe dans le cas d'une information judiciaire : il est indispensable de définir les accusations. Après s'être mis d'accord, ils bouclent la rédaction et procèdent à l'expédition du rapport.

– Cela signifie que la Dupré était au courant de ce que pensait Gordon. Et si le dossier s'est perdu en arrivant dans son bureau, c'est qu'il devait contenir des choses qui n'étaient pas à son goût.

– Sauf si l'avocate est innocente et que d'autres mains sont intervenues dans l'itinéraire du rapport.

– Que pense Mujica des conclusions du dossier ?

– Il court toutes sortes de rumeurs. Dans un service public, on raconte ce qu'on sait et on invente ce qu'on ne sait pas. D'après lui, le rapport final a dû être remis au contrôleur général.

– Ce qui veut dire que la mort de Gordon ne l'a pas arrêté en chemin.

– Gordon a laissé un rapport quasiment terminé.

– Mais il s'est perdu et je n'en ai lu qu'un fragment. Alors ? Quel rapport le contrôleur général a-t-il en main ? Celui de Gordon ? Un autre, rédigé en chemin pour sauver les apparences ?

– A quoi penses-tu, Heredia ?

– A une femme hautaine et difficile à aborder – j'ai bu une gorgée de vin : Mais je pense à un dialogue long et instructif.

– Si tu veux mon avis, il vaudrait mieux laisser tout ça entre les mains de Bernales.

– Il y a quelques jours, avant qu'on me tire dessus, c'est ce que j'aurais fait. Mais c'est maintenant une affaire personnelle. C'est ma peau qui est en jeu et le souvenir d'un homme effrayé qui est allé mourir dans la chambre d'un hôtel minable où il n'avait rien à faire.

– Heredia, le roi des cabochards.

– A mon âge, je ne changerai plus. J'en ai fait une loi à force de le répéter.

– C'est ton problème.

– Tu auras une bonne histoire à publier.

Cambell a appelé un serveur pour demander un autre verre :

– Amen.

XI

Je n'avais pas envie de boire plus que de raison et comme Cambell souhaitait attendre le lever du jour au restaurant, avant minuit, je l'ai laissé seul devant l'inventaire de ses travaux en cours et une addition dépassant mes compétences en mathématiques. Tout en roulant vers mon appartement, j'ai pensé aux justifications que j'avais fournies à Cambell et elles m'ont toutes semblé fausses. La mort de Gordon était un prétexte pour masquer l'échec de ces jours de déveine. Quant aux coups de feu, ils avaient pour moi autant d'importance que les querelles des voisins ou la hausse du prix de vente du plutonium. Le fait que quelqu'un veuille me faire du mal me dérangeait tout autant que les imbéciles qui balayaient les trottoirs le matin ou le pouvoir d'une secrétaire jaugeant mon allure avant de décider s'il convenait de me traiter comme un monsieur ou comme un mendiant.

Le monde changeait très vite et je rechignais à changer avec lui ; je m'accrochais à une ville paisible, avec des bars aux tables de bois, avec des vieilles voitures et des trains toujours en retard. Un nouveau siècle approchait et je me demandais où était ma place dans une ville coupée en deux : d'un côté, des quartiers protégés et lumineux, de l'autre, ceux réservés au populo avec la caravane d'êtres résignés qui en sortaient tous les matins. Je me sentais étranger dans mes propres rues et le fait de les parcourir constituait un exercice de plus en plus exigeant pour ma mémoire. Mon quartier changeait ; il y poussait des immeubles neufs, des antennes et des enseignes au néon qui cachaient le bleu du ciel. La vieille prison avait été démolie et, à la place, se dressaient deux tours en béton. Les moyens de communication s'amélioraient de jour en jour et pourtant les gens étaient de plus en plus seuls et repliés sur eux-mêmes. La perfection de la nouveauté entraînait une inévitable sensation de perte et on amenait les drapeaux de la révolte au profit du conformisme.

J'ai laissé la Chevy cahoter au milieu des ornières de l'asphalte et arrivé chez moi, je me suis étendu sur le lit. Je n'avais pas le courage de me déshabiller et j'ai ouvert la porte au sommeil et à un cauchemar où je me trouvais seul dans un terrain en friche ou couvert d'ordures. Je cherchais quelque chose et, au fur et à mesure que mes mains se remplissaient d'une pâte visqueuse, mon visage perdait ses traits. Je suis alors sorti de mon rêve. Une faible lumière entrait par la fenêtre de la chambre et Simenon dormait paisiblement au pied du lit. Je l'ai appelé à voix haute et quand il a ouvert les yeux, j'ai découvert que rien n'avait changé autour de moi. Simenon s'est serré contre moi, je l'ai blotti contre ma poitrine et, en écoutant ses ronflements, j'ai balayé mes soucis et me suis rendormi.

Le bruit des coups frappés à ma porte m'ont réveillé. Quand j'ai réussi à m'asseoir dans mon lit, j'ai reconnu l'accent bredouillant de Ballinger m'appelant à grands cris. Je suis allé jusqu'à la porte et j'ai ouvert pour laisser passer le gringo qui, poussé par une force inconnue de lui-même, est entré avec la douceur obstinée d'un coup de vent.

– Tu fais un drôle de détective. Je viens à dix heures et personne ne répond. A midi, même chose. Maintenant il est trois heures de l'après-midi et si le type du kiosque ne m'avait pas assuré de ta présence ici, je serais rentré chez moi et salut Heredia, a dit Ballinger en accrochant son sac de toile au dossier d'une chaise.

– J'avais besoin de dormir.

– Tu as trop fait la bringue.

– Ça ne te regarde pas, gringo.

– Hier, Verónica a envoyé un fax : elle rentre la semaine prochaine. Je m'ennuyais alors je me suis dit : je vais aller rendre visite à mon ami Heredia.

– Assieds-toi, lui dis-je sans enthousiasme.

Le gringo a pris place sur une chaise, a sorti huit boîtes de bière de son sac et les a alignées sur le bureau :

– J'ai parlé avec Bórquez. L'imminence de la construction du gazoduc le préoccupe. Mais ce qu'il fait pour la cause ne sert pas à grand-chose. Déclarations dans la presse, conversations avec des hommes politiques ou des membres du gouvernement. Des coups de pied dans l'eau. Je lui ai proposé de casser les machines déjà installées par l'entreprise de construction pour commencer à creuser les tranchées par où doivent passer les conduits du gazoduc. On pourrait y aller la nuit et voler des pièces de moteur. Il ne m'a pas écouté. Il m'a traité de fou et d'anarchiste.

– Tu parles de quelles machines ?

– Le permis de construire est accordé et l'entreprise concernée a mis ses machines en route, m'a dit Bórquez.

J'ai pensé à haute voix :

– Ça veut dire que le temps presse.

– Pourquoi ?

– Rien. Des histoires trop longues à expliquer.

– J'ai du temps et de la patience.

J'ai pris une bière et je l'ai gardée dans mes mains.

– Bois, Heredia.

– Non, dis-je résolument, je vais te raconter certaines choses. Et puis, en attendant d'avoir une nouvelle idée au sujet de Gordon, je vais aller chercher un peu d'action.

XII

La salle de billard Mallorca se trouvait dans la rue Arturo-Prat, à deux pâtés de maisons de l'Alameda et du club de la Unión. C'était un endroit sombre ; il avait connu son heure de gloire dans les années soixante et n'était plus aujourd'hui qu'un salon brumeux de troisième catégorie aux murs imprégnés de vapeurs éthyliques et de graisse. J'y étais venu dix ou douze fois dans le passé et je savais que ses clients étaient des employés des bureaux ou des commerces du coin et que des dealers l'avaient choisi comme lieu de réunion ou pour y écouler les marchandises volées par les sempiternels voyous. Le patron était gros, il ressemblait à Orson Welles et passait ses journées derrière le comptoir à observer les joueurs, à boire du thé avec des biscuits et à fumer des cigares puant la bouse de vache.

J'ai obligé le gringo à traverser à pied le centre de Santiago et, dernier répit avant d'affronter le Mallorca, je l'ai invité à boire une bière à l'Unión Chica. J'ai salué le garçon derrière son comptoir et regardé la table où, des années plus tôt, je venais bavarder avec Rolando Cárdenas et Jorge Teillier, deux poètes de mes amis qui m'acceptaient à leur table. Je les écoutais parler de poésie et de football sans voir passer les heures ni le vin qui coulait *à foison* pour citer un poème de Cárdenas. Celui-ci était mort quand je me trouvais à Las Cruces et j'avais assisté à son enterrement en compagnie d'une demi-douzaine de jeunes poètes appartenant à un cercle du coin. Plusieurs mois étaient passés depuis mais, dans ma mémoire, résonnaient encore les pelletées de terre rouge et sèche jetées sur son corps par les croque-morts tandis qu'autour de la tombe des jeunes pleuraient et qu'un couple d'Indiens Mapuches faisaient jaillir des sons d'une *trutruca*. En regardant sa table, j'ai pensé qu'elle restait vide à attendre son arrivée. Mais tout cela fut passager. J'ai refoulé les souvenirs dans ce coin du cœur où on garde ce que l'on aime le plus tendrement et j'ai poussé Ballinger vers la sortie.

– Tu es diablement pressé. Tu ne me laisses pas le temps de regarder, a-t-il grogné pendant qu'on traversait l'Alameda.

Je lui ai répondu sans trop savoir à quoi je faisais allusion :

– J'ai un pressentiment.

Dans la salle de billard, une vingtaine d'hommes entouraient les tables de jeu en fumant et en buvant des bières en boîte. Deux ou trois d'entre eux m'ont regardé du coin de l'œil avec méfiance. Ballinger s'est collé à mon dos et m'a suivi jusqu'au comptoir où se trouvait le sosie d'Orson Welles.

– Mais qui vois-je ? a demandé le gros et après avoir englouti la moitié d'un beignet, il a ajouté : l'homme qui flirte avec la loi. Comment vas-tu, mon cher vieux Heredia ?

Son amabilité était aussi fausse que les montres japonaises vendues dans la rue Ahumada mais je suis entré dans son jeu et j'ai décidé de me comporter pendant quelques secondes comme le bon élève de la classe.

– Je fais découvrir à mon ami les endroits respectables de Santiago, dis-je en montrant Ballinger. Comment te traite la vie, mon gros ?

– Avec douceur, toujours avec douceur.

J'ai regardé le salon à la recherche de la silhouette dégingandée de Pitico :

– Le calme, une bonne clientèle et pas un flic à l'horizon.

– Tu as perdu quelqu'un ?

– Je devais retrouver un ami, Pitico, mais je ne le vois pas.

– Si tu lui dois de l'argent, il viendra. Si c'est le contraire, n'y compte pas.

– Alors tout est possible. Je vais faire une partie avec le gringo, dis-je en posant des billets sur le comptoir.

– La table est à toi pendant une heure, Heredia. Demande à Joselito – et le gaillard a indiqué un coin du salon où se tenait un jeune homme famélique à qui il a fait signe.

J'ai suivi ses instructions. On s'est approché de la seule table libre et le jeune homme m'a tendu une queue de billard en demandant sans entrain :

– Une bière ?

– Deux pour mon ami. Moi je préfère quelque chose de plus corsé.

– Ici, il n'y a pas de bar.

– Mais vous avez bien une pièce où vous gardez quelques bonnes bouteilles. Je suis déjà venu, gringalet. Ne joue pas au plus fin avec moi.

– Un Chivas de contrebande ?

– Pourquoi pas. Ce qu'on boit est toujours une illusion.

– J'ai des choses plus relevées.

– De l'herbe ?

– Et de la poudre.

– Plus tard peut-être.

Le gringalet a haussé les épaules en s'éloignant.

J'ai passé une queue de billard à Ballinger :

– Tu sais jouer ?

– J'étais très bon dans ma jeunesse.

– Moi, je suis bien content quand je réussis à ne pas déchirer le tapis.

Ballinger a disposé les boules sur la table et a essayé un coup qui en a expédié une dans la blouse de gauche.

– Pas mal.

Joselito a apporté les boissons. Il les a posées sur un coin de table et s'est arrêté près de moi en attendant d'être payé. Je lui ai donné cinq mille pesos :

– Garde tout. C'est pour le service.

Joselito a mis l'argent dans la poche droite de son pantalon et s'est éloigné.

– A toi maintenant, a ordonné le gringo.

La queue dans la main gauche, j'ai pris de l'élan pour frapper la boule. Je l'ai ratée en laissant une trace de craie bleue sur le tapis.

– Je vais t'apprendre à jouer, dit Ballinger.

La leçon s'est poursuivie jusqu'à l'arrivée de Pitico. Il avait le pas hésitant et se frottait les mains comme s'il venait d'échapper au froid d'un après-midi d'hiver. Il a regardé les joueurs en marchant autour des tables dans l'indifférence générale. J'ai fait semblant de continuer à jouer et, tout en essayant de frapper la boule blanche, j'ai remarqué que Joselito s'approchait de Pitico et lui parlait à l'oreille.

Les regards des deux hommes se sont tournés vers notre table. Pitico a commencé à s'approcher lentement ; il essayait de reconnaître mon visage ou celui du gringo.

– Salut, mon vieux. Je pensais que tu ne viendrais pas.

Le voleur était surpris mais, à tout hasard, il a continué d'avancer en souriant d'un air méfiant :

– Je vous connais ?

– On s'est rencontré chez ta cousine Valeria.

Le nom de sa cousine l'a rassuré et a provoqué un léger chatouillis entre mes jambes. Pitico a enlevé sa veste et, plus détendu, a allumé une cigarette avec un briquet Ronson.

– Qu'est-ce que vous jouez ? demanda-t-il amicalement.

– Ce qu'on peut.

J'ai pris la queue de billard en faisant un signe de complicité à Ballinger. Pitico a senti que quelque chose de grave allait se passer mais n'a pas pu bouger.

– On se raconte aussi des histoires.

– Quoi ? a demandé le voleur d'un air inquiet.

– J'ai une grand-mère qui va parfois mettre des objets de valeur au clou. On lui en donne une misère mais, malgré tout, elle aime ramener ces quelques pesos à la maison. Elle achète du pain, de la margarine et des médicaments. Le mois dernier, elle est rentrée les mains vides : un salopard lui avait piqué son sac à la sortie du mont-de-piété.

Pitico a reculé de quelques pas en regardant vers la sortie. Ça s'est arrêté là. Je me suis approché de lui et prenant la queue de billard en guise de massue, je l'ai abattue sur son visage. Il a crié. Quand j'ai vu un épais filet de sang sortir de son nez, j'ai remis la dose.

Le reste a été plus facile que je ne l'espérais. Deux hommes qui se trouvaient autour des autres tables ont essayé d'intervenir. Je les ai menacés avec mon Walther et ils se sont calmés. Le gros nous a insultés depuis son comptoir puis, amusé, a englouti deux gâteaux.

J'ai dit à Pitico qui avait réussi à se relever et s'appuyait des deux mains au billard :

– Je ne veux plus te voir au mont-de-piété. J'irai jeter un coup d'œil de temps en temps l'après-midi et si je t'y vois, je me paye un carambolage avec tes testicules.

– Plus jamais, murmura le voleur.

– Je ne t'entends pas, connard !

– Plus jamais, je le jure !

Le visage de Ballinger était rouge vif et ses yeux bleus semblaient sur le point de jaillir de leurs orbites :

– Chez moi, on a une meilleure façon de punir les voleurs.

– Qu'est-ce que tu proposes ?

Sans rien dire, Ballinger s'est approché de Pitico, l'a empoigné par derrière et l'a jeté comme une poupée de chiffon sur le billard. Le voyou a gémi pitoyablement et au moment où il voulait réagir, le gringo lui a balancé un coup de poing dans le dos.

– Le gringo connaît la musique, a crié Ballinger.

En regardant autour de moi, j'ai découvert que Ballinger impressionnait davantage les autres joueurs que mon Walther.

Il a saisi une queue, a pris la main droite de Pitico et après l'avoir appuyée sur la bande la plus proche, il a frappé trois coups consécutifs. Les os du pickpocket ont craqué de manière discordante dans le silence de la salle. Pitico s'est recroquevillé sur le tapis vert. Ballinger a jeté son arme improvisée dans un coin et sans attendre mes instructions, s'est dirigé vers la sortie.

Je me suis approché du gros et j'ai enfoncé dans la graisse de son ventre la queue de billard dont je m'étais servi pour punir le voleur :

– Bon appétit !

– Tu n'as pas changé, enfoiré – et son éclat de rire a fait trembler ses joues flasques.

Je suis sorti et ce n'est qu'après avoir respiré l'air sombre de la nuit que j'ai rengainé mon revolver et couru jusqu'au coin de la rue où m'attendait Ballinger, heureux comme un gosse qui vient de casser les vitres de sa cafteuse de voisine :

– *Welcome ! A good cow-boy film !*

– Une merde, gringo. Maintenant tu te prends pour John Wayne.

– C'est amusant d'être détective.

– Eloignons-nous. Marche jusqu'au premier bar.

– De la bière !

– Bière. C'est le seul mot que tu saches dire correctement.

Cinquième partie

I

De la fenêtre je voyais un nuage de pollution s'étendant, épais et trouble, sur les silhouettes fantomatiques des édifices situés à l'est de la ville. La dernière bruine datait de deux jours et, cependant, la masse grise était réapparue quelques heures plus tard, barbouillant d'un trait de plume le profil de la cordillère et le ciel décoloré de Santiago. Fermer les industries, réduire le nombre d'autobus et de véhicules, prendre soin des forêts et déclarer que l'air était un bien irremplaçable semblait être la solution. Mais ce n'était qu'un rêve. L'air, comme la liberté, avait des limites définies par quelques individus et, comme dans un film de science-fiction terrifiant, on pouvait penser qu'il existerait dans le futur des secteurs de la ville propres et aseptisés et d'autres, désertés et couverts de décombres.

J'ai laissé passer cinq jours. Seul, me souciant à peine des pas de Simenon, je lisais inlassablement tandis que le soleil entrait dans l'appartement, surveillant mes rares déplacements jusqu'à la cuisine pour y préparer une tasse de thé. J'avais essayé d'oublier Gordon et de retrouver le plaisir de la lecture et de la musique. Une recette magique pour me débarrasser de ma fatigue après la dernière nuit de bière avec Ballinger.

Mais, comme si la solitude avait été la clause la plus fragile d'un mauvais contrat, Bernales s'est pointé dans mon bureau à l'heure du déjeuner. Il avait dans les mains un verre de soda et une boîte du Mac Donald's d'où il a sorti un hamburger qui avait le charme d'un énorme rat disséqué. Assis devant le bureau, c'est seulement après avoir mangé qu'il a paru se rendre compte que je l'avais observé avec la sympathie que je réservais aux singes du zoo.

– J'ai travaillé toute la nuit, dit-il après avoir froissé l'emballage de son repas pour le jeter dans la corbeille à papier. Bandes de blousons noirs, attaques de banques et une demi-douzaine de bagarres à coups de couteau entre poivrots. Ils veulent tout résoudre par la violence.

– Mon hypothèse est simple, Bernales. Bruit des bottes militaires pendant trop longtemps et beaucoup de marchandises dans les vitrines des magasins. La première chose présente la force comme la solution des problèmes, la deuxième agace car ce qu'on voit dans les vitrines représente trois fois son salaire.

– Trop complexe à mon goût – puis, dans le désir évident de changer le cours de la conversation : j'apporte des nouvelles qui devraient t'intéresser. J'ai fait enquêter sur Diocares. Un de mes collègues l'a suivi ces trois derniers jours. Une vie sociale bien remplie et plusieurs réunions dans le cabinet d'un avocat nommé Meléndez.

– Qui est-ce ?

– Un spécialiste en affaires fiscales. Il conseille les entreprises qui ont des problèmes avec les Impôts. Procès, dégrèvements illégaux, combines pour en payer le moins possible.

– Le personnage ne semble pas correspondre au sujet qui nous préoccupe.

– Je n'en suis pas aussi convaincu, Heredia. C'est peut-être une piste intéressante à explorer. Je vais faire suivre Diocares encore une semaine et charger un de mes hommes de recueillir des renseignements sur Meléndez.

– C'est long, une semaine.

– Vous pensez à quoi, Heredia.

– A rendre des visites.

– Pouvez-vous être plus clair ? On travaille ensemble, ne l'oubliez pas.

Je n'ai pas pris en compte la curiosité du policier. Je me suis contenté de lui répondre quelques phrases évasives et, prétextant un rendez-vous hors du bureau, j'ai pris congé de lui pour conduire la Chevy devant l'immeuble occupé par Diocares et ses associés. D'une cabine téléphonique, j'ai appelé le cabinet du détective privé pour apprendre qu'il assistait à une réunion dont il sortirait très tard ; mais la réponse de la secrétaire était peut-être un mensonge destiné à éconduire les inconnus. J'ai ouvert la boîte à gants pour la première fois depuis l'achat de la voiture et j'y ai trouvé une carte routière abîmée et trois exemplaires de la revue *Stade* avec des photos en première page d'Escutti, de Francisco Valdés et de Mario Moreno. A l'intérieur, j'ai vu d'autres photos sépia qui m'ont rappelé ces après-midi de mon enfance où j'écoutais les reportages radiophoniques de Sergio Silva et Darío Verdugo.

Diocares a quitté son bureau à dix-neuf heures. Son aspect correspondait encore fidèlement à la photo que m'avait montrée Bernales. Il s'est dirigé sans hâte vers un kiosque pour acheter un journal, puis il est monté dans une Lanos rouge et a pris le chemin de l'Alameda. J'ai mis la Chevy sur sa piste et l'ai suivi facilement jusqu'à Providencia et de là vers l'avenue Andrés Bello. Par deux fois il a utilisé un portable et, vingt minutes plus tard, est entré dans les parkings souterrains du parc Arauco. L'endroit était plein de véhicules alignés les uns à côté des autres, comme une curieuse légion de fourmis métalliques et j'ai dû me garer près de la voiture de Diocares.

Les tôles de la Chevy ont craqué avec enthousiasme et, bien malgré moi, Diocares m'a reconnu dans le rétroviseur de son auto. Nos regards se sont croisé et j'ai su à cet instant que Diocares était l'homme de l'attaque nocturne.

L'homme de main est descendu de sa voiture et a couru vers l'entrée du centre commercial. Dans sa course, il a heurté une gamine tenant la main de sa mère et j'ai pu ainsi le voir prendre un escalier métallique. Une bouffée d'arômes étranges m'a giflé en pénétrant dans le centre commercial. J'ai senti mes pas s'égarer. Les enseignes au néon tournèrent autour de moi et, comme un enfant qui s'est trompé de fête, j'ai ouvert grands les yeux à la recherche d'un visage aimable susceptible de m'apprendre à me comporter dans ce drôle de monde fait d'apparences et d'oripeaux. J'étais au cœur d'un temple consacré au culte d'un dieu étrange. Le roi consommation ouvrait les bras pour y recevoir ses créatures endormies et moi, j'étais un être sans nom et sans cartes de crédit profanant le sol carrelé et les regards distants des vendeuses qui invitaient à se vautrer dans le lit perfide des dettes.

J'ai fermé les yeux mais en les ouvrant, j'ai retrouvé le même paysage. Diocares était tout en haut des marches, une grimace moqueuse sur le visage. J'ai grimpé derrière lui sans respecter le rythme monotone de l'escalier roulant et, désorienté, j'ai avancé au milieu des gens qui faisaient leurs achats ou mangeaient des frites dans des cornets en papier. Je me suis laissé entraîner par des enfants courant joyeusement vers les rayons des jeux électroniques et quand j'ai réussi à prendre conscience du lieu où je me trouvais, je suis retourné au parking avec l'impression d'avoir été entraîné dans le dédale d'un incompréhensible labyrinthe.

Mais la chance m'a souri. Je l'ai cru tout au moins en voyant Diocares dans le parking. L'effort de sa fuite semblait l'avoir épuisé et, tout en observant du coin de l'œil les mouvements des autres véhicules, il essayait d'ouvrir la porte de sa voiture. J'ai couru vers lui et, en le prenant par surprise, j'ai réussi à le saisir par l'épaule. Son visage était congestionné et ses cheveux blonds tombaient en désordre sur son front. Il s'est brusquement libéré de ma main et m'a assené un coup. J'ai senti mon nez craquer et j'ai vacillé. Diocares était plus grand que moi et ses bras étaient assez longs pour frapper de loin sans que mes poings puissent effleurer ses joues. Je devais être rapide et vicieux, je lui ai donc balancé dans la figure une douzaine de beignes rageuses qui ont réussi à l'endormir jusqu'au moment où, ses genoux ayant plié, j'ai pu finir le travail de quatre coups de pied dans les côtes.

Le chauffeur d'une camionnette qui venait d'entrer au parking nous a regardés une seconde sans cesser d'avancer. Mais il n'y avait pas de quoi s'inquiéter. Il aurait pu voir battre un chien ou un homme et rester également impassible. C'était la règle en ville et la majeure partie des habitants la respectaient comme une loi divine.

J'ai dégainé mon pistolet et j'ai visé les yeux de Diocares au moment même où il les ouvrait pour découvrir le début d'un cauchemar imprévu.

– Debout et ne fais pas le malin.

Il a obéi lentement. En cherchant sous sa veste, j'ai pris son pistolet accroché à sa ceinture. C'était un Colt.

– Va doucement vers les escaliers, dis-je en indiquant les premières marches de ce qui devait être la sortie de secours.

Cinq minutes plus tard, nous arrivions sur une terrasse d'où on pouvait contempler les parkings extérieurs et les rues autour du centre commercial. Je l'ai obligé à marcher jusqu'au bord de la terrasse et, quand il n'a plus été qu'à deux mètres du vide, je lui ai ordonné de s'arrêter.

Je disposais de peu de temps, il me fallait donc le mettre rapidement à profit. Sans cesser de le tenir en joue, je lui ai demandé :

– Qui t'a envoyé m'attaquer ?

Diocares a eu un rire moqueur :

– Ne jouons pas au plus fin, Heredia. Tu cherches des renseignements et tu n'as pas l'intention d'utiliser ton jouet, je le sais.

J'ai laissé mes doigts se serrer sur le pistolet et, presque sans y réfléchir, j'ai tiré en direction de l'un de ses genoux. Diocares a essayé de garder l'équilibre avant de réussir à tomber à plat ventre, sans se plaindre. Sa jambe a oscillé légèrement et un filet de sang a traversé le tissu de son pantalon.

– Je te ferai bouffer les couilles par un chien, gronda-t-il.

– Tu ne sembles pas en état de menacer qui que ce soit. Puis, en soupesant son revolver de la main droite : c'est avec ça que tu as tué Gordon ?

– Chacun gagne sa vie comme il peut.

Il semblait avoir toujours envie de s'amuser.

J'ai fait deux pas et lui ai balancé un coup de pied dans la figure.

– Tu perds ton temps, Heredia.

– Encore un refus et tu finiras handicapé, dis-je en visant l'autre genou.

– Fils de pute !

– Ça, je le sais déjà. Raconte-moi quelque chose de nouveau.

J'ai appuyé mon revolver sur sa jambe blessée jusqu'à ce que la douleur ébranle sa volonté. A mes débuts dans le métier, dix ou quinze ans plus tôt, j'avais souvent recours au feu magnétique de mon revolver, par la suite, au fil des années, je préférais l'utiliser pour me tenir compagnie dans les moments difficiles. Mais Diocares avait réussi à réveiller la vieille rogne et ses cris mêlés à mes pensées encourageaient le jeu du revolver sur sa peau.

– C'était une commande.

J'en ai déduit qu'il pensait changer d'attitude pour sauver sa peau.

– Qui ?

– La personne qui m'a contacté ne m'a pas dit son nom.

– Tu mens – et j'appuyais de nouveau mon arme sur la blessure de Diocares. On ne fait pas un boulot comme ça sans protéger ses arrières.

– Calvetti.

J'ai eu l'intuition qu'il mentait et j'ai enfoncé le canon du revolver dans sa douleur.

– Nicolás Leal, balbutia-t-il.

– Leal ? Qui c'est ?

– Un type qui fréquente un certain ministère.

– Qu'est-ce que tu veux dire par là ?

Diocares a essayé de sourire mais la douleur provoquée par sa blessure l'en a empêché.

J'allais insister et lui poser une autre question mais j'ai eu un instant d'inattention et Diocares en a profité pour me balancer un coup de pied. J'ai senti une douleur à la cheville gauche et en réponse, je l'ai frappé à la tête avec mon revolver. En voyant son visage heurter le sol, j'ai su qu'il était inconscient sans avoir besoin de le secouer. J'ai entendu à ce moment-là des pas qui se rapprochaient. En fouillant dans la veste de Diocares, j'ai trouvé un portable dans une de ses poches. Les pas se sont arrêtés et j'ai entendu la voix de deux hommes, ils commentaient une partie de foot. J'ai laissé le pistolet de Diocares à portée de sa main avant de me diriger vers la sortie. Deux gardiens du centre commercial se trouvaient près de la porte de la terrasse mais n'avaient apparemment pas l'intention d'entrer. J'ai attendu une minute et, quand ils se sont éloignés, j'ai fait le numéro de Bernales pour lui brosser à grands traits les derniers événements.

– Vingt minutes, a-t-il hurlé dans le portable.

Revenu auprès de Diocares, je lui attaché les jambes avec la ceinture de son pantalon. S'il se réveillait avant l'arrivée de Bernales, il aurait de quoi passer le temps. Après quoi, j'ai jeté le portable dans le vide avant de chercher la sortie.

Le rythme affolé et incessant régnait toujours dans le centre commercial. Les gens entraient et sortaient des boutiques ; ils avaient dans les yeux une étrange lueur, tout ce qu'ils voyaient à cet instant-là semblait être le reflet d'un rêve lumineux dont ils ne savaient comment s'éveiller.

J'ai cherché la sortie du parking pour comprendre au bout de dix minutes que j'étais perdu. En revenant sur mes pas, je me suis arrêté devant un King Burger où j'ai commandé un grand café. Pendant quelques secondes, j'ai eu l'impression que les gens autour de moi étaient suspendus à mes gestes. J'ai goûté le café et le tremblement de mes mains m'en a fait renverser une partie sur le revêtement du comptoir.

J'ai allumé une cigarette et ce n'est qu'après en avoir fumé la moitié que j'ai récupéré l'équilibre nécessaire pour prendre la tasse de café et regarder deux filles qui riaient à la table la plus proche. Elles étaient jeunes et belles. Elles ignoraient tout de la vie ; une situation idéale. Plus tard, devenues des dames résignées, elles l'évoqueraient avec nostalgie, un après-midi d'été plein d'ennui.

J'ai entendu un murmure courir entre les tables et, en regardant un des escalators, j'ai vu arriver quatre hommes portant une civière recouverte d'un drap gris. Ils avaient, à l'évidence, un air de flic et derrière eux, raide comme la justice, marchait Bernales guettant les regards des gens autour de lui, tout heureux du spectacle auquel la chance leur permettait d'assister.

En me voyant, le policier abandonna le groupe et s'approcha de ma table :

– Je vous croyais loin d'ici.

Son regard avait un curieux éclat qu'il mit du temps à cacher derrière un sourire.

– J'ai essayé de courir, mais je n'ai pas été bien loin.

– J'aurais besoin de votre déclaration, Heredia, dit-il, très sérieux.

– C'est vraiment nécessaire ?

– Votre permis de port d'armes ne vous autorise pas à jouer au dur.

– Qu'est-il arrivé à Diocares ?

– A notre arrivée, il se traînait vers la sortie. En nous voyant, il a ouvert le feu. On a riposté et il a tiré la mauvaise carte.

– Je pensais que...

– Ne racontez pas d'histoires, Heredia. Si vous avez laissé partir Diocares, c'est parce que vous l'aviez fait parler. Buvez votre café et réfléchissez à chacun des détails de votre déclaration. Mes hommes et moi désirons vous poser quelques questions. Je vais avoir besoin de toute la vérité pour sortir de cette affaire sans laisser de plumes.

– Je nous croyais amis.

– Votre amitié avec mon parrain était une erreur et il l'a payée, a dit Bernales en regardant la porte par où venaient de sortir ses hommes et ce qui restait de Diocares.

II

Dans la cellule puant l'urine et le vomi, j'ai compris que le comportement de Bernales n'était pas une mascarade d'autorité destinée à ses subordonnés. J'ai fumé quelques-unes des cigarettes que j'avais réussi à conserver et, au moment où j'allais passer de la patience à la rage, j'ai vu arriver un jeune flic. Il m'a ordonné de sortir pour me rendre dans une pièce où m'attendait Bernales, assis près d'une table crasseuse.

Le jeunot m'a donné l'ordre de m'asseoir sur une chaise métallique puis, sur un signe de Bernales, il nous a laissés sans autre compagnie que celle d'une ampoule suspendue au plafond.

– Vous avez eu assez de temps pour réfléchir à vos réponses, Heredia.

Je l'ai regardé en silence, en attendant de le voir montrer son jeu.

– L'affaire est simple, Heredia. Vous avez filé Diocares car vous aviez l'intention de l'éliminer depuis votre rencontre à l'hôtel Central. Il suivait Gordon et vous avez été engagé pour exécuter l'avocat.

L'histoire de Bernales était absurde et aussi fausse qu'une pièce de monnaie à deux faces. Une stratégie tirée d'un vieux manuel poussiéreux ressorti pour me faire croire que j'étais pris dans un filet dont je ne pourrais me libérer qu'en acceptant ses conditions. Je l'ai écouté raconter ses salades jusqu'au moment où une question maladroite à propos de Leal m'a dévoilé ses véritables intentions.

– Qui est Leal et pourquoi le protèges-tu ?

– C'est moi qui pose les questions – une grimace agacée est apparue sur le visage de Bernales. Que vous a-t-il dit à propos de Leal ?

– Rien, il a juste mentionné son nom parmi beaucoup d'autres.

– Quels noms ? De qui d'autre a-t-il parlé ?
– De ma mère et deux ou trois sœurs que je n'ai jamais eues..
– Votre avenir dépend de vos réponses, Heredia. Je vais vous laisser le temps d'y réfléchir encore, ajouta-t-il en quittant la pièce.

Au cours de l'heure suivante, il est entré et sorti à quatre reprises. Il a reposé chaque fois les mêmes questions à propos de Leal et de quelqu'un d'autre, principal sujet de ses préoccupations de toute évidence.

– Je n'ai pas d'autres réponses que celles que j'ai déjà données, lui dis-je à l'occasion d'une de ses entrées.
– J'ai du mal à le croire, Heredia.
– Pourquoi ?
– Vous savez garder des secrets.
– L'objet de ma question visait à expliquer ton attitude, Bernales.
– Quand j'ai vu que vous vous intéressiez à la mort de Gordon, j'ai décidé de vous laisser la bride sur le cou pour vérifier un point intéressant. Le meurtre a eu lieu dans votre quartier et vous le connaissez mieux que personne.
– Et d'où sortez-vous l'histoire de ma rencontre avec Diocares à l'hôtel ?
– Je me suis servi de vous, Heredia. Vous ne l'avez pas encore compris ?
– Rien n'est plus douloureux que de se tromper sur ses amis.
– Ne dramatisez pas, Heredia. Partager des coups de feu pendant une nuit ne veut pas dire être amis intimes. Solís était votre ami, pas moi.
– Je croyais qu'il t'avait appris des choses.
– Solís était de la vieille école. S'il n'était pas mort, il radoterait maintenant avec ces idées qu'il croyait justes.
– Si tu avais besoin d'aide pour découvrir l'assassin de Gordon...

J'ai laissé la phrase en suspens pour observer Bernales. Il y avait dans son regard et dans sa dernière réponse la vérité qu'avant cet instant je n'avais pas voulu reconnaître. Feignant une quinte de toux inopportune, j'ai transformé mon explication en question :

– Tu voudrais savoir ce que je vérifiais en m'arrêtant au bon moment.

– Qu'est-ce que tu insinues ? demanda-t-il, pris à son propre piège.

– Tu couvres Leal, ou quelqu'un qui n'a pas encore été nommé. Tu disais ne pas savoir où se trouvait Diocares et tu m'as lancé sur une fausse piste. Tu es venu au bureau avec ces salades à propos de Meléndez, l'avocat...

– Tu divagues, Heredia. Quelques heures à l'ombre, dans l'humidité, vont te permettre d'oublier toutes ces bêtises.

Bernales a tourné les talons et puis il est sorti pour la dernière fois.

Des heures plus tard, un policier inconnu m'a donné l'ordre de quitter ma cellule et de marcher vers une porte donnant sur la rue. Les trottoirs autour du vieux commissariat étaient couverts d'une lumière blanche qui accentuait le silence de l'aube. En face du bâtiment, j'ai aperçu quatre hommes : eux aussi avaient passé la nuit en prison. Je les ai distancés et après avoir cherché une cigarette dans ma veste, je l'ai allumée en arrivant au coin de la rue Bandera. La nuit au bloc m'avait mis le moral à zéro et le souvenir de ma conversation avec Bernales faisait naître en moi une tristesse que je désirais effacer mais les raisons ne me venaient pas à l'esprit. Ce que j'avais pensé était-il juste ou, comme le disait Bernales, mon imagination me jouait-elle de mauvais tours ? Je me suis rappelé le regard du policier et j'en ai conclu que j'avais eu tort de lui faire confiance.

Arrivé devant le Touring, j'y suis entré prendre le petit déjeuner. Les murs du bar étaient recouverts de carreaux blancs. Il y avait une collection de tables disparates, de chaises en plastique portant des publicités sur le dossier et un long comptoir derrière lequel se trouvait le patron. Un client, sale et mal habillé, soignait sa gueule de bois avec un bouillon de poule et à ses côtés, deux putes aux yeux cernés parlaient à voix basse. Assis à une table, j'ai attendu l'arrivée de la serveuse ; elle était maigre, chaussée de godillots et curieusement accoutrée d'un blue-jeans, d'un gilet vert et d'une écharpe entourant son cou décharné et verruqueux.

– Ça fait des jours qu'on ne vous voit plus ! Où étiez-vous fourré ? demanda-t-elle en posant sur la table un sucrier en plastique.

J'ai haussé les épaules et gardé le silence pour couper court à la conversation.

– Qu'est-ce que vous prendrez ?

– Des œufs et du café.

La femme est allée chercher la commande. J'ai pensé à Bernales et à son traquenard. A Diocares qui avait donné un nom : Leal. J'ai pensé à Cambell travaillant d'arrache-pied pour faire vivre une revue ; à Ballinger marchant dans la vie avec la sagesse sereine de ceux qui sont revenus de tout et à Bórquez accroché à sa lutte écologiste. J'ai pensé à eux et à l'inutilité de chacun de leurs actes sous un soleil qui parcourait chaque jour un paysage dépourvu de récompenses.

La femme a apporté le café et tout en y ajoutant deux cuillerées de sucre, j'ai reconnu que je ne savais pas quelle direction prendre. J'ai goûté mon café et en regardant dans la rue, j'ai vu Anselmo relever les rideaux métalliques de son kiosque, prêt à disposer les journaux du matin. J'ai attendu que la serveuse apporte les œufs pour lui demander de le prévenir pour qu'il vienne me retrouver au bar.

Anselmo a reçu le message et s'est pointé quelques minutes plus tard. Il avait un œillet blanc à la boutonnière et l'air content avec ses cheveux gominés.

– J'ai été vous voir hier soir chez vous mais vous n'étiez pas là.

– J'ai passé une nuit de méditation en prison, Anselmo.

– Pourquoi ils vous ont pincé cette fois, don Heredia ?

– J'ai péché par naïveté.

– C'est quoi ça ? Ça se fume ou ça se sniffe ?

– On naît avec et on en souffre toute sa vie.

– Quand vous vous mettez à parler latin, je ne pige rien.

– Quoi de neuf ?

– On a appris ce qui s'est passé dans la salle de billard. Les mémés étaient toutes contentes quand je leur ai dit que le Pitico se retrouvait la queue entre les jambes.

– Etre dans la dèche c'est encore pire.

– Les vieilles se préparent à vous rendre visite.

– Tu me préviendras pour que je puisse m'enfuir le plus loin possible.

– Merde, vous alors !

J'ai bu une gorgée de café. Anselmo s'est assis près de moi et à sa tête, j'ai deviné qu'il souhaitait me faire une confidence.

– Alors ?

– Vous avez du temps, *don* ?

– Mes conférences de presse commencent après le déjeuner.

– Vous pouvez m'écouter, c'est sûr ?

– Je t'ai déjà dit oui. Parle une fois pour toutes.

– Si vous riez, je ne pipe plus mot.

– Quel est ton problème ?

– Vous ne voyez pas ? dit Anselmo en regardant autour de lui comme s'il craignait d'être surveillé.

– La voyante !

– Comment vous l'avez deviné, *don* ?

III

J'ai caressé le menton de Simenon et il s'est allongé sur mes jambes, feignant une courte résistance avec ses pattes de devant. Son pelage avait blanchi ces dernières années, perdant le ton cendré qu'il arborait en arrivant chez moi.

– Tu te rappelles de l'époque où on s'est rencontrés ? C'est maintenant une collection d'images floues. Des noms, des événements, des lieux. Plus rien n'a de sens. Tu as remarqué ce qui reste de notre vieux quartier ? Les merceries ont été remplacées par des friperies ou des boutiques de gadgets chinois. Les bars ferment et dans les top-less, il ne reste que des danseuses de plus en plus vieilles et apathiques. Dans deux ans, notre immeuble sera vendu, ils vont construire une tour pour les hommes d'affaires avec de larges cravates et un cœur gros comme une calculatrice.

– Le moral est bas ! Je vois que le mauvais tour de Bernales a foutu ta journée en l'air. Si tu buvais un coup ?

– Il y a quelques jours tu parlais de boire juste ce qu'il faut ou même presque rien.

– On a le droit de changer d'avis.

– Qui peut te comprendre, Simenon ?

Sans considérer ma question, le chat a rétorqué :

– Pourquoi tu ne vas pas chercher Griseta ?

– Elle est jeune, têtue et intelligente. Trois armes contre lesquelles je ne peux pas lutter. – J'ai enlacé le corps de Simenon jusqu'à ce que la fatigue me ferme les paupières. – De plus, j'ai conclu un accord avec elle. Tout dépendra du hasard.

Au matin, je n'avais toujours pas bougé. Simenon me griffait les bras et un bruit de voitures enrouées entrait par la fenêtre.

J'ai écarté Simenon et avant de préparer le premier café de la journée, je me suis rasé avec le soin d'un fiancé, puis je suis sorti dans la rue et j'ai marché en regardant les vitrines jusqu'au bureau de Cambell. La porte était ouverte et le journaliste, assis à sa table de travail, avait une tasse de café fumant à la main et le regard perdu par-delà la fenêtre donnant sur la rue du 10 juillet.

Ce n'est que lorsque je suis arrivé près de lui qu'il a remarqué ma présence.

– Cette ville est une vraie catastrophe, dit-il sans me regarder. De plus en plus de voitures, de pollution et de merde. Quand mon vieux a acheté cet appartement, au début des années soixante, on voyait encore passer des charrettes et d'ici, on pouvait distinguer la vierge de San Cristóbal.

– Ce n'est pas ça qui te rend triste.

J'avais remarqué ses traits tirés trahissant plusieurs nuits blanches.

– Le bateau coule, Heredia. Le mois dernier, j'ai perdu cinq annonceurs et les ventes ont baissé de moitié. Le journalisme indépendant est devenu impossible. Les gros poissons avalent tout sur leur chemin. Tu comprends ? Pendant la dictature, la revue était en première ligne et maintenant personne ne veut lâcher un radis.

– Et tes contacts ? Tes camarades du parti ?

– Dès qu'ils ont connu l'odeur de l'argent, ils ont changé de maison, de voitures et d'amis. Ce n'est plus possible, Heredia.

J'ai écarté le souvenir de Bernales du simple fait d'allumer une cigarette et de regarder la fenêtre qui commençait à recevoir les premières caresses d'une pluie légère.

– Tu fais la tournée des bars ? demanda Cambell.

– Je suis sorti marcher. J'ai le cafard et le moral à zéro.

– Comment va l'affaire de l'avocat ?

– Mal.

Et je lui ai raconté ce qui s'était passé avec Diocares.

– Il n'a rien dit ? demanda-t-il à la fin de mon récit.

– Il a parlé d'un certain Leal. Un type qui, semble-t-il, pourrait être au gouvernement. Mais en fait, son nom ne me dit rien. En tout cas, il ne figure jamais dans les nouvelles.

– Leal ! Ça ne te dit rien ? Ce n'est pas possible ! dit-il en faisant un numéro sur le téléphone posé sur le bureau. Je crois savoir de qui voulait parler Diocares. J'ai seulement besoin de confirmer une information.

Il a demandé Pérez puis, d'une voix transformée en murmure, je l'ai entendu mentionner Leal trois ou quatre fois.

– Pérez nous attend.

Il a allumé une cigarette, a enfilé sa veste en velours côtelé et il est sorti du bureau en toute hâte. Je l'ai rattrapé dans la rue au moment où il mettait en marche le moteur de son véhicule. Je suis monté dans la voiture et, le souffle court, j'ai pris place à ses côtés.

– Quelle mouche t'a piqué, Cambell ?

– J'ai appelé Pérez au ministère de l'Intérieur. D'après lui, un individu du nom de Leal traîne dans les parages. Personne ne sait ce qu'il fiche là. Il semble bénéficier de la protection d'un conseiller quelconque ou d'un sous-secrétaire. Pérez n'a aucune sympathie pour lui, j'en ai la nette impression, et il est prêt à révéler certains secrets de palais si cela peut nuire à Leal. Il nous attend Au bon pain, un troquet proche de l'Alameda.

Il flottait dans le café un arôme agréable de pain sortant du four. Les tables étaient petites, recouvertes de faux marbre et Pérez nous attendait, assis dans le coin le plus éloigné de l'entrée. C'était un gros homme vêtu de bleu, arborant une fine moustache soigneusement taillée. On lui avait servi trois gâteaux et il les regardait d'un air satisfait, prêt à se précipiter sur eux d'un instant à l'autre. Cambell nous présenta et pendant que nous commandions un café au garçon, Pérez avala un des gâteaux avec la voracité d'un tigre de cirque miteux.

– Comment vas-tu, Cambell ? demanda-t-il sur un ton qui laissait entendre qu'il n'en avait pas grand-chose à faire.

– Pas aussi bien que toi, Charognard, répondit Cambell prêt à dire deux ou trois choses susceptibles de sonner agréablement aux oreilles du gros. Succès, pouvoir et pognon. Qui t'a vu et qui te voit ? Tu as l'air d'un prince.

J'ai avalé une gorgée de café pour ne pas éclater de rire au nez de Pérez ; malgré l'ébauche d'un sourire satisfait, il avait eu la seconde de lucidité nécessaire pour sentir l'ironie du journaliste.

– J'ai su mettre à profit mes points forts et les occasions favorables. Une méthode stratégique et...

– Et opportuniste.

– Au meilleur sens du mot, me répondit Pérez en m'accordant un regard en coin.

Cambell est intervenu pour m'empêcher de continuer :

– Parlons de ce qui nous intéresse.

Pérez acquiesça et consacra les trente secondes suivantes à un autre gâteau.

– Leal, dit Cambell. Qu'est-ce que tu peux nous dire de lui ?

– Nicolás Leal, a précisé Pérez. Un type qui traîne au ministère et fréquente Vicencio, un des conseillers du sous-secrétaire. Personne ne peut l'encadrer. Pendant la dictature, il travaillait comme informateur à Diego Portales[1]. A l'avènement de la démocratie, il a offert ses services. Il se fait appeler analyste mais ce n'est qu'une fine mouche qui se vend au plus offrant. On sait que le ministère a eu recours à des indics de l'ancien Centre national d'information ou à des carabiniers et aussi à certains militants de gauche. Ça m'amuse de penser que des fachos et des gauchistes se retrouvent sur les mêmes listes du personnel.

– Le consensus uniformise bien des choses.

Cambell m'a fait signe de garder le silence.

– Il a contribué, dit-on, à la création d'un réseau d'espionnage pour neutraliser des groupes extrémistes et grâce à ses informations, beaucoup de militants du Front Manuel Rodríguez sont tombés. Ses renseignements visent toujours la gauche, personne ne touche aux gens d'extrême droite. Ils sont toujours protégés par les hommes du général.

J'ai résumé pour Pérez les événements relatifs à Diocares et sa relation possible avec Leal.

– Les anciennes sympathies avec les militaires sont un facteur commun. Si Diocares recueillait des informations politiques, les possibilités de relations entre eux augmentent.

– Où puis-je trouver Leal ?

– Il n'a pas d'horaires au ministère et son adresse est secrète. Néanmoins, il y a deux semaines, il était cloué au lit par une

1. Immeuble où siégeait le gouvernement de Pinochet.

grippe et devait remettre un rapport. Il a appelé la secrétaire au moment où je lui tournais autour. Dora, la secrétaire, a noté son adresse sur un papier et j'ai réussi à la lire. On ne sait jamais, une information, ça peut toujours servir.

– A quoi ressemble-t-il ?

– Grand, très mince, les cheveux blancs. Il a passé la cinquantaine depuis plusieurs années mais il aime encore porter des vêtements sport. Il joue au tennis deux fois par semaine et ne manque jamais d'aller au hammam le vendredi.

J'ai réfléchi à haute voix :

– Leal n'était pas une invention de Diocares.

Pérez a acquiescé avec un sourire plein de suffisance. Il a regardé sa montre pour montrer que le temps qu'il nous avait consenti touchait à sa fin et a pris le dernier gâteau de l'assiette.

– Merci, a dit Cambell. Je te dois une fière chandelle.

– Si tu découvres que Leal est mêlé à une sale affaire, n'hésite pas à l'écrire en toutes lettres. Tu me rendrais un grand service.

– J'y penserai.

Pérez s'est levé et puis il a quitté le bar sans hâte, conscient que nous le suivions du regard.

– On peut le croire ?

– Il a tout intérêt à se débarrasser de Leal. Sans ça, il n'aurait pas ouvert la bouche. Pérez est toujours un gros salaud.

– Il me faut mettre la main sur Leal.

IV

L'enquête a eu la précision d'un coup de feu en l'air. De bonne heure, avant d'entendre les premiers roucoulements des pigeons sur le petit balcon donnant sur la rue Bandera, j'ai quitté mon bureau pour m'installer face à l'appartement de Leal situé dans un immeuble récent construit près de la place Ñuñoa. C'était un matin froid. Les trottoirs étaient couverts de feuilles sèches et les gros nuages du ciel faisaient rêver de la pluie dont la ville avait besoin pour se débarrasser de la pollution. J'ai acheté *La Nation* et me suis amusé pendant une demi-heure à lire les pages sportives et l'interview du jockey Luis Torres, signé d'un journaliste du nom d'Haltenhoff ; celui-ci m'avait aidé, des années plus tôt, à parcourir les quartiers de Buenos Aires à l'époque où je cherchais l'assassin d'une hôtesse de l'air. Dix ans s'étaient écoulés depuis, je ne le voyais plus très souvent mais je lisais régulièrement ses chroniques et me souvenais de nos conversations dans un bar de San Telmo, le *Poésie*, où chaque nuit, un violoniste aveugle venait interpréter des tangos de Mariano Mores.

Leal est sorti de chez lui à dix heures. Il portait une veste en toile de jean bleue. Sa chevelure blanche, bien coiffée, effleurait ses épaules. Il est monté dans une Opel Astra et j'ai pu le suivre pendant six cents mètres, jusqu'au moment où la Chevy a renâclé comme un taureau blessé, avant de refuser d'aller plus loin. J'ai soulevé le capot et après avoir déplacé au hasard trois ou quatre fils, le moteur a retrouvé son ronronnement de chat asthmatique et j'ai réussi à faire repartir la voiture.

J'ai retrouvé le paysage de ma rue et me suis garé près du kiosque d'Anselmo. A ma grande surprise, il était fermé et des panneaux collés sur chacun de ses murs annonçaient sa mise en vente.

Ma perplexité a augmenté quand, en arrivant chez moi, j'ai trouvé Anselmo assis près de mon bureau, une valise de cuir à ses pieds.

– Enfin vous voilà, *don*. Cinq minutes de plus et je partais sans vous dire au revoir.

– Me dire au revoir ? Qu'est-ce que tu racontes ?

– J'ai fermé le kiosque. Dans une heure, je pars pour Viña del Mar avec Zara. Le travail, c'est pour les imbéciles. A partir d'aujourd'hui, je joue au richard en compagnie de ma voyante, avec la mer entière à ma disposition.

– Qu'est-ce qu'on t'a raconté comme salade ?

– Zara ouvre un cabinet de consultation ésotérique à Viña. Sa grand-tante est morte – que Dieu la garde sur de confortables nuages – et elle lui a laissé un appartement et assez de pognon pour se la couler douce. Zara va avoir des locaux luxueux et occuper un espace radiophonique pour faire la promotion de ses conseils et de ses produits.

– Cette sorcière t'a bouffé la cervelle, Anselmo. J'aurais dû le deviner et te mettre en garde plus fermement. Ces histoires ne sont plus de ton âge.

– L'amour, *don*. Pur et énergétique. Guidé par les astres et les cartes du destin. Et même si c'est des salades, ça m'est égal. J'en ai marre d'être seul, *don*. De faire la cuisine juste pour moi, de réchauffer des pâtes et d'avoir froid quand je dors. Je mise les années qui me restent sur cette femme.

– Je peux faire quelque chose pour toi, Anselmo ? dis-je en imitant un confesseur du passé. T'emmener chez le médecin ? T'inviter à boire un coup ?

– Si c'est pour me faire changer d'idée, pas question. Mais en souvenir du bon vieux temps, vous pouvez me rendre deux services.

– Je t'écoute.

– Le kiosque est en vente. J'ai mis une annonce dans *El Mercurio* en donnant votre adresse. Vendez-le pour deux briques et on partage, *don*.

– Je n'ai jamais vendu la moindre épingle, Anselmo !

– Qu'est-ce que ça vous coûte ? Vous recevez les gens intéressés, vous leur annoncez le prix et vous comptez les biftons. C'est tout simple, *don*.

J'ai concédé de mauvaise grâce :

– C'est comme si c'était fait.

– Je vous écrirai pour vous donner ma nouvelle adresse.

Anselmo a fait quelques pas jusqu'à la porte du bureau. J'ai regardé ses yeux qui s'embuaient.

– Vous allez me manquer, *don*.

– Qui va m'apporter mon journal ? Qui va me raconter les potins du quartier ?

– Je vais souvent me rappeler vos problèmes...

– Le nombre de fois où tu m'as tiré d'affaire, Anselmo.

– Arrêtez, *don*. Cette fois, j'ai tiré une bonne carte et si je me laisse aller à devenir sentimental, je suis capable de tout envoyer balader.

– C'est sûr, dis-je, pas très convaincu. Et quel est l'autre service ?

– Souhaitez-moi bonne chance, *don*.

Je me suis approché du vendeur de journaux pour serrer ses vieux os dans mes bras.

– Vous avez toujours cru à mes histoires, dit-il en restant à mes côtés.

– Je t'ai vu courir à l'Hippodrome du Chili. Tu faisais partie des grands, comme Carlitos Rivera ou le maître Pedro Ulloa.

– Je ne sortais pas du lot. Trop gentil pour fouetter les chevaux et pas beaucoup de poigne. C'est pourquoi je n'ai jamais monté de cracks.

– Un après-midi, j'ai misé sur toi dans une course sur deux mille mètres. Tu étais à l'extérieur et au moment de vérité, ton canasson a pris une demi-tête sur le favori. Le cheval était coté à quarante contre un.

Anselmo a reculé de quelques pas puis il a pris sa valise et a ouvert la porte.

– Cette course à Viña, je vais la gagner de bout en bout, *don*.

– Bonne chance.

– Merci, *don*. Si vous passez un jour par Viña...

– Bonne chance, Anselmo.

Et j'ai fermé la porte avant de voir le vendeur de journaux verser sa première larme.

Simenon est venu à ma rencontre et s'est enroulé autour de mes jambes. Je l'ai pris dans mes bras et j'ai regardé dans ses yeux le reflet de mon visage attristé.

– Tu savais quelque chose ?

Simenon s'est échappé de mes bras et en deux bonds, s'est retrouvé sur le bureau, le téléphone entre les pattes.

– Tout le monde m'abandonne. Les amis s'en vont et les maîtresses m'oublient. Il ne manquerait plus que tu...

– Je pourrais te laisser, tu le crois ?

– Un jour ou l'autre...

– Connard, a crié Simenon sur le bureau.

– Un petit verre ?

– Un seul et ensuite, au travail.

– Au travail ?

V

« *Je suis celui à qui on réserve les dangers, les hauts faits, les actions d'éclat* », disait Alonso Quijano dans son délire. Cette citation, soulignée au fil du crayon, m'avait redonné une idée ou deux à propos de Gordon et de ceux qui devaient répondre de sa mort. Je décidai de tenter un coup audacieux et après avoir pris l'ascenseur desservant les étages de l'immeuble, j'ai laissé derrière moi les rues du quartier et franchi les limites de la Plaza Italia pour arriver devant la maison d'Adelina Dupré, une bâtisse de deux étages située dans un passage planté d'arbres qui projetaient leur ombre complice sur toute l'étendue du trottoir.

La maison était entourée d'une haie de troènes et seule une pièce du deuxième étage était éclairée. Après avoir vérifié que personne ne pouvait me voir, j'ai sauté la clôture. Mes pieds se sont enfoncés dans un matelas de terre meuble. Après avoir attendu quelques secondes, j'ai avancé vers la maison sur un sentier de gravier conduisant à une porte, probablement celle de la cuisine. Le reste a été facile. J'ai forcé la porte sans faire de bruit et pénétré dans une pièce où se trouvaient trois fauteuils, plusieurs guéridons et deux vitrines où j'ai remarqué une collection de porcelaines. J'ai trébuché sur le bord d'un tapis et pendant quinze secondes, j'ai guetté une réaction dans une autre partie de la maison. Le silence qui a suivi m'a encouragé à monter au deuxième étage.

La pièce éclairée était la chambre d'Adelina Dupré. J'ai pris mon revolver et fait les deux pas nécessaires pour me trouver au pied d'un lit à deux places. La lampe de chevet était allumée et sur le bord du lit, j'ai reconnu un roman d'Irwing Wallace. L'avocate dormait la bouche ouverte et son visage, couvert de crème, avait un air fantomatique qui m'a fait hésiter. Ce fut une frayeur fugitive. J'ai posé le canon de mon revolver sur sa tempe droite et j'ai appuyé jusqu'à ce que la femme ouvre les yeux. Son épouvante avait la densité des ombres entrant par la fenêtre.

– Du calme. Je n'ai pas l'intention de vous faire du mal.

L'avocate a regardé du coin de l'œil le téléphone posé sur la table de nuit et, prévenant une manœuvre maladroite, j'ai débranché l'appareil avant de le jeter sous le lit.

– Vous... a commencé à dire l'avocate.

– Y a-t-il quelqu'un d'autre dans la maison ?

J'ai senti qu'Adelina Dupré allait mentir et j'ai de nouveau appuyé le revolver sur sa tête.

– Vilma, la domestique, s'en va à huit heures. J'aime être seule.

– Tant mieux. Nous aurons tout le temps et le calme nécessaires pour bavarder.

– Vous êtes le détective qui est venu au bureau. Que cherchez-vous ?

– Certaines vérités.

– C'est pour l'histoire de Gordon, n'est-ce pas ?

– J'ai noué certains fils et je crois que vous tenez le début de la pelote.

– Vous ne vous tirerez pas sans dommages de cette violation de domicile. Je peux vous l'assurer.

Je n'avais pas envie de m'étendre :

– Vous n'êtes pas en état d'imposer vos règles, il me semble. Vous savez pourquoi Gordon a été tué. Il a rédigé un rapport défavorable sur le projet proposé par le bureau d'études Benex et quelqu'un avait intérêt à faire disparaître le document. C'est bien ça ?

La femme a fermé les yeux comme si une soudaine obscurité lui permettrait de trouver une issue à sa situation.

– Gordon n'a pas voulu changer son rapport et vous...

– Franchement, j'ignore de quoi vous parlez.

– Nicolás Leal n'est pas de cet avis – le visage de la femme s'est convulsé sous l'effet d'une fureur contenue. Que se passe-t-il ? Ce nom vous dit quelque chose ?

– Non. Ça devrait ?

– Votre visage en dit plus que vos paroles. N'essayez pas de me rouler. Alors, ce Leal ?

– Je n'ai rien à dire.

– Je ne suis pas très patient quand on essaye de jouer avec moi. Nous sommes seuls, personne ne m'a vu entrer chez vous et si j'en ai envie, je peux me montrer très désagréable.

– Leal a tout organisé, a ajouté Adelina Dupré prête à se mettre à table.

– Je vous écoute.

– Il est venu un après-midi au bureau. Il m'a parlé de son travail et de certaines protections ministérielles dont il jouissait, du projet Gaschil et de certaines personnes ayant intérêt à obtenir un avis rapide et favorable de la Cour des comptes. Il était bien renseigné. Il connaissait le travail de Gordon et aussi le fait qu'il soit mon subordonné. Je lui ai dit qu'il était fou de compter sur une aide éventuelle de ma part. Mais, finalement, je l'ai fait. Gordon a refusé de changer son rapport. Leal a parlé d'une autre stratégie. Ils lui ont offert de l'argent par l'intermédiaire de Claudio Plaza. Gordon n'a pas changé sa position et on l'a retrouvé mort dans la semaine. J'ai eu peur et j'ai appelé Leal. Il m'a dit de ne pas m'en faire mais j'ai eu la mauvaise idée de lui parler du rapport. Il est devenu fou. Il m'a demandé de le faire disparaître et l'après-midi, après le départ de la secrétaire de Gordon, je suis allée dans son bureau et j'ai effacé les archives de l'ordinateur. J'ai cru que c'était suffisant mais le lendemain, par le plus grand des hasards, je me suis retrouvé devant le garçon de course qui apportait le rapport écrit.

– Il vous l'a remis et vous avez simulé une discussion avec Morales pour rester seule et enregistrer à votre convenance la réception des rapports. Vous en avez noté deux et le troisième, vous l'avez gardé ou fait disparaître.

– Cela paraissait simple jusqu'au moment où Leal a appelé et où j'ai raconté l'histoire du coursier.

– Celui qui a été écrasé le lendemain.

La femme a évité mon regard. Il ne restait plus rien de l'avocate hautaine qui m'avait reçu quelques jours plus tôt dans son bureau.

– Je ne voulais faire de mal à personne. J'avais de l'estime pour Gordon et je connaissais à peine le coursier. Je ne pouvais pas non plus imaginer que Leal en arrive à ces extrémités.

– Pourquoi l'avez-vous fait ?

– Il m'a offert de l'argent.

Elle avait répondu trop vite pour mon goût :

– Vous mentez. Vous n'avez pas besoin d'argent. Vous vivez seule, vous avez un bon salaire, vous menez une vie tranquille.

Des larmes se sont mises à couler sur les joues d'Adelina Dupré. J'ai éloigné le revolver de sa tête et reculé de quelques pas comme si, en prenant de la distance, je pouvais mieux comprendre ses raisons.

– C'est une vieille histoire. Nicolás Leal est plus âgé que moi mais je l'ai connu à la faculté de droit. Son meilleur ami s'appelait Bernardo Puente, un garçon de Vallenar dont je suis tombée amoureuse. Je lui ai tout donné mais il s'est lassé et m'a avoué que son intérêt pour moi n'était qu'une plaisanterie entre lui et certains de ses copains. Cela n'aurait pu être qu'une simple désillusion. Mais comment aller de l'avant quand on vous dit que vous êtes la victime d'un pari ? Et ce n'est pas tout. Je me suis retrouvée enceinte et Bernardo n'a pas voulu assumer ses responsabilités. Mes parents habitaient Valdivia et je n'ai pas osé leur dire la vérité. Une amie m'a hébergée chez elle jusqu'à la naissance de l'enfant. Ensuite, je l'ai fait adopter.

– Où est cet enfant ?

– Je n'ai jamais voulu le savoir. J'étais une jeune fille seule, craintive et déçue.

– Leal le savait ?

– Oui. A l'insu de Bernardo, il s'est servi de cette information pour me faire chanter jusqu'à la mort de mes parents. J'ai alors pensé que je ne le reverrai plus mais je me suis trompée une fois de plus.

– Il a réapparu pour vous proposer l'affaire Gordon.

– Ma profession et ma carrière sont toute ma vie. Si Nicolás avait parlé, il m'aurait fallu donner beaucoup d'explications. Vous n'imaginez pas les moqueries dont j'aurais fait les frais. Et surtout, il m'aurait fallu affronter la vérité.

– Personne ne peut se tromper pendant toute une vie.

– Moi j'avais réussi à le faire. Je le croyais tout au moins mais depuis la mort de Gordon, je ne suis plus qu'un masque exécutant des règles et des rites appris pendant des années.

– Le moment est peut-être venu d'entrevoir une lumière.
– Que voulez-vous dire ?
– En fait, je ne sais pas. Des mots. J'ai déjà du mal avec ma propre vie, je ne suis donc pas la personne la plus indiquée pour conseiller les autres.
– Pourquoi êtes-vous venu chez moi ?
– J'ai parfois envie de découvrir la vérité.
– Vous allez poursuivre Leal ?
– Y a-t-il une autre alternative ?
– Vous direz à la police ce que je vous ai raconté ?
– Non, si je peux l'éviter. Mais vous devez me promettre de ne rien dire à Leal de notre conversation.
– Jamais. Je vous le promets.
– Autre chose : qu'avez-vous fait du rapport de Gordon ?
– J'ai remis l'original à Nicolás et j'en ai gardé deux copies.
– C'est ce que je pensais. Aucun fonctionnaire ne peut s'empêcher de garder un papier.
– L'étude est bien faite. J'en ai repris certains antécédents dans mon rapport. Des idées générales, bien sûr.
– Où sont les copies ?
– L'une est au bureau et je garde l'autre ici, chez moi.
– Avez-vous déjà remis votre rapport au président de la Cour des comptes ?
– J'ai demandé un délai.
– Vous avez deux choses à faire : donnez-moi une copie du rapport et le moment venu, remettez à votre chef une étude contenant les conclusions de Gordon.
– Et que vais-je dire à Leal ?
– Si les choses se passent comme je l'espère, vous n'aurez rien à lui dire. Dans le cas contraire, pensez à Gordon et à Morales.

Elle a baissé la tête en acquiesçant comme une gamine punie. Puis elle a ouvert le tiroir de la table de nuit, en a sorti un dossier vert et me l'a donné. J'ai mis mon revolver dans ma veste et j'ai parcouru le document jusqu'à ce que je tombe sur les paragraphes déjà lus dans le manuscrit de Gordon. Après quoi, je me suis dirigé vers la sortie.

– Pourquoi ne restez-vous pas ?

Je l'ai regardée pour deviner ses intentions et j'ai vu une femme fatiguée qui ne voulait pas rester seule le reste de la nuit.

– Je peux préparer du café ou un verre.

– Un café peut rendre le lever du jour plus supportable, dis-je en m'approchant du lit. Il y a peut-être des choses concernant Leal dont nous n'avons pas encore parlé.

– Que voulez-vous savoir de plus ?

VI

Adelina Dupré a parlé toute la nuit. De son enfance auprès de parents vieux et stricts qui coupaient les ailes à ses moindres rêves ; des pensionnats de bonnes sœurs où elle avait fait ses études et de la découverte, au début de l'adolescence, d'une laideur sans remède qui l'avait tenue éloignée des autres jeunes filles et l'avait fait souffrir de l'indifférence de ses camarades à un âge où elle rêvait elle aussi de rencontrer le prince charmant. Mais, contrairement à ce qui se passait dans les contes, dans son histoire personnelle elle était restée un crapaud répugnant et avait appris peu à peu à vivre sa solitude, se réfugiant dans les études, protégée par un caractère farouche dont elle se servait pour cacher ses désillusions. Je l'ai écoutée répéter son histoire avec Bernardo Puente : après avoir reçu son diplôme universitaire, il était revenu à Vallenar et avait oublié la jeune fille la plus laide de sa promotion.

Quand la lumière matinale a éclairé la chambre, Adelina Dupré a mis fin à ses souvenirs et s'est enfermée dans la salle de bain, prête à retrouver son parfum Paloma Picasso et son tailleur bleu cintré.

Je l'ai accompagnée jusqu'à la sortie et elle est montée dans une Mazda verte.

– Je peux vous emmener, dit-elle en reprenant le ton de voix qu'elle avait au bureau.

– Ma voiture est garée à cinquante mètres d'ici.

Elle m'a regardé et je l'ai sentie chercher un mot aimable.

– Vous n'irez pas à la police, c'est sûr ?

– Dès que j'aurai quitté cette maison, je vous aurai oubliée.

– Je vous crois. Je n'ai jamais connu d'homme qui veuille se souvenir de moi.

Je l'ai regardée en silence et j'ai marché vers la sortie. La Mazda a démarré rapidement et a disparu au bout de quelques secondes dans l'horizon brumeux de la rue.

Je n'oublierai jamais la Dupré. Je conserverai son nom au côté de celui d'autres solitudes rencontrées dans le passé auxquelles je revenais quand j'avais besoin d'une justification pour rester dans l'arène, en traînant un corps de plus en plus lourd, plein de rides, usé comme des souliers de facteur.

J'ai bâillé à mon aise en marchant vers la Chevy et une demi-heure plus tard, j'étais au marché Tirso de Molina devant un pot de café au lait et un sandwich. Près de moi, trois dockers de la Vega buvaient leurs coups de rouge en mangeant un plat de tripes « *odorant et confortable comme une cuisse de veuve* ».

Le matin était froid. Derrière moi, comme un chœur grec cacophonique, les commerçants venaient d'ouvrir leurs étals de fruits et légumes. J'ai demandé un deuxième pot de café et, passée l'urgence de la nuit blanche, je l'ai bu lentement, tandis que mes compagnons parlaient du prix des tomates et du dernier but d'Iván Zamorano. J'ai traversé le Mapocho pour parcourir les allées du Marché central en regardant les maquereaux, les soles et les saumons exposés sur les comptoirs.

Je suis passé devant le kiosque d'Anselmo et suis monté dans mon appartement où m'attendaient Simenon et Mme Rosa accompagnée de ses deux amies.

– Nous ne volerons pas beaucoup de votre temps, jeune homme. Anselmo nous a raconté la raclée que vous avez donnée au voleur. Nous voulions vous remercier.

– Il ne fallait pas vous déranger. Ça a été facile et non dépourvu de plaisir, répondis-je en pensant à Valeria, la cousine de Pitico.

– Quel dérangement, jeune homme ? Mes amies et moi, on vous a apporté un petit quelque chose, a ajouté la vieille dame en me tendant un paquet enveloppé de papier rose.

Je l'ai ouvert et en ai sorti une longue écharpe de laine noire.

– Elle est jolie mais il ne fallait pas...

– Nous sommes pauvres mais reconnaissantes, a conclu une des vieilles dames accompagnant Rosa.

– Et maintenant, on s'en va. Nous ne voulons pas voler plus de temps à votre travail.

– Si le fameux Pitico se pointe de nouveau, ne manquez pas de me prévenir.

– On reste sur nos gardes.

J'ai accompagné les femmes jusqu'à la sortie. Dans le couloir, Basualto, le concierge de l'immeuble, vissait une plaque en plexiglas sur la porte de l'appartement de *Madame* Zara. En m'approchant de l'homme, j'ai lu : *Eden. Centre de relaxation intégrale.*

– Qu'est-ce que c'est que ça ?

– A bon entendeur, salut. La veille du jour où la voyante devait quitter son appartement, les filles l'avaient déjà loué.

– Des voisines affectueuses et actives, n'est-ce pas ?

– Bringue et guinche du matin au soir.

– Et la pollution acoustique alors ?

– Vous plaisantez, Heredia. Les affaires sont les affaires. Il faut vous faire à cette idée. Si vous ne supportez pas la chose, il vaut mieux chercher ailleurs.

– On dit que l'homme s'habitue à tout.

Avant de fermer la porte de mon bureau, j'ai entendu Basualto crier :

– Les filles ne sont pas mal du tout, je vous assure.

– Qu'est-ce que tu en dis, Simenon ? Nous allons avoir de petites chattes pour voisines.

– De quoi te plains-tu ? Un de ces jours, elles peuvent t'embaucher comme garde-fesses. Gigolo avec salaire fixe et feuille d'impôts.

– Ces derniers temps, je préfère être seul.

– Avec tes chats, ne nous oublie pas.

– Tes chats ? Tu as dit tes chats ?

J'ai entendu des miaulements désespérés sortant de la cuisine. Simenon m'a montré le chemin et je l'ai suivi jusqu'à un coin de la cuisine où étaient blottis sept chatons. Il m'a semblé l'entendre dire :

– C'est une triste histoire.

– Qu'est-ce que tu racontes ?

– Ce sont mes enfants, Heredia. Ils sont nés il y a une semaine.

– Tu es donc maintenant un père célibataire.

– C'est ce que nous sommes !

– Ce que nous sommes ?

– Je t'ai parlé d'une certaine Galleta avec qui je me promenais sur les toits, tu t'en souviens ?

– La grosse chatte qui habite chez les écrivains du troisième.

– La salope a abandonné ses petits.

– Merde, Simenon. L'émancipation féminine a ses avantages, dis-je en ouvrant le réfrigérateur pour en sortir une boîte de lait. Ça me rappelle l'après-midi où tu es arrivé.

– Ils sont sept.

– Un bon chiffre !

– Tu n'es pas content ?

– Fatigué, très fatigué. Au point de penser quelquefois à prendre un raccourci pour arriver plus tôt que prévu à l'incertitude. Mais non. On se fait toujours des illusions et on remet la douleur au lendemain.

J'ai versé le lait dans une assiette. Les petits se sont rassemblés autour du plat et j'ai regardé aller et venir pendant quelques minutes les langues des sept chatons blancs et mousseux.

– Dors. Je veille sur la maison, sur tes rêves et sur mes petits, a dit Simenon.

VII

– C'est le plus judicieux, tu en es sûr ? a demandé Cambell. A l'autre bout du téléphone, sa voix trahissait la peur et l'inquiétude.

– La meilleure façon de nettoyer la marmite, c'est de la récurer à fond.

– Tu ne sais même pas ce que tu cherches exactement.

– C'est la vie ! Une ou deux certitudes et une kyrielle de doutes.

– C'est ta peau qui est en jeu.

– Si je ne te rappelle pas avant minuit va au City et demande Mariano, le barman. Je lui ai laissé pour toi une copie du rapport. Attends quelques jours et si Dupré, l'avocate, ne tient pas sa promesse, publie-le.

J'ai coupé la communication et j'ai bu une bonne rasade de la vodka commandée à Mariano. Le City était presque désert : à peine un couple parlant à voix basse dans un des coins les plus éloignés et les plus obscurs.

– La même chose et l'addition.

– C'est pas un peu tôt pour picoler comme ça ?

– Je suis un peu timide et ce matin je dois frapper à quelques portes.

J'ai conduit la Chevy jusqu'à l'appartement de Leal. J'avais juste le temps de me garer près de l'immeuble, de trouver un téléphone et de l'appeler pour lui dire que je lui apportais un courrier en express expédié à son nom et à remettre en main propre.

– Je suis sur le point de sortir, dit Leal.

– C'est un envoi urgent. Il vient de New York.

– New York ?

– Vous pouvez me donner une autre adresse ?

– Non, s'empressa-t-il de répondre. Il vous faut combien de temps ?

– Cinq minutes.

– Je vous attends.

J'ai regardé ma montre en souriant. Le piège était tendu et j'avais le temps nécessaire pour arriver ponctuellement au rendez-vous.

J'avais décidé qu'une bonne dose de violence inattendue était la meilleure manière d'affronter Leal. Il avait l'habitude de se protéger derrière des intrigues ourdies par lui avec une particulière intelligence mais devait certainement manquer de défense quand on l'affrontait seul à seul.

J'ai appuyé sur l'interphone et après avoir entendu sa voix, j'ai répété l'histoire du courrier. La grille d'accès s'est ouverte et j'ai parcouru le couloir conduisant aux ascenseurs.

Leal portait un élégant costume d'alpaga, une chemise noire et un foulard de soie rouge noué autour du cou. D'une main, il tenait une cigarette éteinte et de l'autre, un agenda de cuir. Il m'a regardé des pieds à la tête en cherchant la correspondance que j'étais supposé lui remettre et, pris au dépourvu, a reçu deux coups de poing dans le ventre. Il a vacillé, et sans lui laisser toucher le sol, je l'ai cueilli au menton. J'ai attendu ensuite de le voir récupérer avant de l'obliger à marcher jusqu'aux toilettes où je lui ai mis la tête dans la cuvette tout en tirant la chasse d'eau.

Quand j'ai pensé qu'il était sur le point de se noyer, je suis revenu dans le living et lui ai ordonné de s'asseoir dans un luxueux fauteuil de cuir.

J'ai alors enfin respiré tranquillement et je lui ai mis mon revolver sous le nez.

– J'ai des dollars dans la bibliothèque, balbutia une voix qui retrouvait une respiration normale.

– Je ne suis pas là pour voler, Leal.

Le fait de mentionner son nom l'a surpris.

– Je connais ton nom et une bonne partie de ton histoire.

– Qui êtes-vous ?

– Tu ne le sais pas ? Il m'a suffi de donner mon nom à Diocares pour le laisser se charger des détails.

– Heredia.

J'ai acquiescé d'un sourire. Leal a semblé rétrécir sur le fauteuil :

– Où est Diocares ?

– Seul, très seul.

– Mort ?

– Vous ne le saviez pas ?

Leal a dit non de la tête.

– Son chemin a croisé celui des flics. Mais avant, il avait pas mal parlé.

– Que voulez-vous ?

– Confirmer certains soupçons.

– Je peux doubler la somme promise à Diocares.

– Parlons de Gordon.

– Gordon ? demanda-t-il, fuyant.

Je lui ai balancé une gifle et je l'ai écouté se plaindre pendant quelques secondes.

– Ça peut être le début ou la fin. A vous de décider.

Il s'est essuyé le visage avec un mouchoir :

– Que savez-vous ?

J'ai parlé brièvement du projet Gaschil et du rapport falsifié par Adelina Dupré.

– Gordon était un obstacle, dit-il presque froidement. Au cours d'une réunion, j'ai entendu parler Javier Vicencio, un des conseillers du sous-secrétaire. D'après lui, l'approbation du projet pouvait être entravée par la Cour des comptes. C'était un commentaire fait au passage, sans aucun détail, mais j'en ai discuté avec les gens du bureau d'études Benex et ils ont décidé d'intervenir.

– Votre loyauté envers Benex était la plus forte.

– Je vends des informations. D'ici ou d'ailleurs, ça m'est égal. Ma loyauté dépend de ce qu'on dépose sur mon compte courant.

– Vous avez proposé de parler à Adelina Dupré.

– Ça s'est passé après. Auparavant, le bureau d'étude a envoyé un de ses avocats discuter avec Gordon.

– Claudio Plaza.

– Gordon a refusé de toucher de l'argent. Il a tenu à Plaza un discours stupide sur l'éthique et les devoirs. J'ai proposé une autre manière de traiter le sujet. J'ai parlé de Diocares et les gens de Benex ont été d'accord, excepté Plaza. Alors j'ai pensé à mon amie Adelina et j'ai été la voir pour qu'elle essaye de faire entendre raison à Gordon. Comme vous le savez, elle a échoué.

– Vous avez repensé à Diocares.

– Mais Plaza n'était pas d'accord. C'était un technocrate mollasson, bon à manier des chiffres mais incapable de comprendre le monde réel. Il a fait un scandale et quand ses associés lui ont appris la mort de Gordon, il s'est pendu. Quand j'ai su que le manuscrit de Gordon était en circulation, je suis retourné voir Adelina.

– Vous avez donné l'ordre de me tuer.

– Il s'agissait de savoir ce que vous saviez de l'affaire. Mais Diocares est devenu nerveux malgré les recommandations de Bernales.

– Bernales ?

– Je vous croyais mieux informé.

J'ai caché ma surprise :

– C'est seulement une confirmation. Mis à part Vicencio, qui d'autre était mêlé à l'affaire au ministère ?

– Mes relations n'ouvrent que de petites portes.

– Vous mentez !

– C'est votre parole contre la mienne. Quant à Vicencio, sa participation est circonstancielle.

– Soyez plus clair.

– Il ne touche pas d'argent pour approuver le projet. Je dirais qu'il est une des victimes.

– Expliquez-vous.

– Dans le passé, j'ai eu accès à certains documents de Vicencio concernant une négociation menée conjointement avec d'autres camarades du parti. Il s'agissait de financer la campagne d'un candidat à la députation et ils n'ont rien trouvé de mieux pour obtenir de l'argent que de gonfler le coût d'une adjudication. Cette martingale peut donner de bons résultats à condition d'avoir assez de patience pour laisser la bourse se remplir peu à peu. Il suffit d'avoir un ami créancier, de demander de grosses cotisations et de garder ce qui excède la valeur réelle du travail. Cette fois-là, Vicencio a essayé de remplir le sac d'un seul coup. Il a payé deux cents millions un travail qui en valait trente. Je lui ai laissé entendre que j'étais au courant et depuis, je le tiens.

– Vicencio sait-il ce qui s'est passé dans l'affaire Gaschil ?

– Il sait que Gordon est mort mais il ignore qu'il a été assassiné, dit Leal, le visage illuminé par un sourire sarcastique.

– Un type comme Vicencio n'est pas un bébé.

– Reconnaissez que l'affaire vous dépasse. Vous en savez maintenant beaucoup plus qu'il n'en faut. Faites preuve d'intelligence et acceptez mon offre. Tout le monde y gagne, tout le monde est content.

– J'ai l'impression que vous me cachez quelque chose à propos de Vicencio.

– Vous aimez les devinettes ou vous réfléchissez plus vite que je croyais.

– Vous vous êtes trahi, Leal. Quand vous mentez, vous souriez.

– Parlons, Heredia. Je dis tout ce que je sais et en échange, vous me laissez partir, vous discutez avec Adelina et repoussez de deux jours la publication du rapport. Dans deux jours, j'empoche mes honoraires chez Benex et je disparais. Vous recevrez votre part.

– Comment être sûr que vous n'allez pas engager un autre Diocares ?

– Je suis un homme d'affaires.

– Je vous écoute, dis-je en feignant l'intérêt. Que savez-vous ?

– Je peux vous montrer certaines photos. Une bonne image permet d'économiser mille paroles.

J'ai laissé Leal se lever et je l'ai suivi en appuyant le revolver contre sa tête.

VIII

La bibliothèque était vaste et lumineuse avec des parois couvertes d'étagères bourrées de livres d'analyses sociologiques et de biographies d'hommes politiques. Il y avait deux classeurs contre un mur et au milieu de la pièce, j'ai remarqué un bureau sur lequel était posé un ordinateur couleur de graphite. Près du bureau, deux chaises et sur l'une des cloisons, j'ai reconnu le diplôme attestant le passage de Leal par la faculté de droit.

Il a esquissé un sourire que j'ai interrompu d'une bourrade dans le dos. Il a vacillé mais s'est retenu à un fauteuil pour ne pas tomber.

– Je croyais que nous étions arrivés à un accord, dit-il en réussissant à s'asseoir sur une chaise.

– Je n'ai pas encore parlé d'accord.

Il a sorti d'un classeur six photos ; j'y ai reconnu une femme et deux hommes, aussi nus qu'elle, essayant une curieuse pirouette sexuelle. Elle avait l'air d'être soûle et ses compagnons semblaient savourer la scène pour une raison qui dépassait les charmes détériorés de la femme.

– Irene Vicencio, dit Leal. Il y a longtemps, elle s'est persuadée qu'elle pouvait être actrice mais elle n'a pas été plus loin que des rôles de troisième catégorie et des bars fréquentés par des acteurs aussi mauvais qu'elle. Elle est alcoolique et même si elle a l'air d'une dame, elle commet beaucoup d'écarts. Son frère la protège, il lui trouve du travail et des invitations dans des émissions de télévision, ça lui permet de maintenir son nom à l'affiche. On lui demande parfois de faire partie des compagnies qui cherchent une aide du gouvernement pour monter leur spectacle.

– Que vient faire cette dame dans notre affaire ? demandai-je en mettant les photos dans ma veste.

– J'explique la collaboration de Vicencio. Il a des ambitions politiques et sait que ce genre de photo peut lui nuire.

– C'est seulement sa sœur. Je ne vois pas en quoi cela peut l'affecter.

– Les apparences comptent dans un milieu aussi coincé que celui du Chili. Mais ce n'est pas tout. Il y a quatre ans, Irene Vicencio a écrasé un homme avec sa voiture. Elle conduisait en état d'ivresse et seule l'intervention de son frère lui a évité d'être fichée et poursuivie en justice. Elle s'en est bien tirée mais Vicencio a commis l'erreur de me charger de certaines démarches.

– Vous m'écœurez, Leal.

– Les gens me font confiance et moi j'explore leurs côtés obscurs. Ensuite, il s'agit de savoir négocier avec ceux qui détiennent une parcelle de pouvoir.

– Cette fois, vous avez raté votre coup. Je veux des noms. Qui protège Benex ?

– Il est trop tard pour tenter de les poursuivre. Deux de mes contacts se trouvent hors du Chili et Plaza était le troisième. Le reste, ce sont des employés de bureau et des gestionnaires sans relations directes avec le projet. Vous vous rendez compte, Heredia ? Allez-vous accepter ma proposition ou continuerez-vous à jouer à ce jeu absurde ?

J'ai gardé le silence et me suis approché de la fenêtre. Elle donnait sur un parc où des enfants couraient autour d'une locomotive d'un autre temps. Je pensais poser d'autres questions mais j'ai commis l'erreur de me laisser distraire assez longtemps pour permettre à Leal de se lever et de me lancer un presse-papiers dans le dos. J'ai senti une douleur aiguë et quand je me suis retourné pour revenir à l'attaque, j'ai vu Leal sortir de la pièce.

J'ai couru, certain de le rattraper avant le premier étage. Mais ce n'était pas mon jour de chance ou mon ange gardien avait la gueule de bois. Leal est arrivé dans la rue et quand il a essayé de traverser, une camionnette a projeté son corps en l'air et l'a laissé le visage collé à un pavé sentant la terre et l'essence. Un épais filet de sang sortait de sa bouche et ses yeux apercevaient un horizon qui pour lui s'éteignait lentement.

J'ai commencé à m'éloigner. Des curieux s'approchaient du corps de Leal et une femme appelait une ambulance à grands cris.

Une demi-heure plus tard, je déambulais encore dans les rues sans savoir où aller ni que faire.

IX

– Ils ont mis une grande enseigne publicitaire pour Coca-Cola jusque sur le Lycée national où j'ai fait mes études, a dit Olivos derrière moi. Un de ces jours ils vont en mettre une sur le toit de la cathédrale et sur les mur de la Moneda.

– Olivos nous fait sa crise de nostalgie, dit Cambell. Il lui suffit de boire deux verres pour se rappeler son enfance, les beignets de sa grand-mère et Berta, la petite bonne qui l'a dépucelé à douze ans.

– Et toi, tu es de plus en plus fou. Qui aurait l'idée de venir voir le lever du jour du haut d'un immeuble ?

Cambell s'accrochait au garde-fou séparant la terrasse du vide.

– Il y a peu de choses à voir. A l'ouest, on suppose qu'il y a la Cordillère et vers le nord on distingue à peine le Cerro San Cristóbal. S'il ne pleut pas avant demain, on va tous s'asphyxier, y compris les imbéciles qui font des promesses à San Isidro pour lutter contre la pollution.

– Les pigeons me font pitié. Ils respirent et chient de la merde. Si rien ne change, nous allons bientôt vivre le dernier crépuscule, dit Olivos en jetant dans le vide un paquet de Belmont.

– C'était mes cigarettes, connard ! a crié Cambell.

– A partir d'aujourd'hui j'arrête de fumer. Je m'habituerai à écrire sans avoir une cigarette au bec.

– Tu dis ça depuis dix ans. Si tu pouvais transformer tes illusions en pages écrites, ton œuvre serait plus volumineuse que celle de Jules Verne.

Nous étions soûls tous les trois. Quand j'étais arrivé au bureau de Cambell, lui et Olivos essayaient d'écrire un article sur l'enfance maltraitée. Le travail n'avançait pas et au bout d'une heure, ils avaient décidé de le remettre à un autre jour et d'aller au bar du coin manger des *locos* et boire du vin blanc.

Cambell n'avait pas attendu minuit pour aller chercher la copie du rapport au City et, s'il n'avait pas voulu faire de commentaire, je devinais que l'utilisation qu'il pouvait faire du document l'enthousiasmait.

Après la deuxième bouteille, je leur avais raconté mon entrevue avec Leal. Olivos avait écouté en silence et Cambell, après avoir fait quelques commentaires, nous avait invités à monter sur la terrasse de la tour San Jorge où il habitait.

– On va faire un reportage sur l'enquête. On le publie dans la revue et puis on l'envoie à d'autres canaux journalistiques. Evidemment, je ne pense pas te faire écrire l'article, Heredia. Les mots et l'orthographe, ce n'est pas ton truc.

Je n'ai pas voulu prendre en compte sa dernière réflexion :

– Alors qui ?

– Notre scribe raté, dit Cambell en montrant Olivos le regard toujours perdu dans le ciel gris.

– Ne comptez pas sur moi. J'en ai marre de mettre mes roustons sur le gril. Toutes ces dernières années, j'ai joué ma tête en écrivant des déclarations, des manifestes et des pamphlets. Ceux qui ont signé ces déclarations sont aujourd'hui ministres ou sénateurs, et moi je tire toujours le diable par la queue.

– Tu vas te plaindre pendant cinq minutes et puis tu accepteras, dit Cambell. Au fond, tu n'as jamais cessé d'être un romantique. Un écrivain qui croit que les mots et les livres servent à quelque chose. A quinze ans, tu as lu ce bon vieux Sartre et tu ne te sortiras jamais de la tête que la littérature est un témoignage et un engagement.

– Ecrire est un dialogue avec soi-même et un inconnu. Remplir une page blanche, être tout seul en essayant d'interpréter les étoiles ou encore prier, c'est du pareil au même, murmura Olivos.

Je me suis rapproché de lui :

– C'est une petite bataille que nous pouvons gagner, un combat qu'il nous faut livrer.

– Ecoute-le, Olivos. C'est le maître des causes perdues qui te parle !

Olivos m'a regardé attentivement puis, comme s'il se rappelait une chose triste, il m'a serré dans ses bras avec effusion.

– C'est juste un peu de littérature de commande, lui dis-je.

– J'ai passé cinq ans à écrire des conneries dans une administration, a dit Olivos d'une voix saccadée. Discours, rapports, communiqués de presse. J'arrivais à huit heures du matin au bureau comme une éponge gorgée d'eau et à six heures du soir, j'étais sec. Je sortais dans la rue et tout en marchant, j'essayais de trouver deux mots, juste deux mots pour tisser une histoire. Mais rien. Ils me volaient mon enthousiasme. Je voulais écrire et il me restait tout juste la force de me rendre dans un bar et de m'asseoir à côté d'un ami pour lui raconter, jour après jour, les chapitres de mon grand roman imaginaire.

– C'est moi qui vais le faire, a dit Cambell anticipant le deuxième refus de Olivos. Il s'agit d'écrire deux ou trois vérités.

– Bordel ! a crié Olivos comme pour se débarrasser d'une bestiole collée à sa peau. Je vais écrire cet article. Aidez-moi seulement à trouver les trois premières lignes.

– Tu es toujours des nôtres, lui dit Cambell sur le point de perdre l'équilibre sous l'effet de sa cuite.

J'ai rendu son accolade à Olivos et je l'ai conduit jusqu'au garde-fou qui s'ouvrait sur une aube de trottoirs défoncés et crasseux.

– C'est une bonne cause.

– Les bonnes causes sont toujours des causes perdues.

– Qui sait ? Il faudra bien que ça change un jour.

– Ça sert à quoi ?

– C'est nécessaire.

– Je vais rédiger cet article, Heredia.

– Mets-y tous les adjectifs que tu connais

– Achète-moi un paquet de Lucky. Je ne peux pas écrire sans cigarettes.

X

Nous sommes revenus dans le bureau de Cambell et pendant trois heures, nous avons reconstruit l'histoire de Gordon. Olivos, la tête penchée, prenait des notes sur un bloc d'ordonnances dérobé à son beau-frère médecin. De temps en temps, il levait les yeux et demandait du café. On aurait dit un élève puni condamné à écrire deux mille fois : je ne dois pas regarder les jambes de la maîtresse.

J'ai passé sous silence le nom d'Adelina Dupré et demandé à Olivos d'insister lourdement sur Leal et ses amis, les cadres de Benex. A midi, quand l'écrivain s'est installé devant un des ordinateurs de Cambell, j'ai pris ma veste et après avoir choisi une chanson de Sandro dans le juke-box, je me suis retiré.

J'allais pénétrer dans l'immeuble de la rue Aillavillú quand on m'a appelé du Touring. C'était Barrios, un des serveurs du bar. Un homme à l'air triste l'accompagnait. Le jeune a dit en montrant l'inconnu :

– Je voudrais vous présenter don Félix. L'achat du kiosque l'intéresse.

– Je viens de prendre ma retraite et j'ai quelques économies, dit l'homme puis après avoir étudié ma réaction, il a ajouté : le kiosque peut servir à faire bouillir la marmite.

– Deux millions, sans crédit, sans commission et sans marchandage.

L'homme a souri en montrant des dents minuscules.

– Qu'en dites-vous ? lui a demandé Barrios.

– C'est dans mes possibilités, répondit-il à voix basse comme s'il confessait un abominable péché.

– Quand pouvez-vous régler l'affaire ? a demandé le garçon de café.

– Dès demain. Nous signons les papiers chez un notaire et le kiosque appartient à don Félix.

L'homme a balbutié :

– Bien. A quelle heure ?

- A dix heures.

Nous avons mis fin à la transaction en nous serrant la main et quand Barrios a offert de boire un coup pour conclure l'affaire, j'ai prétexté un travail en cours. Je voulais me reposer, dormir quelques heures et oublier l'histoire qu'en ce moment-même Cambell et Olivos résumaient en quinze feuillets. Mais mon souhait est resté du domaine des bonnes intentions car Bernales m'attendait en fumant à la sortie de l'ascenseur. Nos regards se sont croisés et, sans rien lui dire, j'ai laissé le policier entrer dans mon bureau.

– Vous passez peu de temps chez vous, dit Bernales.

– Aucune loi n'interdit de rester hors de son domicile. Amis, femmes, affaires, les raisons ne manquent pas.

– Peut-être fuyez-vous un crime ?

– Encore tes histoires absurdes ? Tu penses maintenant à quel genre de bêtise ? dis-je en m'asseyant au bureau.

– Vous avez rencontré Leal hier.

– Non.

– On vous a vu sortir de son immeuble.

– Tu me faisais suivre ou tu surveillais le défunt ?

– Que vous a dit Leal ?

– Rien que je ne sache déjà.

– Je pourrais vous arrêter, Heredia. « Un détective amateur soupçonné d'assassinat. » Ça ferait une bonne manchette.

– Ou bien : « Un flic ripou menace un honnête détective ». Et sans attendre la réaction de Bernales : tu n'as plus envie de jouer au journaliste de faits divers ?

Bernales a hésité entre s'asseoir en face de moi et rester debout. Il a opté pour la deuxième solution et a marché à travers la pièce comme s'il pouvait y trouver dans un coin les mots nécessaires pour poursuivre le dialogue. Finalement, il a demandé :

– Que pensez-vous faire de l'histoire de Gordon ?

– Le cercle s'est refermé de nouveau. Je n'ai ni preuves, ni aveux, ni témoins.

– J'avais l'intention de découvrir l'assassin de Gordon. Mais le jour où j'ai mis la main sur Diocares, j'ai appris qu'on voulait me radier du service. J'ai pensé à l'avenir et suis arrivé à un accord avec lui.

– Bizarre ! En même temps, tu me donnais des pistes pour arriver jusqu'à lui.

– J'étais troublé et j'ai pensé, entre autres choses, que vous pouviez affronter Diocares. Quand l'affaire du centre commercial a eu lieu, j'ai cru que l'histoire finissait bien. Mais voilà, vous aviez des cartes dans votre manche.

– Tes explications sont superflues, Bernales. Tu n'es pas le premier flic à passer de l'autre côté.

– Je veux réparer mon erreur.

– Il est trop tard pour avoir des remords.

– Je voudrais être votre ami, Heredia. Un jour, je vous ai évité de vous transformer en assassin. Souvenez-vous en.

– Nous pourrons peut-être en discuter plus tard. Un autre jour, dans un autre état d'esprit.

– Ce sont vos derniers mots ?

J'ai pris une cigarette et me suis approché de la fenêtre donnant sur la rue Bandera. Un bus passait à toute allure pour se perdre à l'horizon qui commençait au-delà du Mapocho. La vie suivait son cours.

– Au revoir, Heredia.

Je n'ai rien dit. J'ai allumé ma cigarette et j'ai entendu le bruit de la porte qui se refermait. Bernales était entré dans un passé auquel je ne souhaitais pas revenir.

XI

Une semaine plus tard, Cambell a téléphoné pour me prévenir : la revue avec l'article sur le projet Gaschil était à l'impression.

La veille, Griseta était passée chez moi. Elle était entrée, avait parcouru les pièces et servi des tasses de thé que nous avions bues quasiment sans parler, nous regardant comme deux êtres qui ont beaucoup de choses à dire et ne savent par où commencer. Je lui avais parlé d'Anselmo et de sa nouvelle vie à Viña del Mar. Elle avait quitté son emploi de vendeuse et était maintenant professeur dans une école de secrétariat. Elle me dit que je lui manquais sans évoquer la possibilité de revenir. Moi, je ne lui avais pas parlé du nombre de fois où je pensais à elle, toujours associée à une pluie imprévue, signal de son retour. On était allés voir un film avec Robert de Niro et dans l'obscurité de la salle, la main dans la main, j'avais cru revivre la magie d'autres après-midi. Il ne s'était rien passé. En sortant de l'irréalité, la lumière nous avait fait reprendre nos distances des mois précédents et finalement, nous nous étions séparés près de la statue de Pedro de Valdivia, le point de repère pour les rendez-vous des amoureux du dimanche.

Après avoir parlé avec Cambell, j'ai retrouvé un costume noir dans l'armoire et suis sorti dans la rue du pas triste et résigné de ceux qui doivent faire des démarches au service des impôts. Le matin était froid et les feuilles chargées de suie et de poussière tombaient des arbres, annonçant l'arrivée de l'automne. J'attendais ces jours-là pour marcher dans le parc forestier et acheter des marrons grillés à une femme, postée sur la rue Recoleta, au milieu des vendeurs de fleurs et des babioles d'un marché aux puces moribond, étalant sur une centaine de mètres ses présentoirs chargés de vieux livres, de souliers d'occasion et de bols en faïence. Je marchai sans hâte, entrai au Haïti boire un café au lait puis, sans raisons, décidai d'affronter Vicencio.

Arriver à lui se révéla plus facile que je ne pensais. Mettant à profit la confusion provoquée par une délégation d'étudiants, je suis entré dans son cabinet à l'heure où les fonctionnaires désertaient leurs bureaux pour casser la croûte. Un tableau avec les noms des différents secrétariats et leur situation respective m'a aidé dans mes recherches.

Je l'ai trouvé dans un petit bureau dont l'unique décoration était une photo du président de la République et un calendrier vieux de trois ans. Vicencio était un homme de cinquante ans, brun et mince. Ses cheveux bouclés tombaient de chaque côté de son visage, ses yeux étaient profondément cernés et quelque chose dans son expression faisait penser à un collégien puni. Il portait un pantalon gris, un gilet bleu sans manches et une cravate rouge piquée d'une perle.

J'ai prononcé son nom et il a levé la tête du dossier qu'il étudiait :

– Que puis-je pour vous ?

Je l'ai regardé sans savoir que dire et j'ai eu un instant envie de faire marche arrière et de chercher la sortie.

– Prenez place, s'il vous plaît – et il m'a montré la chaise devant le bureau. Il s'est levé pour mettre un dossier dans un classeur. En le voyant marcher, j'ai remarqué qu'il boitait de la jambe droite et je me suis souvenu des paroles de *Madame* Zara, la voyante.

– De quoi s'agit-il ?

– Je suis venu vous remettre une chose qui vous appartient, dis-je en déposant sur le bureau les photos d'Irene Vicencio.

Il les a prises et une expression de douleur plus que de colère a durci son visage.

– Comment les avez-vous obtenues ?

– Nicolás Leal me les a données avant de mourir. Il m'a aussi raconté des choses sur votre sœur.

– Combien ?

– Rien.

– Que voulez-vous ? demanda-t-il un peu déconcerté comme si tous ceux qui entraient dans son bureau venaient quémander quelque chose.

– Vous raconter une histoire en espérant que vous ferez quelque chose pour en changer la fin.

Je me suis mis à lui parler de ce matin à Las Cruces quand, me rendant à Santiago pour chercher Griseta, j'avais fini par être mêlé au mystère entourant la mort d'un inconnu du nom de Gordon.

– Leal m'a parlé de Gordon. Il a exigé que je le tienne informé des intentions du gouvernement concernant le projet Gaschil. Je l'ai fait à cause des photos.

– Aviez-vous connaissance des pressions exercées par le bureau d'études Benex ?

– Les entreprises qui postulent dans une adjudication essayent d'obtenir des avantages, c'est normal. De plus, pour être franc, rares sont les contrats libres de toute interférence. Depuis la construction de routes jusqu'à l'achat de cartes de Noël, il suffit de pouvoir compter sur certaines relations.

– Comme le dit un ami journaliste : le talent n'engendre rien, seul le piston est fécond.

– Ce sont des règles qui permettent de survivre dans l'entourage du pouvoir.

– Mais un pas en entraîne un autre et un jour, la chaîne sera si longue qu'il faudra même graisser la patte aux chauffeurs de bus.

– La corruption de notre système politique est un jeu d'enfants.

– Les enfants grandissent et leurs ambitions aussi.

– Nager contre le courant ne donne que des héros mouillés, a ajouté Vicencio après avoir haussé les épaules comme pour ôter de l'importance à mon commentaire.

– Leal avait-il des contacts avec le sous-secrétaire ?

– Ils se sont rencontrés en deux occasions mais je ne suis pas au courant de leurs conversations.

– Le sous-secrétaire voulait peut-être un morceau du gâteau.

– C'est une opinion risquée. Je ne peux pas vous assurer que ce soit le cas. Quant à l'innocence du sous-secrétaire, je ne mettrais pas non plus ma main au feu.

– Si nous revenions au chantage exercé sur vous par Leal.

– Leal gagnait son argent en vendant des ragots. Malheureusement nous avons tous quelque chose à cacher et sommes parfois prêts à payer.

– Vous n'êtes pas plus innocent que Leal. Je parie que vous lui fournissiez des renseignements sur d'autres personnes pour qu'il les fasse danser.

– Une partie de mon travail consiste à transmettre des informations.

– Je m'en moque, Vicencio. Je ne suis pas venu vous juger.

La rumeur des bavardages des fonctionnaires retournant à leurs activités parvenait au bureau de Vicencio. J'ai allumé une cigarette et me suis levé.

– Pourquoi êtes-vous venu me voir ?

– Ça ne me plaît pas mais il faut toujours tenir compte des limites du terrain.

– Le pouvoir a ses règles et, comme la plupart des gens, vous êtes loin de les comprendre. Accords, alliances, faveurs. Ne cherchez pas d'explications, Heredia. Vous perdriez votre temps.

– La politique ne m'intéresse plus. J'ai une conception plus simple et plus honnête de la vie.

J'ai marché vers la sortie et me suis arrêté un moment pour prendre congé.

– Merci pour les photos, dit-il en déchirant l'une d'elles.

– Ne me remerciez pas encore. Ce que je viens de vous raconter sortira au grand jour aujourd'hui ou demain.

Troublé, Vicencio m'a demandé :

– Vous pensez vous adresser aux journaux ? Vous croyez qu'ils vous prendront au sérieux ? Il me suffit de passer quelques coups de fil pour que rien de ce que vous pourriez dire ne soit publié.

– Je sais que la réalité du pays ne se trouve pas dans les journaux. Malgré tout, si mon histoire est publiée quelque part, les gens poseront des questions et vous, votre chef ou peut-être quelqu'un de plus important devra y répondre.

– Nous pouvons trouver un accord.

– Je ne cherche pas à gagner de l'argent et je n'ai pas peur. Je ne crains de perdre qu'une seule chose, l'amour.

– L'amour ?

– L'amour permet d'être courageux, d'éviter l'ambition, d'être libre.

– Vous ne savez pas dans quel monde vous vivez.

– Je pensais seulement au Tao.

– Alors pourquoi me raconter l'histoire de la presse ?

– Pour vous donner le temps de faire machine arrière. Si cela a lieu, beaucoup vont être contents ; ils croiront avoir gagné quelque chose et poursuivront la lutte. Les gens ont besoin de petites victoires face à leurs grands problèmes. L'heure est venue de mettre un terme au temps du dégoût, dis-je en sortant du bureau.

Je suis rentré chez moi et j'ai appelé Ballinger pour qu'il prévienne ses amis écologistes de ce qui pouvait arriver avec le projet Gaschil. Le gringo a écouté sans rien dire et à la fin de mon histoire, s'est contenté de m'inviter à boire une nouvelle série de bières.

Une semaine après la publication de l'article, je l'ai vu arriver chez moi. Il était euphorique et son visage, plus rouge que jamais, semblait le lieu idéal pour un sourire éternel. Il m'a salué avant d'observer l'aspect du bureau :

– Tu devais passer me voir mais tu ne l'as pas fait. J'ai pensé que si tu ne venais pas aux bières, elles viendraient à Heredia avec moi. De plus, je suis venu t'inviter à une fête de nos amis écologistes pour célébrer la nouvelle d'hier. Ça se passe sur le Cerro San Cristóbal.

– Quelle nouvelle ?

– Tu n'as pas lu les journaux ?

Ballinger m'a tendu un exemplaire de *La Tercera.* J'ai lu, sous une grande photo en première page : « *Le gouvernement a répondu aux demandes des écologistes et la mise en adjudication de la construction du gazoduc est reportée dans l'attente des conclusions de l'enquête concernant les dénonciations faites par écrit. La décision a été annoncée au cours d'une conférence de presse et dans les sphères proches du gouvernement, on murmure qu'un nouvel appel d'offres sera lancé.* »

– Nous avons marché sur la queue du chat. Devant le regard de reproche de Simenon, j'ai ajouté : c'est juste une métaphore.

Nous avions passé une semaine de nuits épuisantes de veille dans le bureau de Cambell ou dans le mien, seuls, à écouter les bulletins d'informations des stations de radio ou encore en compagnie d'Olivos occupé à écumer les rayons de la bibliothèque et à lire, indifférent à mes commentaires. Le gouvernement avait fait l'objet de violentes critiques après la publication de l'article et le journaliste avait été menacé d'un procès pour violation de la loi sur la sécurité intérieure de l'Etat. La police avait perquisitionné dans les locaux de Cambell pour confisquer les exemplaires de la revue que les gens s'étaient arrachés en un jour dans les points de vente. Cambell avait passé deux nuits dans la prison de Capuchinos et son compte courant s'était allongé de plusieurs zéros vers la droite. Pendant que les flics parcouraient en vain les kiosques à journaux de la ville, le groupe écologiste dirigé par Bórquez avait demandé, avec l'appui de certains députés, une enquête à l'intérieur de la Cour des comptes. Après avoir fait remarquer qu'il n'avait pas à se soumettre aux pressions d'autres pouvoirs de l'Etat, l'organisme avait rendu public un rapport signalant, à partir de l'enquête de Gordon, les vices de fonctionnement du projet Gaschil. Un journaliste avait posé certaines questions à propos de la mort de Gordon et dénoncé le fait que l'état-major de Gaschil se trouvait hors du Chili.

– Prends ta veste et en avant, m'ordonna Ballinger.

Le gringo a garé sa Jeep à l'entrée de la rue Pío Nono. Nous avons marché vers la colline sur des sentiers jonchés de papiers, de bouteilles de pisco vides, de cartons, de reliefs de nourriture et d'ordures, restes d'une nuit de bringue dans le quartier de Bellavista. Au fil de notre avancée vers le lieu du meeting, nous nous mêlions à des groupes de jeunes brandissant des pancartes et des drapeaux verts. Certains arboraient la chemisette bleue du club de l'Université du Chili, d'autres, vêtus de noir, ressemblaient aux restes d'une armée en déroute. Ballinger a hâté le pas jusqu'à une scène improvisée où un duo de jeunes filles blondes finissait sa chanson. Nous avons aperçu Bórquez au milieu d'un groupe, sur le côté de la scène, entouré d'une douzaine de journalistes brandissant leurs magnétophones. Nous nous sommes approchés et une demi-heure plus tard, après s'être débarrassé des interviews, il nous a fait signe de le rejoindre derrière le podium.

– Nous n'espérions pas autant de monde.

– Beaucoup de jeunes et beaucoup d'enthousiasme, a commenté Ballinger.

– Je voudrais vous remercier pour ce que vous avez fait pour nous, Heredia.

– Un vieil ami aurait dit : « *Ce fut un heureux mélange de chance et de sueur.* »

– Une victoire que nous pourrons fêter, au moins pour un temps.

– Pourquoi ce ton désenchanté ?

– Le projet Gaschil sera remplacé par un autre.

– Cette fois, le gouvernement prendra des garanties ou fera correctement les choses, dis-je.

– Tant que le gazoduc représentera une bonne affaire, il l'appuiera jusqu'au bout.

– Il faut que tout le monde soit content aujourd'hui, dit Ballinger.

– On m'attend sur le podium pour dire quelques mots.

Ballinger a dit en regardant le dirigeant se frayer un chemin vers la scène :

– Un type bien.

– « *C'est une bonne guerre et c'est grandement servir Dieu que de supprimer d'aussi mauvaises graines de la face de la guerre.* »

– La Bible ?

– Citer Don Quichotte, c'est un peu citer la Bible.

– C'est un très gros livre, il y a trop de pages à lire.

– Et trop de gens autour de moi. Je me sens nerveux quand il y a plus de trois personnes à mes côtés.

– C'est l'heure de boire des bières ! s'exclama le gringo.

– Non, pas aujourd'hui. Un de ces jours, je passerai te voir au bureau.

J'ai quitté Ballinger et laissé derrière moi l'écho des cris et le souvenir des pancartes protestant contre les essais nucléaires, la pollution de Santiago et le massacre des forêts du Sud. Arrivé dans le parc Gómez Rojas, j'ai enfin respiré. J'ai sorti de ma veste la fiole de whisky prévue pour les urgences et, quand j'ai senti mon sang retrouver son enthousiasme, j'ai traversé le Mapocho.

J'ai eu à ce moment-là l'impression que la manifestation fermait une parenthèse et que je revenais à Santiago sur les pas d'une jeune fille au prénom de tango.

XII

Du rouge. Beaucoup de rouge. Rouge du sang, de la colère, de l'inaction qui m'entraînait dans des heures dépourvues de sens, interminable comme une montagne russe dont je ne pouvais descendre. Le rouge intense du néant à onze heures, au matin d'un jour quelconque, à observer les visages des gens émergeant du métro, expulsés vers la vie, comme ces condamnés, étrons de Lucifer, dans une peinture de Jérôme Bosh. Deux heures plus tôt, j'avais accompagné un client retournant dans le Sud ; je l'avais aidé à retrouver son frère perdu de vue depuis quinze ans. N'ayant rien d'autre à faire ce jour-là, j'ai marché jusqu'au centre de la ville, le moral et la peau refroidis par la gelée qui s'était laissée tomber sur Santiago.

De mon coin, je voyais le chanteur qui, tous les matins, juché sur une jardinière, interprétait des chansons et des airs pour les passants indifférents à cette voix, parenthèse insolite dans le tumulte matinal. En l'écoutant chanter *Nathalie* de Gilbert Bécaud, l'histoire de la jeune fille moscovite m'a rappelé Griseta. Je ne l'avais pas revue depuis bien avant le meeting organisé par les amis de Ballinger. Trois mois étaient passés depuis. La solitude me poussait à errer dans les bars pour y trouver quelqu'un à qui parler de choses et d'autres ; des dialogues qui se traînaient au fil des verres. Simenon, vieux et gros, passait ses journées à surveiller les aventures de ses petits. A défendre, à sa manière, ses souvenirs et sa manie de se faire les griffes sur les exemplaires jaunis de la revue *Estadio* tandis qu'au dehors, ses toits du temps passé étaient transformés en un fouillis d'antennes, de panneaux et de conduits pour l'air conditionné. J'avais eu des nouvelles de Bernales par la radio. Il avait été exclu de la police avec d'autres inspecteurs au cours de ce que la presse appelait une réorganisation des fonctions et des moyens. En apprenant la nouvelle, j'avais rendu visite à Dagoberto Solís le temps de déposer un bouquet d'œillets et de lui dire que son protégé s'était trompé de chemin. Le reste n'était pas utile, d'autres viendraient lui raconter les ragots.

Du rouge. Beaucoup de rouge. Se réveiller d'un rêve toujours désagréable. Des rues, des visages inconnus arrivaient dans mon bureau avec leurs petites misères et leurs angoisses ; des lieux d'une ville où les nuits ne ressemblaient en rien à celles du passé, quand le fait de les parcourir avait le charme d'un voyage inattendu et non le visage froid d'un couteau brandi au coin d'une rue.

La ville changeait. Mes os protestaient contre le froid, et monter les escaliers conduisant à mon appartement représentait un effort épuisant. J'ai abandonné le chanteur et suis entré au Haïti boire un café pour me réchauffer le cœur. J'ai parlé de choses sans importance avec la jeune serveuse et sans plus tarder, devant l'impossibilité de voir un double arc-en-ciel à l'horizon, je suis rentré chez moi et me suis couché pour dormir, bercé par le ronronnement de Simenon et de ses sept petits.

Le bruit de la pluie battant contre la fenêtre de ma chambre m'a réveillé. Une pluie désespérée qui semblait traverser les murs. En l'écoutant, sauvage et obstinée, j'ai pensé à Griseta et à cet après-midi où nous avions imaginé le secret de nous aimer au gré du hasard. Je me suis vite habillé et j'ai quitté l'appartement à grandes enjambées. Plein d'espoir, j'ai passé le tambour du City pour y trouver la pénombre habituelle et Mariano, le serveur, qui m'a demandé :

– Comme d'habitude ?

– Oui, comme d'habitude, tandis que mes yeux parcouraient inlassablement les coins du bar.

J'ai attendu avec la crainte d'un voyageur qui a raté trop de trains dans sa vie. Dans une des poches de mon imperméable, j'ai trouvé une poignée de marguerites desséchées. Je les ai tenues dans mes mains en répétant cent fois le nom de Griseta et quand l'horloge du bar a marqué toutes les heures possibles, j'ai demandé un deuxième verre de « comme d'habitude » et sur les serviettes tachées recouvrant la table, j'ai commencé à écrire : « *Je pensais à la tristesse de la ville quand on a frappé à la porte, aux lumières qu'en cet après-midi d'hiver je voyais s'allumer peu à peu à travers la fenêtre et aux rues où j'ai l'habitude de marcher avec mon ombre et une cigarette allumée entre mes mains pour seule compagnie. Je suis seul tout comme la ville, je l'avoue ; j'attends la fin du vacarme quotidien pour respirer à mon aise et revenir dans mon bureau avec la certitude que l'obscurité et le souffle court des loups tapis au coin des rues sont la seule réalité.* »

J'avais commencé à me rappeler mon histoire au milieu d'une ville triste.

SUITES

DELFINO, Jean-Paul
Embrouilles au Vélodrome (N° 62)

DÍAZ, Jésús
Les Paroles perdues (N° 53)

ERIKSEN, Jens-Martin,
Anatomie du bourreau (N° 67)

FAJARDO, José Manuel
Les Imposteurs (N° 76)

FRANCO, Jorge
La Fille aux ciseaux (N° 48)
Agence Paradis (N° 82)

GABEIRA, Fernando
Les Guérilleros sont fatigués (N° 9)

GAMBOA, Santiago
Histoire tragique de l'homme qui tombait amoureux dans les aéroports (N° 77)
Perdre est une question de méthode (N° 78)

GIARDINELLI, Mempo
Le Dixième Cercle (N° 23)
Luna caliente (N° 61)

GRIMALDI, Laura
La Peur (N° 44)
Le Soupçon (N° 45)
La Faute (N° 68)

HEIN, Christoph
La Fin de Horn (N° 18)
L'Ami étranger (N° 38)

Histoires étranges et fantastiques d'Amérique latine (N° 1)

Histoires d'amour d'Amérique latine (N° 59)

JODOROWSKY, Alejandro
L'Arbre du dieu pendu (N° 14)
Albina et les hommes-chiens (N° 40)
Opéra panique (théâtre) (N° 42)
L'Enfant du Jeudi noir (N° 63)

JORGE, Lídia
Le Rivage des murmures (N° 20)
La Forêt dans le fleuve (N° 31)

LITTIN, Miguel
Le Voyageur byzantin (N° 71)

LOBO ANTUNES, Antonio
Le Cul de Judas (N° 3)
Fado Alexandrino (N° 17)

MACHADO DE ASSIS, J.-M.
Le Philosophe ou le chien (N° 4)
La Montre en or (N° 10)
Mémoires posthumes de Brás Cubas (N° 33)
Dom Casmurro et les yeux de ressac (N° 51)
La Théorie du médaillon et autres contes (N° 52)

MAÑAS, José Angel
Je suis un écrivain frustré (N° 16)

MERCE ROCA, Maria
Un temps pour perdre (N° 41)

NATOLI, Luigi
Histoire des Beati Paoli-Tome 1 : Le Bâtard de Palerme (N° 35)
Histoire des Beati Paoli-Tome 2 : La Mort à Messine (N° 36)
Histoire des Beati Paoli-Tome 3 : Coriolano (N° 37)

OSORIO, Elsa
Luz ou le temps sauvage (N° 65)

PADURA, Leonardo
Electre à La Havane (N° 27)
Mort d'un Chinois à La Havane (N° 49)
L'Automne à Cuba (N° 60)

PIÑERA, Virgilio
Nouveaux contes froids (N° 25)

QUADRUPPANI, Serge
Corps défendant (N° 46)
La Nuit de la dinde (N° 74)

RIVERA LETELIER, Hernán
La Reine Isabel chantait des chansons d'amour (N° 70)

DE QUEIRÓS, Eça
La Tragédie de la rue des fleurs (N° 32)

QUIROGA, Horacio
Les Exilés (N° 5)
Le Désert (N° 29)
Contes d'amour de folie et de mort (N° 34)

SAMPEDRO, José Luis
Le Sourire étrusque (N° 2)
Le Fleuve qui nous emporte (N° 22)

SCORZA, Manuel
Roulements de tambours pour Rancas (N° 15)

DE SENA, Jorge
Signe de feu (N° 28)

SEPÚLVEDA, Luis
Journal d'un tueur sentimental (N° 8)
Yacaré, Hot Line (N° 19)
Les Roses d'Atacamaa (N° 75)

SOUZA, Marcio
L'Empereur d'Amazonie (N° 13)
Mad Maria (N° 50)

TAIBO II, Paco Ignacio
De passage (N° 6)

TORRES, Antônio
Cette terre (N° 64)

TORRES, Maruja
Une chaleur si proche (n° 72)

TREVISAN, Dalton
Le Vampire de Curitiba (N° 11)

TSCHINAG, Galsan
Ciel bleu (N° 21)

VIANNA, Vinicius
La Dernière Ligne (N° 26)

Cet ouvrage a été composé par
I.G.S. Charente-Photogravure
à l'Isle-d'Espagnac (16)

Impression réalisée sur CAMERON par

BUSSIÈRE CAMEDAN IMPRIMERIES
GROUPE CPI

à Saint-Amand-Montrond (Cher)
en décembre 2003

N° d'édition : 2481001. — N° d'impression : 035815/1.
Dépôt légal : janvier 2004.

Imprimé en France